山海变

壹 指间错

八月楂 著

人民文学出版社

图书在版编目(CIP)数据

山海变.1,指间错/八月槎著.—北京:人民文学出版社,2022
ISBN 978-7-02-016928-3

Ⅰ.①山… Ⅱ.①八… Ⅲ.①长篇小说-中国-当代 Ⅳ.①I247.5

中国版本图书馆 CIP 数据核字(2021)第 255276 号

责任编辑　朱卫净　张玉贞　李　翔
封面设计　钱　珺

出版发行　人民文学出版社
社　　址　北京市朝内大街 166 号
邮政编码　100705

印　　刷　上海盛通时代印刷有限公司
经　　销　全国新华书店等

开　　本　890 毫米×1240 毫米　1/32
印　　张　10.125
字　　数　140 千字
版　　次　2022 年 1 月北京第 1 版
印　　次　2022 年 1 月第 1 次印刷

书　　号　978-7-02-016928-3
定　　价　58.00 元

如有印装质量问题,请与本社图书销售中心调换。电话:010-65233595

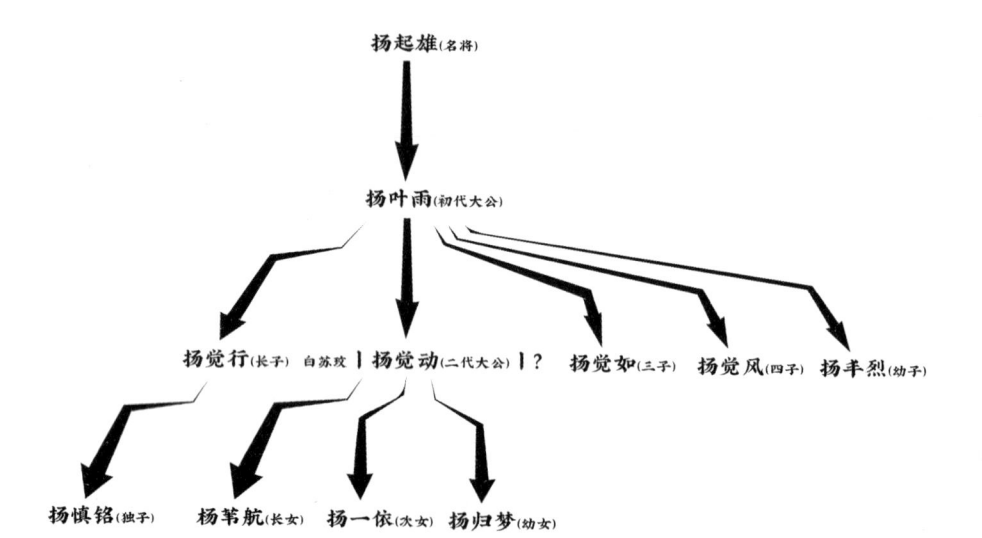

吴宁边

扬起雄(名将)
↓
扬叶雨(初代大公)
↓
扬觉行(长子) — 白苏玫 — 扬觉动(二代大公) | ? 　扬觉如(三子)　扬觉风(四子)　扬丰烈(幼子)

扬慎铭(独子)　杨苇航(长女)　扬一侬(次女)　扬归梦(幼女)

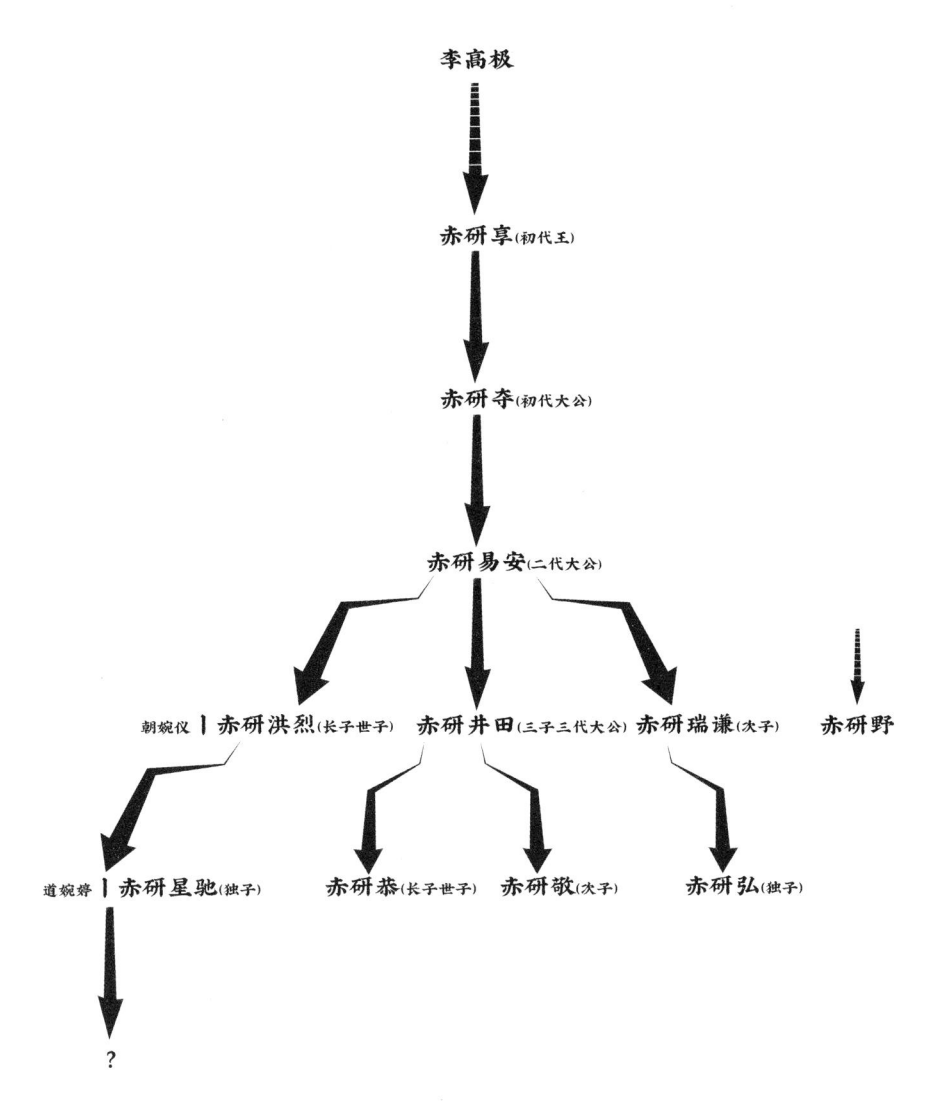

南渚

李高极
↓
赤研享(初代王)
↓
赤研夺(初代大公)
↓
赤研易安(二代大公)
┌─────────┬─────────┬─────────┐   ↓
朝婉仪│赤研洪烈(长子世子) 赤研井田(三子三代大公) 赤研瑞谦(次子)   赤研野
↓   ┌────┴────┐   ↓
道婉嫱│赤研星驰(独子) 赤研恭(长子世子) 赤研敬(次子) 赤研弘(独子)
↓
?

王族朝氏

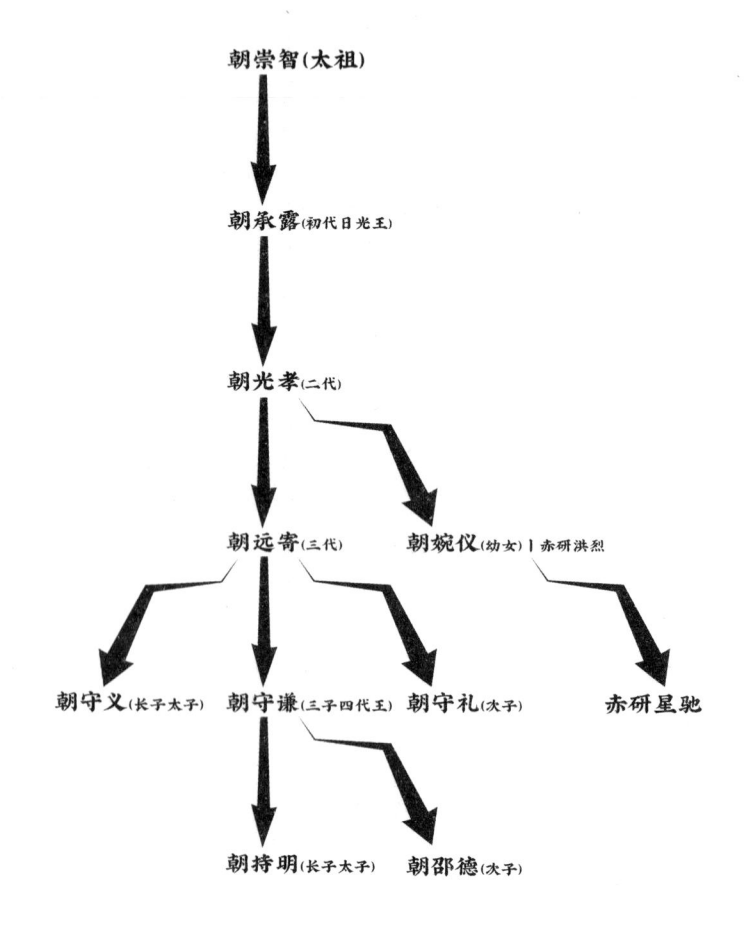

朝崇智(太祖)
↓
朝承露(初代日光王)
↓
朝光孝(二代)
↓　　　↘
朝远寄(三代)　　朝婉仪(幼女) ― 赤研洪烈
↙　↓　↘　　　　　　　　　↘
朝守义(长子太子)　朝守谦(三子四代王)　朝守礼(次子)　　赤研星驰
　　　　　　　↓　　↘
　　　　　朝持明(长子太子)　朝邵德(次子)

目录

第一章　宁州商人　/ 1

第二章　坊中少年　/ 39

第三章　朱鲸醉　/ 67

第四章　离城　/ 107

第五章　归梦公主　/ 141

第六章　阳宪　/ 175

第七章　鹡鸰谷　/ 211

第八章　海兽之血　/ 255

第一章 宁州商人

他睁眼的那一刻,看到了一个正在燃烧的诡异世界。在这个世界里,人们渺小如同蝼蚁,一头尖牙利爪的蓝色的巨兽,身带电光。他看到了巨兽体内,那个小小的宁州商人鲜血四溢,四散的血线恰似根须,成为巨兽的骨骼血脉。他看到了这头血线织就的巨兽从深蓝色水面挣扎而出,它身上挂满了燃烧的锁链,大怒若狂。

一

阳光金灿灿地洒在街道上，含笑花张开了淡黄的花瓣，杜鹃姹紫嫣红地四处盛放。

南渚首府灞桥城位于八荒神州东南一隅，这里夏季酷热多雨，冬季湿寒多风，温暖平静的四五月份正是最清爽宜人的季节。

海风带着腥咸的气息，鼓动起卜宁熙的袍袖，鸿蒙商栈前行人商旅摩肩接踵，来来去去，却没见到半辆运粮的大车。

迈出了鸿蒙商栈的大门，他便有些心猿意马。

"卜先生，就不送了！"商栈的主人朱盛世向他道别，已经打了数次交道，这人一张圆脸上永远挂着敦厚的微笑，谜一样叫人看不透。而他身后跟着的四个账房先生，一水青衣皂巾，每个人的眉眼中都透出十分的精明。

"留步，留步，一点儿小生意，怎敢劳动朱先生和四位大驾！"卜宁熙毕恭毕敬打躬回礼。

朱盛世脸上笑容更盛，抱拳道："卜兄的气魄八荒少有，这单生意也让朱某大开眼界，还希望卜兄这次远航朱雀一切顺利！可要多多保重啊！"

卜宁熙咽了一下口水，想要说些什么。

"卜兄，在南渚，我们的仓库，再保险不过，你就放心去。"

朱盛世小心翼翼伸出手，轻轻拍了拍卜宁熙的肩膀，以示鼓励。

卜宁熙连连拱手，直到看着朱盛世那肥胖的身躯隐没在商栈中，才长长出了一口气。

刚走下台阶几步，像要再次确认什么，他一只手不自觉伸进了胸前口袋。宁州云锦的顺滑中夹杂着纸张的粗糙感，他的心略微安定了些，还在，那张薄薄的纸片还在，鸿蒙商会这样的巨无霸，如果想要坑自己，那是怎样防备也无济于事的。

他抹去额头一层薄薄的汗珠，只是，大金主是怎么知道朱家想要用粮食来折抵货价的呢？就算朱家想，为什么大金主就肯？这正是八荒少有的丰收年景，从宁州的安乐原到南渚的扶木原，处处丰收，粮价贱，要这么多粮食，做什么呢？

怎么想也想不通，想不通就不要想。

他还是摸出了贴身藏起的那张货票，啪一声在微风中抖开。

这是一张鸿蒙商会特有的金线紫笺，片刻之前，鸿蒙商会大掌柜朱里染刚刚在上面盖上了他的印章，代表着三百匹宁州云锦已经进入鸿蒙商会的库房，三百匹！

朱氏的鸿蒙商会是南渚最大的商会，而朱氏父子，正是可以一次吃下这单货的不二人选。

"锦绣云中来，幻彩逐日月。"卜宁熙嘴里嘟囔着，走下了鸿蒙商栈的台阶。

虽然是南渚首府，但灞桥城街上的行人大多棉布麻衣，灰青长衫，女子们则头插步摇，纵然身上浓绿轻粉，也不过是坊中的寻常布料。不要说这里，就是木莲都城日光城的街头，也是见不到穿着云锦衣衫的男女的，他们都被华丽的华盖软轿和层层的仆从淹没了。

他不自觉拍了拍身上的云锦长袍，好像那昂贵的面料上有看不见的灰尘。

这单生意，现在还让他眼热心跳。

他的三百匹云锦都产自宁州，由桑蚕丝制成，织金叠翠，软似云朵，艳过桃花，是八荒王公贵族和巨商富贾们趋之若鹜的珍品。都说就算是日光木莲的朝堂之上，也只有王最宠爱的妃子才能穿它起舞。一匹云锦，在浮玉可以换来百亩良田，在云间可以换来千尺精钢，在八荒极北的霰雪原，则可以换来十数匹神力无穷的骏马，而在海外的暗洲朱雀，这宁州的华美锦缎，每匹也就差不多换来千两黄金吧！

千两黄金啊……哪怕对从商十几年的卜宁熙来说，也是个惊人的数字。他做梦都没有想到，有一天自己手里竟可以压着三百匹云锦。

三十万两黄金！足以把海神寺前的石神像换成纯金的了！压死几十个卜宁熙，也一样毫无问题。

他左顾右盼，在人流中寻找着账房老陈，自己的青布长衫还在他手中，说好的，出了门就要把云锦外套换下的。

生意场也是势利场，为了做成这笔买卖，卜宁熙特意咬了咬牙，用真正的宁州云锦给自己打造了一身行头。他的观念还停留在富贵必锦绣的阶段，命老陈精选了两匹花锦，裁了布料，一路捧到了灞桥最好的铺子绣云斋，把老师傅惊得倒吸一口凉气，人家没见过这样土气的暴发户。在老师傅的劝说下，卜宁熙将花锦改成了靛青素锦，做了一身街面上的布面长衫。这一行，卜宁熙从始至终皱着眉头，生怕看不出这云锦的好来，老师傅实在抵不过他的磨叨，也不过在里面加了一件桃花纹的浅白中衣，连说："够了，够了。"

"够了就好。"卜宁熙将信将疑。

然而等到在鸿蒙商栈中和朱盛世见面，他看到阅人无数的朱盛世眼睛一亮，才心里服气老裁缝的判断。即便是这素锦，真的气派够了，身份够了。

空气清冷，嘈杂的市声中隐藏着无数双眼睛，云锦的妙处此刻慢慢显现了出来。

微风徐徐，正午的阳光下，那素锦纹理内的绛红色桃花纹淡淡地浮了起来，随风鼓荡，好像千朵桃花正在他身上灿烂盛开，引得行人纷纷注目。卜宁熙是个小行商，向来没有享受过前呼后拥的待遇和逢迎艳羡的目光，他浑身不自在起来。

"陈诚！"依稀看到一个熟悉的人影，卜宁熙的愤怒声震屋瓦，更引来了无数路人驻足观看，只好闭嘴。

真是倒霉，只有老陈还跟着他。

账房陈诚原来是家里的杂役，不过大家族的杂役，倒也识文断字、能写会算。自从卜家的这一支破落之后，老陈便流落江湖，过了一段颠沛流离的日子。这次卜宁熙一声召唤，他便又跑回来为旧主服务。老陈心诚志坚，不过已经五十多岁，上了年纪，原是有点浑浑噩噩的。

"哪儿去了！"卜宁熙心底暗骂，从鸿蒙商栈门口的含笑花上扯了一朵，把鼻子埋了进去，装着细嗅花香。他要老陈帮他去安排开往朱雀的牙船，也不知是否妥当。

二十年小本经营，哪知道这笔生意要这样惊心动魄，这样麻烦！

含笑花浓香，他正心里烦躁，却见一个女子擦肩而过，和满街路人不同，她并没有多看自己一眼，好像自己身上的云锦衣衫和那些棉麻布衣没有区别。那女子不过侧目一瞥，嘴角带着一丝嘲弄的笑容，随即没入人群。

这不屑的一笑让他头皮发紧，他看到了一张薄薄的嘴唇和如烟的眉眼，莫名觉得竟有些熟悉。直到她已擦肩而过，他才有所反应，快走两步，又慢了下来，不知道是不是应该跟上前去，打个招呼。

"公子，在这里，在这里！"老陈总能在最不合适的时候出现。

卜宁熙回过头，瞪着陈诚那张干瘪的长脸，一把从他的手中夺过布衫，草草套在了身上。

"你去了哪里？"卜宁熙怒气冲冲。

"落月湾呀，你不是让我去找船？"老陈瞪大了眼睛，毛扎扎的胡子翘了起来。

"眼下正是朱雀和八荒的贸易旺季，出海的船可真不少，我已经预定了十日后出海的牙船，你尽管慢慢经营，只是好说歹说，定金最少也要三成……"

"你再去一趟码头，找一艘下午就能离港的，要大！可以禁得住风浪的！"卜宁熙打断了他的唠叨。

"公子？"老陈伸出三根手指，"三十……"

"对，三十万两金子有着落了！我见到了鸿蒙商会大掌柜，朱里染愿意以粮代价，先行垫付那十二万金，只要二分利，三个月！"

"以粮代价？现在粮价这样低，十几万金，要多少粮食？"

老陈张大了嘴巴。

"你管要多少！现在最要紧的，是把云锦卖了，这鸿蒙商会的钱可是欠不得的！"

"公子，咱们不是还有三百匹云锦在他的仓库里吗！"老陈倒是放心得很。

"那我问你，这云锦是谁的呀？"

"这……"老陈一时语塞，"公子说得对，我们要早些找到接盘的主顾，把欠鸿蒙商会的口子填上！我这就去找船。"

老陈说着拔腿就要走，卜宁熙却伸手拉住了他。

在两人面前，是一座四层高的金碧辉煌的阁楼，正是灞桥最有名的酒楼兼味斋。

卜宁熙的肚子不争气地叫了起来，老陈也在暗暗咽着口水。

"公子？"

"嗯？"

卜宁熙瞪着眼把兼味斋的招牌看了半晌，终于还是犹豫，指着兼味斋的手指慢慢拐了一个弯，对着那条有名的烟火街巷，挤出了一句话："找到船了，来惯常那家包子铺找我。我们吃些东西再上路。"

"是是，阳坊街的水仙包嘛，好得很，好得很。"老陈拍了拍自己的脸颊。

反而是卜宁熙自己暗暗叹了一口气。

人穷志短这句话说得一点也没错，他终于有了三十万金的身价，还是舍不得一顿丰盛的宴席。

二

他的心里乱七八糟,步子几乎要飘起来,嘈杂的老街却越来越近了,熟悉的各种味道扑面而来。水仙包的鲜香、鸿蒙酒的辛辣、炙羊蹄的浓膻……不知道什么时候,一丝微笑挂上了他的嘴角。

卜氏家族是宁州赫赫有名的商人世家,宁州精工誉满天下,卜氏家族的经营能力在八荒也是屈指可数,但物极必反,由于枝叶太广,奢靡无度,卜氏家族在二十年前已四分五裂、渐渐衰败。卜宁熙的本家虽已破落,但好在金贵的姓氏没变,宁州人的长相没变,小时候诵过的书和摆过的算筹也隐约记得,因此,当机会到来,在千里之外的南渚,凭着他的一张巧嘴和花里胡哨的行头,总还可以撑撑场面。

这一次是有人告诉他,三个月之内,与南渚接壤的大州吴宁边必有大战。

宁州和南渚贸易,全靠一条穿过吴宁边的古老商道,如果吴宁边真的陷入战火,那么宁州与南渚之间的贸易必定断绝,都说海外的朱雀正热炒宁州云锦,如果谁能在大战爆发前抢运一批云锦到灞桥,只要战争开始,必定暴富!

这个消息来自宁州商会的上层,但没有人敢相信,如今吴宁边大公扬觉动的权势威望正如日中天,吴宁边几十年来大战小战不断,从未吃过大亏,反而是周边数州,偶有趁火打劫的小动作,都被他打得丢盔卸甲,苦不堪言。要说这样蛮横强梁的一州,居然会战火蔓延,人们是无论如何也不肯相信的。

只有卜宁熙这样的破落商户,才觉得可以拼一把试试看,反正不成也不会更加穷困潦倒了。然而正当他东拼西凑了几万金，去市上偷偷收购云锦的时候，才发现市面上的云锦通通不见了。接着，有人找到了他的头上。

"我已经将宁州所有云锦全部收购，只要你帮我到灞桥跑一趟。等到战火一起，再转运朱雀，你能出多少金子，可以尽量提供，剩下的部分，我来补足。如果赚了钱，我只要我投了金子的部分就好。"这声音来自一个他不能拒绝的人物。

卜宁熙望着大金主金光灿灿的脸庞，万分恐惧，"我做不了"几个字就卡在喉头，吐不出来。憋了半天，最后憋出来的回答却是"成、成、成"。

这是他最后的机会，恢复宁州卜家基业的最后机会……

这几个月，他风里来雨里去，灞桥已经跑了好几趟，对这条街巷已是轻车熟路。阳坊街是贩夫走卒的聚集地，肮脏、混乱、生机勃勃。这里是落魄人的天堂，只要四文钱就可以吃上一个味美多汁的鲜肉包子，十二文，就有一袋辛辣暖身的麻叶鸿蒙酒，只消在这里度过半日，小行商卜宁熙便会产生一种人生何求的错觉。

就算这三百匹云锦让他押上了所有积蓄，还赊欠了一屁股外债，该吃饭的时候也要吃饭，而且要好好吃饭！

走进了油渍麻花的马氏包子铺，他选了一张相对干净的桌子坐下，心里才泛起那么一丝后悔，如果这次生意砸了，只那十二万金的二分利，他是说什么也还不上的。为什么今天不去吃一顿兼味斋？然而一屉刚刚蒸好的咸肉水仙包上桌，他就把那些令人头痛的事情全部丢在了脑后。

"来一壶鸿蒙酒！"

运气好的话，下午就会出海。可没有人告诉他，在那个遥远又模糊的朱雀，到底能不能安心坐下来喝一壶酒。

"客官，小店没有酒！"马掌柜拧着身前的大兜布，赔笑道。

"怎么没有？！我昨天还在这里喝过！"卜宁熙一愣，随即发现马掌柜的眼睛直勾勾地只盯着他的领口。倒霉，又是这云锦！他刚去过了鸿蒙商栈，好酒论壶，村酒论袋，他衣着不同，一字之差，马掌柜竟然不敢应承。

"麻叶袋的就行，掌柜的，麻烦啦。"他放低声音，尽量和气地说。

"好嘞。"马掌柜似乎也发现这客人看来面熟，不再赔小心，转身就去隔壁酒坊提了酒来，再端上一个缺了口的粗瓷大碗。

卜宁熙抄起桌上的黑铁剪刀，剪破酒袋，略显浑浊的青色烈酒汩汩流入碗中。

一大口鸿蒙酒下肚，伴着麻叶的苦涩，一股火样的辛辣从喉头一直烧到了腹中，他摇头晃脑，大感痛快。

"掌柜的，我这里也来些酒！"一个清脆的声音从耳侧传来。卜宁熙一回头，适才鸿蒙商栈前错过的那个女子，原来正坐在他的侧面一桌，旁边还坐有一个面色灰暗的中年男子。

此刻他看得仔细，那女子十几岁的年纪，白色中衣外罩水蓝生绢裙摆，穿着十分素雅，发际有个整齐的美人尖，眉毛淡淡的，薄唇明目，两腮微红，整个脸庞就像玉石雕刻出来的，莹然有光。这样的气质样貌，出现在阳坊街的小店中，实在惹眼，不知自己适才为什么没有发觉。

他眼睛一直盯着这女子看，终于知道自己为什么会觉得似曾相识，这女子容貌之间虽带着三分中原人士的刚健质朴之气，但那薄唇烟眉，正是宁州女子的典型样貌。宁州离南渚有千里之遥，能够跋涉数州来到灞桥的宁州人，十成十是为钱奔命的辛苦行商，家乡的女子自是难得一见。这一刻，他的心中不由得多了几分亲切。再加上他现在身家巨富，喝了几杯酒，心里痒痒的，便想上前搭讪。

三

马掌柜去拿酒这一路，脖子就一直没有正过来，不仅是他，这店中也有不少酒客的目光直勾勾落在这少女身上。若是一般女子，早就感到娇羞不适，低眉回避，这少女却旁若无人，仿佛四周的目光并不存在。

小店掌柜快步奔回，犹豫了一下，还是端上粗瓷大碗，这少女也不含糊，双指一错，那坚韧的麻叶袋便飞出一个小小切口，比刀子划得还要整齐。这少女咕嘟咕嘟将大碗斟满，一仰头，竟喝下大半碗，再一口，一碗酒便见了底。

那女子在那里细细品咂，偶尔和旁边男子小声言语，却把一旁的卜宁熙看了个目瞪口呆。

"享儿，结账吧。"那个中年男子一开口，卜宁熙忍不住一皱眉头，他声音低哑，中气不足，听起来竟像受了严重的内伤一般。

那少女对这中年男子倒是言听计从，将马掌柜招呼到身边，在身侧兜囊中摸索了半天，却没有拿出银两铜钱，她愣了片刻，想了想，又伸手去衣袋中，摸出一张朱红纸票来，放在桌上。

马掌柜愣在那里，对着那纸票看了半天，也不说话，小心翼翼地将那一张轻飘飘的朱票推回了她的手中。"姑娘，这个可真是使不得，我们本小利薄，受不起啊！"

"怎么受不起？这就是银子呀，"那女子有些奇怪，一脸困惑，"你拿着这银票，去灞桥任意一家钱庄兑换就可以了。"她的声音不低，卜宁熙又特地竖起了耳朵，便一一听在了心里。

朱票？难道是丰收商会的银票？卜宁熙行走四方，对各地商会的兑现票据都很熟悉。八荒有五大商会，掌握着八荒神州绝大部分的贸易往来。这五大商会钱款可以凭借各自发行的商票通兑，在主要城镇，都可以换回真金白银。其中使用朱票的，正是吴宁边尚家的丰收商会。

包子铺的马掌柜是个老实人，憋红了脸，讪讪地说："咱不识字，这票子看起来是没错的，但咱实在是没收过。"

"咦，那我来教你，"那女孩皱起了眉头，道，"你看，我们这顿饭如果吃了五两银子，这是一张千两的银票，你只消收下这张银票，再找给我九百九十五两银子就是。"

她这话一出，店中的食客无不愕然，齐刷刷看向这个少女，不知道拿千两银票来阳坊街吃包子的是何许人也。

卜宁熙心道不好，这一条烟火街巷，引车卖浆、三教九流，各式各样的人都有，且不论她手中的银票真假，她这样张扬的做派，若是遭到心怀不轨的盗匪盯上，便是天大的麻烦。他忍不住站起身来，想去看个究竟，那边小姑娘却生气起来。

"你只要拿着这票子去你们的鸿蒙商会兑钱就好了啊！"她

指间错　13

敲着桌子。

"姑娘,这一顿饭也不过百十文,把我整个店赔上也就十几两,我哪里去找千两百两银子给你!你和这先生的这顿饭钱就算……算了。"马掌柜被这少女一番话说得大汗淋漓,说话都磕巴起来。

"该不是坊中哪个官家来寻开心吧?"

"说不定是谁看上了老马这家店。"

四周议论声起,那少女有些着急,一把扯住包子铺掌柜的衣袖,恼道:"我不要你请我吃包子!是欺负我付不起钱吗?包子好吃,人怎么不讲道理!这样,我也不要你找了,这张票子都给了你!"

马掌柜也听到了众人议论,此刻惊骇至极,死活不肯收下。

那少女脸上变了颜色,勃然大怒:"给你银两,你说本小利薄找不开,都给了你,你又不要,你到底想怎么样!"

那少女这里正怒火万丈,旁边那瘦削的中年男子轻轻敲了敲桌子。那少女回头看了中年男子一眼,便松脱了拉着包子铺掌柜衣袖的手,只是那男子好像身体不好,这会儿一连串地咳嗽着,说不出话来。

看那中年男人状态不佳,说话都颇为吃力,却是不能由着这少女再闹下去了。

"这商票可是……"那女子一句话没说完,卜宁熙已经伸手把她手中的朱票扯了过来,她一愣,脸上变色,正要发作,卜宁熙却抛出了一角碎银,叮叮当当地落在了桌上。

包子铺里静了下来,马掌柜张大了嘴,看着卜宁熙,一脸惊讶。

"掌柜且收好,在下的朋友本是开玩笑的,如果刚才有所冒犯,还请包涵,"说着,他又笑嘻嘻地向着左右的食客拱手,"见笑了,见笑了。"

这里的食客本来都是平民百姓,见到有达官显贵惹是生非,避之唯恐不及,卜宁熙两句场面话,众人忙缩回脖子,停了议论。

那姑娘下不来台,满脸通红,一把揪住了卜宁熙:"谁要你来多管闲事。"一句话没说完,那中年男子却道:"享儿!怎么没有轻重!"

"我就是没有轻重!"这少女十分恼怒,但那中年男子接着一连串的咳嗽声掩盖了她的怒火,她小心地扶着那男子在桌旁坐下,给他倒上热茶。卜宁熙自觉地跟了过去,坐在那少女旁边。

"姑娘,你拿着这千两银票来买包子,这也实在太……"卜宁熙看着她怒意渐生,两道眉毛缓缓竖了起来,悄悄就换了词语,"不免稍稍有些不妥当!"

他在这里一边小声解释,一边翻看着他手中这张朱票,上面"丰收商会"四个金字夺目耀眼,果然是吴宁边巨商尚山岳核发的凭信。

那女孩哼了一声,面带寒霜,不再说话。

卜宁熙有些尴尬,还好这时老陈又一次及时赶到,气喘吁吁进得店来,一屁股坐在了四方桌空缺的那一角,道:"公子,总算找到一艘可以下午起航的牙船,只是,他们的货不满仓,原定两天后出发,要是下午出发,索价,三千两。"他比出了三根手指,在众人面前晃了晃。

卜宁熙一皱眉头，正要责怪老陈糊里糊涂，也不看四周有没有人，就信口把自己的动向透露了出去，他这次前往朱雀，身上带着鸿蒙商会的商票，走漏了消息，恐怕危险得紧。

然而那少女听得老陈的话，却眼中一亮，转过头来，道："你是怎么找到这船的，为何我去问了一上午，无论出价多少，都没人肯松口？"

卜宁熙暗暗摇头，心想，你这般貌美如花、挥金如土，哪个船家敢轻易应承，万一有什么了不得的背景，岂不是拖累一船生意人不得好死？想到这一层，忽然觉得自己和她们二人坐在一起也很危险。万一他们真是什么逆臣贼子，自己这生意岂不是也不用做了？

"先生、姑娘，有缘再聚，有缘再聚。"卜宁熙打了个哈哈，站起身来正要走，忽地腰上一紧，却是那女子直接拽住了他的腰带。

"你的钱我是要还给你的，那三千两我出了，让他们下午就开船！"她一副不容辩驳的口气，"还有，你叫什么名字？"

卜宁熙真想拔腿就走，无奈"三千两我出了"这几个字一直在他耳边萦绕，不自觉就坐了下来，却发现她正瞪着一双水汪汪的大眼睛，严肃地看着自己。

四

阳光从空中洒下来，被树叶和招牌旗杆遮挡，碎了满地，穿过长长的街巷，灞桥城东，穿城而过的青水平静地汇入浩瀚无边的鸿蒙海中。

落月湾停满了大大小小的船只,那些规模宏伟的白色牙船,是海商们为远航朱雀特别制造的。

"他们都说错啦,朱雀呢,绝不是一个岛!那里和八荒一样,地方千里,大得很!只不过位于鸿蒙海的极东深处,比较远罢了。传说啊,那是一片火红的土地,每天日升时分,那里就会沐浴在万里火海之中,所有东西,统统燃烧。还有神鸟唳天,催动烈焰,焚毁大地,直到日息,鸟儿玩累了,才会停止。"

"真的?"

牙船巨大,随着潮汐缓缓起伏,卜宁熙信口开河,把自己道听途说的故事重加演绎,说得有声有色。

"什么真的,当然是假的,如果真的天天着火,我们去那里岂不是变成烤肉。这些传说大半都是编出来的,实际上百多年前,人们给它起的名字,叫作'暗'。"

"哦?"

"你没听过?我们周围,围绕着零、荒、晦、暗、鲸、寒、幽、墟八个蛮荒之地,这朱雀呢,就是八荒里的'暗'了。"

"这我知道,只是现在有名有姓的,没想到其中的暗地,就是这里。"

"谁说不是呢,它那么远,百十年前,又航路断绝,就是一片深海之中摸不到、见不着的鬼地方,不是暗,是什么?"

享儿听得入神,皱着眉头,道:"你这故事比那些歌师们唱得好玩多了,若是有生之年,能够踏遍八荒,也是一桩伟业,那其他七荒,具体在哪里,你知道吗?"

卜宁熙摇摇头,这些鬼扯的故事怎么说得完,他的确可以日日凭海临风谈笑风生,但面前这少女怎知他内心的焦灼?

指间错 17

他最终还是无法拒绝这少女的三千两船票，带着她和那中年男子一起上了牙船。

他此刻只想早一点到达朱雀，尽快找到买家，拿到预付的货款，填上这单买卖的大窟窿。

他看着面前少女亮晶晶的眼睛，浮想联翩，他这次的生意，可比什么劳什子朱雀的传说精彩多了。

这次买卖，是大金主通过投入巨资，盘下了所有云锦，卜宁熙行商日久，夸口的毛病犯了，拍着胸脯说自己可以募来二十万金，人家倒也不和他计较，凭他先付了三万定金，就让把云锦拉来南渚。本来这二十万金卜宁熙是打死也不敢应承的，还是大金主看穿了他的惶惑，对他说，这么大的买卖，他一个人也吃不下，卜宁熙要是愿意，不妨去鸿蒙商会碰碰运气，分些份额给南渚朱家。

卜宁熙天上掉馅饼的疑惑到此终于释然，是了，以大金主的身份地位，和朱家接触多有不便，这就是他的机会了！

卜宁熙盘算的，本就是凭货生利。在大金主的指点下，他几乎把鸿蒙商会的朱漆大门敲破，执意请朱里染一起出资盘货。他心里算盘打得山响，八荒这五大商会多有深厚背景，在某种程度上，能够左右时局也说不定，如果朱里染肯投巨资，更可侧面证明吴宁边战事将起，这一单获利不虚。

和大金主的预计并无二致，朱里染虽不肯采买转售，但对借贷却颇为痛快，答应代收宁州云锦，并放贷十二万金，更提出以南渚去岁满仓满谷的秋粮分期兑付。

鸿蒙商会不肯出资，颇好理解，有三百匹云锦在库房里压着，买了可能压库，但放贷毫无风险，万一买卖不成，除了大金主本金购买的十万金云锦,他鸿蒙商会就可以将卜宁熙质押的二十万金云锦统统吃下。

商人没有不想赚钱的,朱里染这不算表态的表态,让卜宁熙的汗一下就下来了。他知道自己这次玩得太大了。宁州商会和鸿蒙商会竟一致看好这桩卖空的大买卖,那么十有八九,八荒将会真的打起来。

朱里染的十二万金和大金主的十万金加起来,还有八万金的本金缺口,卜宁熙拼了身家性命,也不过凑了三万金,加上陆路运输和海运费用,总缺口仍在八万金上下,三个月的期限,他要还给朱里染和其他金主的利息,还在二万金以上。卜宁熙实在是没有钱,又不甘心纯粹做一个掮客,于是在大金主面前把这十万金硬着头皮扛了下来。只有尽快从朱雀带回货款,才能把缺口补上,到时候如果大战真的兴起,云锦价格可以翻上数倍,他不过少些利润罢了。

这少女急着乘风破浪远行,却不知他心中已恨不得插上翅膀,飞过鸿蒙海,早点落在那片混沌不清的土地上。

这少女名叫享儿,那中年男人则被称作周先生,两个人是师徒关系,这两个人都惯于盘问别人,对自己的身份故事,却是惜字如金。

"不想说就算了,你跑到那么远的地方去做什么?"享儿歪着头看海。

"自然是做生意,"卜宁熙笑道,"如果不是大生意,我怎舍得雇下这样一艘大船来乘风破浪。"

享儿一撇嘴,她那嘲讽的神情自然天成,让人如芒在背:"有钱的人我见得多了,像你这般为了三千两银子拉我们上船的，哪里有半点有钱人的模样。"

卜宁熙本来东拉西扯正讲得高兴，不料这少女年纪不大，话锋却着实犀利，一句话就戳到他的痛处，他直接被这话憋住，吭哧半天，半个字也说不出来。

他的确缺钱，十岁以后，连续缺了二十多年。

一旁的周先生却道："小姑娘年纪轻轻不懂事，我们此行航路漫长，风险重重。说说总是容易。"

稍作铺垫，他话头一转，道："我看这牙船也是临时寻下，并无货物登船，不知道卜公子此行是做哪门生意？"

卜宁熙这几天脑中盘旋的都是这笔云锦，此刻不假思索，脱口而出："我做的是人口买卖。"

这话说出来，连老陈都吓了一跳，八荒神州，除了王族可以豢奴，在臣服于日光木莲的广袤土地上，奴隶贸易早已绝迹。而若是有人胆敢私贩奴隶，便是重罪。卜宁熙口无遮拦，胡说八道，只会惹来无穷麻烦。

"果然是好生意，"享儿却没有什么反应，道，"只是朝家对奴仆要求很高，难道最近他们又喜欢上了朱雀那边的好人物嘛？"

卜宁熙反应了一刻，才明白她说的原来是木莲王族朝氏家族，听她说起来，仿佛便是在谈论自家亲戚一般。

他心下一动，有意开个玩笑。道："我哪里敢贩卖奴隶，不过是从这人口买卖中揩点油水，讨口饭吃。"

"哦？这是什么买卖，谁做的东家，你倒说来看看？"享儿听他说得云里雾里，不由得大为好奇。

"你们从吴宁边来，是不是？"卜宁熙先左右张望了一番。

"是呀，那又怎么？"享儿不解。

卜宁熙轻轻咳了一声，见左右无人，压低了声音道："告诉你们一个秘密，吴宁边大公扬觉动的小女儿就要出嫁了！我做的，就是这笔买卖！"

他这话确实是个秘密，这次他三十万金的大单也都压在这一条简单的消息上。如果所有人都知道这个消息，那宁州市场必定乱得一塌糊涂。因为扬觉动的小女儿归梦公主，将要嫁给的就是南渚当下的世子赤研恭！

享儿本来兴致盎然地等着他的生意经，不料却听到这个"秘密"，她忽地面色一寒，厉声道："你是什么人，哪里得到的这个消息？"手便伸向腰际，闪电般地摸出了一把银色的小刀。

倒是周先生的手更加快捷，一把握住了她的手，道："请卜先生说下去。"

卜宁熙惊骇异常，没有想到自己口中随随便便一件宫闱八卦，竟然激起享儿如此激烈的反应，难不成吴宁边百姓们对扬觉动真的如此爱戴？连八卦一下都是死罪？

"她要嫁给赤研恭，这样秘密的消息，你怎么知道？"享儿语气森然，冰冷瘆人。

卜宁熙起了一身鸡皮疙瘩，脑海中立即出现了一个大大的问号，自己适才只是说扬觉动的小女儿将要出嫁，可并没有说她将嫁给谁，那享儿和这周先生，又是哪里得来的扬归梦将嫁给南渚世子的消息？

"是了，扬归梦出嫁南渚，便是卜先生的大机会，未知卜先生这生意如何生利？"周先生身材瘦削，两鬓斑白，不怒自威，这话一出口，仿佛适才的颓废萎靡全部消失，换了个人一般。

卜宁熙心中忐忑,手也缓缓滑向腰侧,却摸了个空。早晨他觐见朱里染大谈生意经,为了那身云锦,随身的佩刀已经解下,此刻忽然想起来身陷险境,却已经来不及去寻刀了。

"吴宁边和澜青二州近年战事连绵,一直难分胜负,都是因为木莲和南渚的态度暧昧不明,如今扬觉动嫁女南渚,两州定盟。以扬觉动的凌厉凶悍,既然已无后顾之忧,岂能让徐昊原这只猛虎在身侧酣睡?"

这一番话都是大金主对他的分析,此刻他情急之下,都拿出来搪塞,卜宁熙自幼也习格斗技击之术,身手和眼力都是有的,刚才享儿拔刀这一振,已是高超手段,周先生把她手腕这盈盈一握,更是妙到毫巅。这两个人如果动起手来,自己还是走为上策。

他适才说的,并无虚假。日光木莲名义上统治着八荒神州,实际上真正完全掌握的地界只有中北十州。此外的南渚、吴宁边、澜青、浮玉、坦提、霰雪等多个大州都是旧王国演变而来,仅仅在名义上降格为州,共遵日光王,接受木莲册封、岁贡朝见,但实际上仍是独立王国。木莲的开国君主朝承露逝世已近七十年,近来王国纲纪废弛,内乱不断,导致诸州之间互相攻伐已成常态。

而吴宁边是木莲二十一州中实力最为强悍的大州之一,如今在大公扬觉动的主持下如日中天,如果和繁华富庶的南渚结为姻亲,对他的老对手、澜青大公徐昊原来说,无疑是一个晴天霹雳!

"卜公子果然算无遗策,智谋无双。"周先生的话冷冰冰的,没有什么感情色彩。"没错,一旦两州定盟,澜青、吴宁边战火势必重燃，平明古道的商路将会再次中断。然后，落月湾内宁州货物的价格必定飞涨。虽然我不知道公子贩卖的是什么，想必一定会借着这场战争大大发上一笔了。"

卜宁熙讪讪的，脸红到了脖子根，不知道说些什么好，他的面前正站着两个来自吴宁边的过客，他盼望着大战爆发，借用无辜者的鲜血来充实自己的钱袋，本来也谈不上什么体面，这时面对二人不屑的目光，更是羞愧。

"没什么，天下大势自有想争天下的豪杰们去考虑，我们这样的凡夫俗子，只能考虑考虑自己是否能够吃饱穿暖，一点眼前的小小满足，就是快乐的人生了。"周先生松开了享儿的手腕。

海风渐起，层层叠叠的云朵被撕扯成了一丝一缕，也鼓起了白浪号巨大的风帆。他斑白的发丝在风中飘荡，眼神却一直看着繁华喧闹的灞桥城。

"到了朱雀，这里的一切也就和我们无关。"周先生忽然转过头来，嘴角微微上翘，道，"卜先生，我们的船也该起航了吧。"

果然，船头响起了嘹亮的号角，绞盘转动，巨锚从深深的淤泥中拔起，巨大的船身晃动着。西风大作，牙船离海岸越来越远。

五

"金子是没有对错的，你不拿，别人就拿走它。"海天之间，风轻云白，浩荡无边，水鸟飞翔，发出悠长尖利的鸣叫。

宁州商会高高的台阁中，大金主这样对卜宁熙说。

卜宁熙感到异常羞愧，在他面前，自己虽活了三十几年，不过是个患得患失的人。就在登船之前，他还在心底对自己呐喊："跑完这一趟，那批货就真正是你的了，辛苦了这么多年，你也将变成一个真正的富豪！"和八荒神州上千千万万等待机会的生意人一样，他在期待自己的智慧和判断能够带来巨额财富，哪怕这财富沾着鲜血的腥气。

然而在看着享儿那透明如冰的眼神时，他又浑身不自在起来。妈的，做生意居然做出了羞耻感，说到底，他还是不像一个商人。

鸿蒙海一年四季变幻莫测，一旦雾气弥漫，航道尽皆隐没，白浪号破浪而行不到两个时辰，天际的浓云已经滚滚而来。

就在牙船刚刚起航，落月湾尚未完全退出视线的时候，码头上的灯塔忽地燃起，明明灭灭地发出了信号。他急忙询问水手那是什么意思，得到的回答是"风暴将起"。

卜宁熙从未出海，不知道那是怎样的情况。只是风帆既起，想要回头，已没有那么容易了。

海水无际无涯，远处传来隆隆的雷声，似乎整个海面都在倾斜。

"他们来了。"周先生喃喃自语，迈步走向船尾。

"谁？谁来了？"卜宁熙一激灵，难道是海盗？！他下意识去摸藏在胸前的那张货票。

"喂，你，快跟我来。"享儿的语气颇不客气，就像是在呼唤自家的下人。

看着她眉头紧锁，卜宁熙也顾不得跟她计较，匆匆跟上，阴沉的天空已经落下如线的细雨，在白浪号身后，两艘朱红长船破浪而来。卜宁熙眯着眼，那两条越驶越近的红船上旗帜越来越是清晰。

一条双翼如刀的银色飞鱼在海天间随风飘摇。

赤铁军？！卜宁熙猛地回头望着享儿和周先生。赤铁军是南渚最精锐部队，飞鱼营是赤铁军中以劲弩速射闻名八荒的虎狼之旅。他们怎么会在这里出现？

"到底还是膏药一样！"享儿从鼻子里面哼了一声。

"你们究竟是谁？！"雨水和着汗水从卜宁熙的头上流下，现在众人身处大海汪洋，南渚赤铁军的凶暴蛮横人尽皆知，若是在这里让他们登船，恐怕一船人都会凶多吉少。

仿佛呼应他的巨大疑问，远处风暴骤起，一道闪电划过长空，突然巨浪袭来，将巨大的牙船抛上浪尖。卜宁熙一个站立不稳，身子向栏杆外翻了出去。他在空中扭腰伸手，但终究是慢了一步，只有两根手指虚搭在栏杆上，他人在空中，身下就是缓缓起伏的苍绿色大海，他的心中一片空白。

他正飘摇欲落，半空却飞来一道白练，他匆忙抓住。抬头望时，那白练的另一端却正在享儿手上，她没有那样大的气力，只是用脚蹬住舱壁，把白练绕在栏杆上，卜宁熙的身子随着白练荡回，重重地撞击在船体之上。此时那两艘红船已经靠近，射出数道铁索，破空贯来。

周先生在甲板上大袖一挥，一条重逾千斤的锁链竟被兜头打回，扑通一声跌落海中，而另外几条铁索却贯穿了白浪号的船体，将牙船和两船紧紧勾连在一起。

卜宁熙吊在半空，回望享儿，船本就在海浪中飘摇，她也

指间错　25

立足不稳,兀自抓住白练不放,颇为艰难。卜宁熙咬了咬牙,看准身下一条铁链,松手纵身而下,牢牢攀住,向白浪号上爬了回去。虽然只有短短十余丈的距离,但他仿佛爬了数年之久,临到船侧,他双臂一振,足下用力,整个人便翻上船来。

他在生死之间走了一遭,好不容易在风雨中立定,胸中气血翻涌,回头,却看到了享儿正冷冷看着自己。

"好笨!"她浑身已经被雨水和浪花打透,喘着粗气,长发凌乱地贴在脖颈上,嘴角却带着一丝幸灾乐祸的笑容。

此刻前方咯咯声响,两艘红船上的绞盘徐徐转动,铁索拖着白浪号向两船靠近,带着铁索的锚枪还在不断发射,击打得牙船上木屑纷飞,甲板上的水手躲闪不及,竟被直接击落下海。白浪号倾斜的角度越来越大,所有人都乱了方寸,又惊又怒,纷纷大喊:"打错了!打错了!我们不是海盗,是航向朱雀的商船!"

对面两艘船上的士兵却根本不理这边的呼喊和旗语,又是一枚重炮,轰隆一声巨响。飞出的巨大铁锚直接击穿了牙船的主帆,巨大的桅杆缓缓倒下,兵士们便吼叫抢上船来。他们上船便将缆绳砍断,桅杆推倒,在舱体上捣出无数窟窿,不过片刻工夫,白浪号已经支离破碎,海水疯狂地从船身的破洞汹涌而入。

"道逸舟!把那丫头交出来!"海上隐隐传来呼喝之声,这人中气十足,纵是在浪花翻滚、风声呼啸的海上,每个人依然能听得清清楚楚。

"你们百里追袭,被我杀得人仰马翻,居然有脸要人,难道在海上便忽然变得英勇了?"周先生的话语也是一样,在狂风骤雨中清晰可闻。

"原来他叫道逸舟!"卜宁熙努力站稳脚跟,看向享儿。

"不要急,就要说到我了。"一只流箭激射而来,享儿用手里的银月小刀一拨,那劲急的一箭斜斜飞出,钉在了木制的舱门上。

"别射那个女的!"风中隐隐飘过来急切的呼喝声,"不要伤了她!"

"道逸舟,在陆地上我们畏你三分,这海上,你还能踏浪而行不成!"

"姓道的,你他娘的杀人恶魔,我今天把你的鸟船先搞沉了,看你往哪里跑!"

对面咒骂连珠炮似的一句接着一句,但是没有人敢靠近他的身边。

"就凭你们这些蠢货?"周先生嘴角带着冷笑,枯瘦的身躯中却有一股势不可挡的狂傲之气。

"今天老子不剐了你,我就不姓戴!你让小姑娘走开!"对面的声音有些气急败坏,卜宁熙终于看到一个头戴红缨的军官出现在牙船船头,他身边还跟着十数名士兵,每个士兵手里都握着一柄青色的弩机,卡在机栝中的箭头闪着寒冷的光芒。

"飞鱼营一会儿就要喂飞鱼了,真是可惜。"享儿索性脱掉了鹿皮短靴,一只手稳稳扒住了剧烈晃动的甲板。"你们不是要找我吗?还是就这样不要我了?"

对面的军官黑着脸,道:"梦公主,姓道的已经身负重伤,山穷水尽,还希望公主不要再做无谓纠缠,坏了两州大事,我们在扬大公面前也好有个交代!"

指间错　27

"梦公主?!"卜宁熙的下巴几乎掉到地上。吴宁边那个飞扬跋扈的女公子扬归梦？大公扬觉动最宝贝的女儿？未来的南渚世子妃？也是他这一票大生意中最具决定性的女主角？

　　人生大起大落得太快，震惊之余，他的第一反应竟是，如果扬归梦死在海上，自己的那三十万金是不是就泡汤了？！

　　"他要是死了，我就自杀！"她提刀护在周先生身旁，脸上没有表情，语气冷硬得像冰块。

　　对面的军官愣了片刻，突然面目狰狞，吼道："那你就跟他一起死吧！射！"

　　他一个"射"字出口，卜宁熙再也来不及考虑，飞身而起，从后面把享儿扑倒，咕噜噜滚到倒地的桅杆后，只听得哗哗剥剥连响，笃笃的声响，是钢铁楔进木材的声音。卜宁熙把她紧紧搂在怀里，心中一片茫然，对方人数不多，怎么会有如此密集的箭雨？

　　"松开！谁要你来多管闲事！"享儿满面怒容，撑开他的手臂，弓起身子，狸猫一般弹起，蹿了出去。卜宁熙怀里一空，翻身而起，一瞬间有些茫然，他已经三十有一，温香软玉搂搂抱抱也不在少数，只是这次，冰冷的海上，怀里的余温却久久不散。

　　他勉强站定，发现道逸舟身前有一根折断的木梁，上面密密麻麻钉满了箭支，总得有百十只，应是他把那木梁舞起，挡住了这雷霆霹雳般的一轮速射，在他身后二三十步的距离，另有数十只箭支密密钉在牙船的船体上，两寸厚的橡木门板也被穿透。

　　而道逸舟的一只肩膀也被利箭射穿，鲜血染红了青袍。

"我还以为飞鱼营有多强悍,不过尔尔。"道逸舟冷哼了一声,他一手折断箭支,用力一拍,那短箭穿过他的肩膀,啪的一声,钉在了舱壁之上。

卜宁熙这才发现,道逸舟虽然负伤,对面却有两个赤铁军被自己射出的箭支钉在了船板之上,显然是这道逸舟不知道什么时候,捉住了弩箭,抛了回去,力道之大,准头之精,确实是匪夷所思。

"换箭匣!"众人的距离还在靠近,任凭道逸舟是大罗金仙,也难以在如此的距离逃脱劲弩的速射。

一团白影向道逸舟滚了过去,伸开双臂,挡在了道逸舟身前,是享儿!

"公子!公子!"老陈手里死拽着一根缆绳,缆绳的另一端,是缚在牙船船尾的小舟。

卜宁熙心中怦怦乱跳,对面还有不少兵士没有上船,直接对抗,死路一条。老陈身后,通往小舟的路上,横七竖八都是被射倒的船夫。这也许是他最后的机会。

他在风浪中挣扎了半天,想走,双足却好像被牢牢钉在了甲板之上。他又摸了摸胸前的货票。

"金子就是金子,金子没有对错。"大金主的话语还在耳边回响。

那条断掉的白练是享儿的束腰,此刻犹自系在栏杆上,随风飘摇。

他脱掉扯得破烂的外袍,露出他桃花飘飘的云锦中衣来,从胸口扯出那张商票。

"收好,"他把商票塞到了老陈怀里,道:"我回头去找你！"说着，他把老陈一把推开，向着那个女孩的方向，几乎飞奔起来。

六

"你们滥杀无辜，以多欺少，太不道义！"卜宁熙人在半空，张开双臂，身上的靛青云锦如烟似雾，落到道逸舟身边。

他这话吼出口，心中一股劲长江大河般全都泄了出去，只剩下了一颗心在胸中怦怦跳个不停。对面士兵已经换毕箭匣，缓缓举起的青色劲弩上，一排排生铁箭头闪着寒冷的光芒。

马上就要死掉，最后一句话该说些什么，他一时有些想不起来。

他转头望向道逸舟。

"看好自己！"这个男人忽地伸出手来，在空中虚虚一按，杉木甲板上一道银色的流火猛地蹿了出去，在他的身侧盘旋，凭空画出了一个巨大的六芒星，转瞬之间由银变赤，渐渐淡去，消逝无痕。

"重晶再临！"道逸舟一声暴喝，他们脚下一股白浪涌起，把偌大的牙船翻滚着抛向半空。卜宁熙没有准备，又是整个人被抛了出去，四面皆空，他的眼前是倒悬的苍青海水和零落飞舞的赤色鱼群。

"抓住了！"道逸舟的暴喝在半空炸裂，一条铁索凌空而起，卜宁熙伸手去捉，被它带着直上云层，他看到了享儿在另一条铁锁上飘摇，像一只振翅的白色蝴蝶。

道逸舟面颊如刀，气势如虹，人就像长在了牙船上，这两条锁链分别被他紧紧握在手中,整个牙船被风暴拦腰截断,打成碎片,那些船上的赤铁军也像纸片一样在空中飘舞。

卜宁熙的身子在急速地旋转,偶尔他的脸朝向天空的时候,发现无垠的高处,有一轮金色的太阳,在散发着温暖的光芒。有那么一瞬间,在暴风眼的中心,他感觉到了前所未有的宁静。

终于还是坠落,他扑通一声跌进海中,身子在不断下沉,海水从鼻子灌进体内,一股剧烈难忍的疼痛让他清醒。铁链仍在手中,他攀住铁链向上爬去,不能呼吸,一切都是混沌,万物都归于安静。零碎的木屑和死人苍白的面孔在他眼前飘过。当他终于浮出了海面,整个人被道逸舟一把提起,丢在了小舟之上。

"该死"这句话只说了一半,海水便从口鼻中喷涌而出,整个海面上都是牙船和红船零落的残骸。风暴仍在,赤铁军的呼喝就在身后。

仅存的一只红船对在风浪中挣扎呼救的兵士视而不见,径直向他们冲来。

"发生了什么?"卜宁熙满口咸涩,胸中像要炸裂一般憋闷。

"我把海神弄醒了。"道逸舟的话语中不带感情。

海流奔涌,仿似整个鸿蒙海的水都在向一个虚无的深渊倾泻。好像被什么东西牵引着,他们的小船虽然没有桨楫,仍在急速盘旋着向前奔去。

"海神?难道这水灵猛兽真的存在?"卜宁熙十分震惊,"你为这个丫头把它搞出来,大家不是都得死!"

海神重晶是八荒沿海民众信仰的神祇，在过去的千年之中，一直受到人们的崇拜祭祀。传说重晶有狂暴犬颉和温顺蕉鹿两种神兽。蕉鹿和犬颉是海神的两面，一死一生，交替主掌人间，一旦蕉鹿死去，犬颉重生，八荒必将大乱，生灵涂炭。

道逸舟显得更加虚弱，但气场也更加凌厉："当然存在！为了千万人可以做的事情，为了一个人，又有什么不可以？"

"先生是青云坊中的灵师？"

八荒只有一种人可以借星辰之力颠覆过去未来，他们就是来自遥远北方的晴州占星师。日光木莲成立后，最后的占星术士已经全部被王族收编入青云坊。民间，人们叫他们大灵师。

"很久以前，曾经是。"他们被海潮推在浪尖，箭一般穿过浓雾。

当小艇猛烈地撞击在礁石上的时候，卜宁熙才发现天已放晴，他们被海浪送到了一个礁石环抱的海岛之上。这里土层松软，植被丰茂，一座孤零零的灯塔建造在坚固岩石之上，似一个巨人蹲坐海面。

才转过灯塔，身后又传来一声巨响，是赤铁军的红船也搁浅在了岸边。士兵们还是如影随形。

卜宁熙从没见过这样美丽的地方，灯塔下是一片平缓洼地，海水浅浅漫过乳白色的珊瑚，隐约形成一块与大海相连的小湖。湖面上有一汪深蓝色的透明水渍，深于海水，两水漫接处有着浅浅的瘢痕，小湖湖面比海面略低，海水却不向湖中流动。此刻鸿蒙海上波浪起伏、水花四溅，而这深蓝色水面却十分平静，只有微微呼吸样的波纹。

"这就是重晶吗？"享儿和卜宁熙都睁大了眼睛。

"没错，这就是万水之水，海神重晶。"

这莹蓝如玉的小湖中，有许多银鱼悠然来去、穿梭似箭，当银鱼不慎进入深蓝水域，速度便一落千丈，缓慢挣扎几下就沉寂不动，化石一般缓慢下沉。偶有银鱼能够在深蓝水域挣扎而出，又恰似不能承受海水的阻力，变得异常迟缓，仿佛一下子进入了生命的暮年。

赤铁军们的脚步渐渐近了，这水面依旧平静无波，卜宁熙试着丢了一块手帕，也像一块石头样沉入了那片深蓝中去。他吓得后退几步，却发现湖畔的丰茂草木开始枯萎变黄，仿佛由春天径直进入了深冬。

草木也在这百十人的赤铁军身旁摇落，面对这样的飞速变化，每个人都惊疑不定，把手中青弩握得更紧。

"道先生，"对面传来的声音显得客气了许多，"星辰秘术会燃烧心血，我们是代表赤研大公而来，保护梦公主的周全。两州交好，百姓安乐，你护着梦公主千里逃婚，自残自伤，又是何必？"

万籁俱寂，风吹草叶，片片凋零。

"两州交好，百姓安乐，关我什么事！"享儿冷眼看着对面如临大敌的兵士。

"扬归梦！不要卖乖！你知不知道为了找你，已经死了多少人！又有多少人将因你而死？！"对面的军官厉声怒斥。

"真是奇怪，你们争权夺利，打来打去，难道少了我一个就不打了？有我没我，该成功的照旧成功，该失败的一样失败，在小姑娘身上加担子，找原因，还有脸皮吗？！"

"你！"那军官气得说不出话来，"我们得了严令，你逃婚远遁，带不回活人，我就带回死尸！"

"废什么话，要尸体自己过来收！"享儿冷笑，"看你们的蠢样子，那个劳什子南渚世子也不过一头柴猪！"

卜宁熙终于明白，大金主的消息没错，吴宁边公主和南渚世子是要联姻，只是，这个一向骄纵的公主决定反抗，于是逃跑。如果在一天以前，让他面对眼前的局面，他势必五内俱焚：两州联姻失败，战事仍是疑局，平明古道不断，宁州货物就依然往来便利，他的投资就毫无意义，他贪心不足吃下的十万两黄金亏空，足够朱里染和大金主把他吊死一百次！

可是现在，当享儿活生生地站在他面前的时候，当她不再只是一个模糊的名字，他忽然觉得，那虚无缥缈沉甸甸的金子似乎也不是那么重要了。

"道逸舟？你呢，要让你家公主死在这里么！"对面的军士们端起了弩箭。

"你想帮她？"道逸舟看着卜宁熙。

卜宁熙鬼使神差般地点了点头，已经到了这步田地，他还能说什么呢？

"很好，勉强为之，我总有那么一点不舒服。"

"你要做什么？"卜宁熙吃了一惊，下意识想要逃跑，但为时已晚，道逸舟扣住他的手腕。手指一划，鲜血便顺着卜宁熙的胳膊汩汩流下，在深蓝水面凝聚，如丝如缕，蜿蜒向下，根须般纠缠生长，渐渐团聚成形。

"你这是做什么？"他一阵眩晕，眼前一片亮白。

"召唤犬颉再生，要鲜血精魄来养，"道逸舟的语气平缓，"我来帮你实现帮助她的愿望。"

享儿的脸上立刻毫无血色，厉声道："不许这样，我不要你这样！我们跟他们回去就是了！停手！"

卜宁熙眼前的世界失去了色彩，他张大嘴巴想要呼喊，却没有声音，想要挣扎，身子却分毫不动，他眼前一暗，古老的暗流汹涌而来，贯入他的身体，他在撕裂般的痛楚中难以自拔。

"停下！"扬归梦冲着道逸舟发脾气，"你怎么能不听我的话！"

道逸舟抬手把她挡在湖水之外。"公主，无论我在不在，我还是希望你像今天一样，想做什么，就做什么！"这简短的话后，他再无声息。

湖面上一圈亮白火焰燃起，一声惊天巨响，光焰四射，一圈暗红色波纹在卜宁熙身旁弥漫开去，灼热的气浪腾起，众人都被甩了开去，只有道逸舟垂目坐定，纹丝不动。

极度的痛苦和倦怠下，卜宁熙终于闭上了眼睛。

一股冰冷的强力贯入了他的四肢百骸，世界充满了金石摩擦的隆隆轰鸣，他的每一次呼吸，都伴随着震耳欲聋的尖利声响，他的心底升起了一种前所未有的狂暴躁郁，他感到自己具有了无穷的伟力，他的血液在熊熊燃烧！

他睁眼的那一刻，看到了一个正在燃烧的诡异世界。在这个世界里，人们渺小如同蝼蚁，一头尖牙利爪的蓝色的巨兽，身带电光。

他看到了巨兽体内，那个小小的宁州商人鲜血四溢，四散的血线恰似根须，成为巨兽的骨骼血脉。他看到了这头血线织就的巨兽从深蓝色水面挣扎而出，它身上挂满了燃烧的锁链，大怒若狂！

　　他惊恐地呼叫，那巨兽便立于湖面，长嘶一声，身上火链光焰万丈，海天之间充满了尖锐凌厉的啸叫。他无助地寻找着那个叫作享儿的姑娘，那巨兽的一双巨眼便转向扬归梦的方向，水波激滟。

　　惊恐的兵士们发出了箭矢，射入了巨兽的身体，他感到了尖锐的疼痛；他猛地耸身，炸开了周身的毛孔，那巨兽的身形便再度暴涨，成海面一座山峦；他晃动身躯，那怪物便摇头裂齿，长尾轻扫，闪避不及的士兵们被巨兽身上烈焰掠过，顿时化作白色尘埃！

　　他一声叹息，怪物口中烈焰腾空，万物凋零……

　　他终于明白，自己就是那只可怖的巨兽。

　　那些渺小的影子开始四散奔逃，血液中燃烧的狂热让他振翅扑上前去，把一个又一个的带甲兵士变成四散飞舞的尘埃。一个，又一个，他们已经竭力惨叫哀嚎，但那些声音都太过细小，细小到湮没在他的呼吸声中。

　　他终于在那个白衣少女面前停了下来，他爪尖的火焰，就像蓝色的花朵，离她的额头只有一寸距离。他的身躯是透明的，他可以看到她的惊恐和鼻尖上滚落的汗珠。即便在这样的境遇下，她还是倔强地抿起了嘴唇。好想按下去啊！好想！怪兽颤动着，发出了撕裂天地的吼声。

　　旁边的那个小人呼出了最后一口气，指尖升起一道火焰光轮，中黑外赤，向怪物兜头飞来，它不闪不避，迎头撞上，蓝焰红光碰撞的那一刻，风云失色。

　　强劲的冲击可以穿云裂石，但它毫发无伤，再回过头来的时候，那个姑娘已经在一艘小舟之中，一波雪白海浪把她托举至十数丈高，水花飞溅，白练穿梭。它暴怒着向她挥出利爪，身形覆盖了整个岛屿，但还是差了一点点，只差一点点！

道逸舟的身体就在这一瞬碎裂成尘。小船上那姑娘如在云雾之中，飞跃长空，渐渐远去。

仿佛被什么扯住了腿脚，巨兽身形一缓，被身上的火链越束越紧，终于落回深潭。寂寂无声。

卜宁熙感觉到前所未有的疲惫，他浮在一片清朗的蓝色之中。是不是睡了一觉之后，会发现这是个梦，自己仍在那艘开往朱雀的商船之上？

包裹着自己的就是传说中的重晶吧？万水之水！

《八荒寰宇志》载：重晶，柔软、质实，百年不迁其穴。水寒化冰，晶寒化玉。重晶寒玉，斩铁削金，价值连城。

那么几片晶玉，可抵三百匹云锦呢？

这是卜宁熙失去意识前最后思考的问题。

第二章 坊中少年

　　教习在上面慷慨激昂地说着，下面赤研弘就打起了呼噜，对于他们来说，吴宁边意味着肥美的羊肉、香酥的乳酪、锃亮的弯刀和高挑的少女。他们对这个遥远的地方难说有什么仇恨，他们已经习惯了那些美丽的少女，习惯了她们用亮银小刀切割喷香的羊肉和山鸡，他们会用狼吞虎咽狠狠征讨这个远得碰不到的地方。

一

"有点意思!"赤研弘一边的嘴角翘了上去,双手背在身后,昂首立在长长的甬路中央,被一群半大的少年簇拥着。所有人的目光都落在一个窈窕的背影上。

那个身着鹅黄春衫的少女正在坊中学官的指引下,向陨星阁的方向缓缓而去。

乌柏被挤在人群外,目睹了赤研弘献殷勤的全过程。

当赤研弘拿着朱雀贩来的夜明珠走向陈可儿的时候,她只是礼貌地打了个招呼,她对夜明珠并不稀罕,对和赤研弘纵马长街也不感兴趣。陈可儿是大家闺秀,礼数周到,但问题是,从来没有女孩敢于拒绝赤研弘的邀请。

鸿蒙海深处滋养千年才生出的明珠,就这样被赤研弘掼到了铺路的青石上,满地零落的碎屑,在日光下腾起一股青烟。

一阵可怕的沉默,赤研弘肉乎乎的手指在背后绞在了一起,捏得指肚发白。

人群中央的赤研弘人高马大,只看背影,几乎已经是个成年人,他如虹的气势和满满的自信来自他的家世背景,他的父亲是现任南渚大公爵赤研井田的兄长。

乌柏知道那个女孩的家世同样显赫,但他还是忍不住为她担心。凡是赤研弘想得到的东西,他一定会千方百计搞到手,如果他得不到,他会敲碎它、毁灭它,让别人也得不到。

乌柏今年十一岁,此刻站在这一群少年的外围,离赤研弘只有十几步的距离，但他非常清楚，他和这群少年实际上的距离，比八荒到朱雀还要远上几分。

青云坊是日光木莲选贤举能的贵族学校，坊中的每个少年都有着显赫的身份，他们大都是世族子弟，他们的父兄，不是战功卓著的武将，就是名满八荒的文臣，整个南渚就罩在他们的手掌之下。这些孩子从小便被送入这里学习锻炼，等待有一天封爵受官，继承他们父兄的权力、财富和荣耀。

而乌柏，不过是个已故裨将的遗腹子，陨星阁中整理藏书的小童。偶尔被拉来随侍，也不过是用他的学识，去装点这些权贵少年们的脸面罢了。

赤研弘不说话，气氛就有点尴尬。他的父亲赤研瑞谦受封威锐公爵，当年南渚大公赤研井田继承大统，曾得到其父的鼎力相助，因此，在赤研井田成为南渚大公之后，便委任他统领南渚最为精锐的部队赤铁军，并以"王兄"身份参知政事。

换句话说，赤研弘的父亲在这个富饶繁华的大州，实在是一人之下、万人之上。

今天青云坊里的这些少年，若论家世，除了南渚大公的次子赤研敬，没有人比赤研弘更加尊贵，而论凶暴的程度，赤研弘若称第二，恐怕没有人会有胆认领第一，虽然他只是个十四岁的少年。

"弘兄弟，这陈家的小妞还是暂且放一放好了，连大公都要给陈老头三分面子。"

陆兴平比赤研弘还要年长一岁，却对赤研弘殷勤侍奉，寸步不离左右。

"阿叔对他家礼遇，是因为阿叔的性子好，她父亲见到我阿爸不也要下跪见礼！"赤研弘阴沉着脸，"青石城又怎么样，四大主城的兵力都归我阿爸节制，我阿爸让他们咬谁，他们就得咬谁！"

赤研弘气哼哼地迈着大步，踱了两个来回，忽地想起了什么，拉下脸冲陆兴平道："我听说你父亲是陈家的家将，你是不是在变着法给她说好话？！"

乌柏眼看着陆兴平的脸慢慢涨得通红，张口结舌，说不出话来。他是桃枝城守陆建的独子，而桃枝港是青石城所辖的港口，这样说来，说陆兴平的父亲是陈氏家族的家将倒也没错。

"怎、怎么会？"陆兴平说话开始结巴起来，"弘公子和她最相配没有了，我只是说，这样的事情不宜操之过急，稍有波折，岂不更添趣味？"

赤研弘的脸色稍稍缓和，道："有什么相配，她不过生得有些标致，哪里配得上我？！我只不过要和她耍耍，竟然跟我装矜持！你们也知道，我这个人就是性子急，等不得！"他搓搓通红的手掌，转眼把周围几个玩伴扫了一遍，道："等我玩过了，再让你们玩就是！"

他的目光扫到哪里，哪里的少年便闭嘴缩脖，目光不敢和他对视。

赤研弘家世无双，背景强硬，说话一向口无遮拦。有些话他说说也就罢了，不会有人来和他较真，但是其他少年只要稍稍长点心，都不敢随便接口，青云坊里就是个小庙堂，每个少年都站在他们家世的影子之中，和青华坊上的南渚朝堂一样，一句话说不好，也许就会惹来杀身之祸。

"走，我们去金叶池边转转！"赤研弘迈开大步，众人纷纷

指间错　43

跟上，就算没人理会，乌柏只得也乖乖跟在后面。

　　金叶池是青云坊中幽静清爽的所在，离陈家少女学习的海潮阁很近，她来到青云坊中学习之后，这条水边小路，赤研弘一天不知要走上多少遍。

　　那少女姓陈，单名可，众人都习惯称她可儿，生得眉清目秀，前些日子南渚大公赤研井田特别下诏，准许她以女公子身份进入青云坊读书。从来没有女宾的青云坊竟然来了个漂亮女孩，立即成了轰动一时的大事件。

　　陈可儿的爷爷陈穹是南渚赫赫有名的元老人物，以战功被封为武英公，和镇南公李楚、威锐公赤研瑞谦并称南渚三公，虽然年迈，但是威望仍隆。陈家世代镇守南渚四大主城之一的青石，陈可儿的父亲如今拥兵十万，就在青石坐镇，她的哥哥陈振戈又是南渚世子赤研恭一起长大的玩伴，也是灞桥出名的锦衣公子。这些少年自小在权力圈中长大，自然都知道利害，谁也不敢去招惹陈可儿，只有混世魔王赤研弘不吃这一套，一见之下，对陈可儿的美貌朝思暮想，一心想把她搞上床。只可惜他手下的这群虾兵蟹将，平素横行招摇，但一看对方是陈家，先自软了手脚。

　　赤研弘在一池碧水旁团团乱转，普通人家的女孩儿，只要被赤研弘看上，无论如何挣扎，也难跳出他的手掌，但陈可儿不行。

　　"乌毛头，说说你有什么办法。"人群中不知道有谁想起了乌柏，嚷着让他说话。

　　乌柏身上一紧，暗叫倒霉，他不过是坊中的侍童，从小就跟着坊中的黑衣教习洒扫陨星阁，整理古旧书库。这些纨绔少年知道他看过的东西多，总喜欢抓着他一起，遇到有什么不能解释的难题，便问问乌柏如何解决。只是这一次他却不好开口，若是说得赤研弘不高兴，他自然有苦头吃，若是一味顺着赤研弘，万一哪句话说陈可儿说得不妥，传了出去，他在坊内也同样无法立足。

"弘公子和可儿郡主是人中龙凤，肯定再合适没有，不过我从书上看，木莲各州名门的婚事大都由日光王和大公们亲定，若是第一流的人物，一定会和王族或者外州公爵联姻，其次才是本州的公卿门第。"乌柏眼睛看着赤研弘，他依旧站在那里，看着海潮阁的方向闷闷不乐。

"你到底想说什么，我们没听懂！"陆兴平一脸疑惑。

"我的意思是，弘公子身份高贵，不是一个郡主可以束缚的，将来若是能和木莲王室或者外州公爵家族定下一门姻亲，那才是授爵封侯、光耀万世的大事件。"

一句话说完，乌柏心中忐忑，不知道赤研弘会对自己的话作何评价。却看到一旁的赤研敬渐渐皱起了眉头。

"这不是那个小书童么？"赤研弘咳了一声，好像这时才看见乌柏，把他又上下打量了一番，寻到一块石头坐了下来。

赤研弘身材高大，血气健旺，有一副赤红的脸膛，唇上已经生出的柔软的髭须，两道眉毛又粗又浓，额头高举，抿起嘴来，颇有威严。

他的长相，便是坊中灵师口中富贵盈门、权势无双的面相。乌柏对此却颇有不同意见，赤研弘的额上生满了米粒大小的火痘，白头青底，退了一茬又来一茬；他的手掌总是通红，常常双掌一搓，皮屑飞扬，这都是内火过盛、肝脾不调的表征。他随侍的大灵师封长卿告诉他,这样的人性格急切暴躁,易怒褊狭,最好不要招惹。

"你!不要乱说话!"大公赤研井田的小儿子赤研敬忽地开口了。

乌柏缩了缩脖子,不知道自己哪句话说错了,竟然把赤研敬也惹了出来。

赤研敬的年纪和他相仿,也被父亲送进坊来读书,和赤研瑞谦不同,大公赤研井田对待自己的子女管教非常严格,赤研敬的功课不错,人也彬彬有礼,但性子总有些阴沉。而且和其他贵族少年一样,他也跟着赤研弘东奔西走,人们几乎都要忘记他是南渚大公的儿子了。

赤研弘斜眼看了赤研敬一眼,道:"小弟,你也来坐!"他拍了拍身旁的石头。

赤研敬一言不发,坐了过去。

"你说的不错,我赤研弘当然有更高的志向,但是可惜呀,父亲和阿叔自有决断。"他再次把手掌拍得啪啪作响,道:"你们都不知道吧?吴宁边的扬觉动要把自己的小女儿嫁过来了!"

"吴宁边?"乌柏愕然,在南渚百姓眼中,那可是个有时是敌,有时是友,有时亲切,有时候又可恶的地方。

二

青云坊中的少年不一般,八荒的各州历史大势是门必修课。

在坊中教习的口中,"吴宁边"一州是日光木莲疆域上的离经叛道之地，而那个叫作扬觉动的大公，则是一位少有的恶魔人物。

"吴宁边"，单是这个随随便便的名字就够古怪了，这是因为现在扬觉动割据称霸的一块土地，正是当年吴国和宁国的一部分。

七八十年前，日光木莲开国君主朝承露试图统一八荒，于是召集天下英雄，在白驹城会盟，经过长达十天的讨价还价，会盟诸国终于同意削去王号，改制称州，而国王则接受木莲朝大公爵的封号，共尊日光王，押子为质，岁岁朝贡。但日光木莲也必须承认各州的军事和内政完全独立，不受干预。此后，八荒城禁大开，互通商旅，止戈息战，过上好一阵子的平静时光，偶有摩擦，也在白驹之盟的强力干预下得到解决。

但木莲建立还不到五十年就又燃起了战火，旧吴国的大将扬叶雨带头兴兵作乱，杀死旧吴王白赫，强占吴州和宁州大片土地，封疆裂土，建立了今天的吴宁边。

在海潮阁中，教习们痛恨地对这些小童们说："扬叶雨和他的儿子们大逆不道，陷百姓于水火之中，上不朝拜日光王，下不敬重旧吴大公，只是武力强横，不值得效法，正是由于他们藐视礼法，中州地区才连年混战、民不聊生。凡是有见识有气节的人，都应该讨伐这些篡权的乱臣贼子！"

教习们在上面慷慨激昂地说着，下面赤研弘就打起了呼噜，这些贵族子弟心中的吴宁边，可和教习们口中的大不一样。他们的父母亲戚都和外州走动频繁，吴宁边对于他们来说，意味着肥美的羊肉、香酥的乳酪、锃亮的短刀和高挑的少女。除了喊喊口号，他们对这个遥远的地方难说有什么仇恨，他们已经习惯了那些健硕的美丽少女,习惯了她们用亮银小刀切割喷香的羊肉和山鸡,他们会用自己的狼吞虎咽狠狠征讨这个远在天边的地方。

"他们喜欢咸鱼和海菜!"在乌柏的玩伴越系船心中,吴宁边又是另一番模样。他是落月湾打鱼人家的孩子,从小就在风浪里穿梭,最喜欢的,就是肯在第一时间买走海产的顾客!

乌柏看过八荒神州的古地图,想象着每年平明古道上,一辆辆满载南渚水产的货车穿梭往来,把那些肥美的梨子鱼送到那个远离大海的地方。

"不过他们是很坏的!"乌柏模仿教习们的口气,"人们都不喜欢扬家人,他们杀掉了自己的大公,吞并了邻居的土地,还逼着日光王封自己为新的大公!"

"那日光王是怎么做的?"越系船大感好奇。

"日光王派兵去讨伐他们,结果失败了,没有办法,只好接受吴宁边的朝贡,封他们的首领为大公。他们给新州取名安州,但人们还只是叫他们吴宁边!"

"哈哈哈哈。"越系船笑得乌柏莫名其妙。

"快点儿告诉我,他们是怎么做到的!"越系船兴奋地直拍大腿。

乌柏觉得越系船实在是不可理喻:"你笑什么?"

"你说扬叶雨和他的儿子们打败了自己的大公,并用弓弦绞死了他?"

"是呀。"

"他们还击退了长期以来一直和吴国为敌的澜青军队?"

"嗯!"

"他们还守住箕尾山,让木莲朝征讨的十万大军不能前进一分一毫?"

"嗯,他们是这样说的。"

"然后扬叶雨死了之后,他的儿子挥军宁州,几乎把宁州整个灭掉,最后迫使宁州割让了将近三分之一的土地?"

"没错!"乌柏有点不耐烦了,"你到底要说什么!"

"嘿嘿,照我看,创建吴宁边的扬叶雨和他的儿子们都是大大的英雄!"越系船把一条黑鱼翻上光溜溜的案板,利索地大卸八块,"你说,如果真的没有人喜欢他们,谁去给他们打仗?为什么那么多公侯,数十万大军都要消灭他们,他们却能把他们一一击败,还迫使日光王都不敢不承认他们?你们的先生们都在想些什么我不知道,我觉得他们可太了不起了!"

越系船把分好的大块鱼肉挂上铁钩,他这段话说得兴高采烈,他十四岁,是街头打野架的好手,从来信服的,就是拳头里面出道理。

然后乌柏就真的愣住了。他想反驳越系船,却又不知从何说起。于是他只好回到青云坊中找大灵师封长卿,看看这个无所不知的人有什么道理。

"扬叶雨一家确实都了不起。"封长卿好酒,他已经一把年纪,却一直没能在青华坊上谋到一官半职。那天,他回答乌柏问题的时候,照例醉眼迷离、满嘴酒气。

"你那个小朋友说得没错,他们都恨扬叶雨,更恨扬觉动,因为他们做了别人不敢做的事,他们告诉那些普通人,没有永远的大公。"封长卿躺在他的竹摇椅上,咂着口中的残酒。

"所以各州大公都害怕了。"

风吹起来，屋檐下的铜铃叮当作响。

"不只是各州的公爵，王族朝家也害怕了，害怕有一天扬觉动打进日光城，会告诉天下人，八荒没有永恒的王。"

封长卿笑眯眯的。

这就是乌柏对吴宁边的全部印象，冷酷、强大、令人敬畏，而且不守规矩的法外之地。

而赤研弘居然说，吴宁边大公扬觉动，要把自己的小女儿嫁来南渚?! 仿佛传说中的神仙就要降临凡间，怎能不让人好奇呢?

赤研弘搓着手掌，道："扬觉动怕了我们，要把自己最漂亮的女儿嫁过来，让赤研恭骑！哈哈哈！"他在他华贵的绸衣上擦手，沙沙作响，每到兴奋的时候，他都会习惯性地做出这个动作。

这话说出来，照例是一片寂静，没有人敢接话。听赤研弘的意思，吴宁边大公扬觉动是要将自己的女儿嫁给大公的长子赤研恭。而赤研恭，早被定为南渚世子，也就是未来的南渚大公。赤研弘粗俗，在这里说什么骑不骑的，万一那个姑娘真的嫁过来，谁敢对未来的大公夫人如此不敬？

赤研弘则仿佛感觉不到众人的尴尬，还在自顾自地说着："可惜了可惜了，都说扬觉动的三个女儿都貌若天仙，倒是便宜了赤研恭！"

赤研敬在一旁变了脸色。

他该不会翻脸吧？乌柏有些紧张，赤研恭是赤研敬的长兄，今年十九岁，正代表赤研井田出使木莲首府日光城。赤研弘这样胡说八道，若是普通人，十个脑袋也砍了，但赤研弘就是不同。此前，也有谏官向赤研井田揭发赤研瑞谦一家品行不端，但是赤研井田却毫无反应，最后，倒是赤研瑞谦得到消息，勃然大怒，把这些人一一处死，此后，便再也没有人敢说赤研瑞谦一家半点不好，赤研瑞谦权倾朝野，整个南渚，私底下就都把他称作二大公了。

赤研弘口无遮拦，这次恼起来的不是什么小小谏官，而是赤研井田的亲儿子，他会不会发作？

赤研敬比乌柏大上一岁，身材和乌柏相仿，也是个瘦弱的少年，平素里和乌柏接触还多，因为赤研井田为儿子指定的教习占祥，是坊内和封长卿齐名的另一位大灵师，他们两个的老师十分熟悉，这两个弟子也就时常有机会碰面，只是赤研敬自矜身份，向来不和乌柏搭讪。

乌柏觉得他大概不会去忤逆赤研弘。

果然，赤研敬的胸口强烈起伏了一阵子，终于渐渐平静，若无其事地继续听赤研弘大放厥词。

赤研弘转向了乌柏，道："我越想，越觉得你说得有点道理，南渚这些姑娘，也都一个模样，有什么意思？！还是外州的女孩新鲜一些。"他拍拍手，站了起来。"只是扬觉动三个女儿两个已经出嫁，这一次赤研恭又排在前面，也只有陈家这个小丫头，尚可随便玩玩，聊胜于无！"

"这陈可儿也不怎么漂亮！"陆兴平有些抱怨，赤研弘专喜欢惹麻烦，身边的几个跟班虽大多时候肆无忌惮、纵情快意，但偶尔提心吊胆起来，就有些受不了。

"这你就不明白！"赤研弘哼了一声，"我喜欢的，就是她们那股骚劲！扭扭捏捏这不好那不行，还透着点骄傲清高，这东西一般的民女侍婢哪里有？你想想，那些破烂货，你还没说话，一个个就要争先恐后往你身上爬，无论长得多漂亮，一贱起来，就让人兴致全无，只能用脚去踩她们的脸！"

"如此说来，弘兄弟将来的女人当在日光城里，听说朝家的姑娘都有一张长长的马脸，难看是难看了些，但是骑起来，却刺激得很哪！"陆兴平一句话，大家又笑成一团。

赤研弘和陆兴平这样的对话自然而然，这就是青云坊中的习气。和乌柏这样家世破败的小童不一样，世家子弟们的未来无须努力，只需要等待，十六岁，他们就会被赐予官职，离开青云坊。就算年轻时有什么劣迹，到时自然一笔勾销，如果勾销不了，也会被他们创造出来的更加恶劣的事故映衬得微不足道。

原来王族的女孩，都有着长长的马脸啊，乌柏也跟着大伙笑了起来。

三

人群散去，赤研敬却在火棘花下向他招手。

"敬公子？"乌柏迟疑着，一步一步挪了过去。

"刚才赤研弘说的话，你都听见了？"赤研敬脸色并不好，每天的锦衣玉食，并没有让他的身子健壮起来。

大公赤研井田只有两个儿子，最喜欢的是赤研敬的大哥赤研恭，却极少提到这个小儿子。赤研恭在青云坊读书的时候，赤研井田三天五天总要过来一回，劝勉鼓励，而到了赤研敬这里，则十天半月也见不到自己的父亲一面。

人们都说，这是因为赤研敬的母亲是个普通婢女的缘故，当赤研井田意外得知自己还有一个骨肉时，第一件事就是下令赤研敬的母亲自尽，让自己的妻子把孩子抱来抚养。大公夫人善妒，人人看得出来，更是没人敢对赤研敬的处境多说半句话，而赤研井田事务日繁，根本顾不上他。十岁，当赤研敬跌跌撞撞被送入青云坊的时候，他的大哥赤研恭已经出坊历练了。这时候赤研弘正是坊中的风云人物，赤研敬虽然有着显赫的身份，却没有人敢来巴结奉承，每天灰溜溜的，差不多变成了赤研弘的高级跟班。

也许，他在坊中的第一个朋友，就是毫无身份地位的乌柏。

"都听见了。"乌柏不知道赤研敬想说些什么，说不出为什么，和赤研敬在一起的时候，他总是有些不自在。

"这只肥猪还在跋扈！等我大哥当了大公，第一个就要把他杀掉！"赤研敬恶狠狠地挥手。

乌柏吓了一跳，忙左顾右盼，确认四下无人，才悄声道："敬公子，可不能这样说，万一被弘公子听到，那可不得了。"

"把自己的嘴巴管好，传出去也是你死！"赤研敬冷哼一声，道，"你也听到他是怎么说世子了吧！"

乌柏口干舌燥，只能点头。

"我大哥随便哪一点，不比这肥猪强上千倍万倍，他一个公爵的儿子，居然敢这样飞扬跋扈，出口不逊！陆兴平那几个龟蛋，只会在旁边煽风点火，将来也一定没有好下场！"赤研敬在原地兜着圈子，"你以为我阿爸就那么喜欢他的蠢哥哥么？前两天，在青华坊上，他们还吵得很厉害！就是为了这门亲事！"

"啊?"乌柏大感意外,赤研兄弟的和睦友爱是出了名的。赤研井田就任南渚大公这十年,只要赤研瑞谦想要做的事情,赤研井田一律首肯,赤研瑞谦所下的决断,赤研井田只是署名,从不发表意见。人们都说,正是两兄弟的相互扶持,才有了南渚今天的富饶繁华,如果说他们竟然会为了赤研恭的亲事大肆争吵,乌柏还真是不敢相信,何况,人家要给自己的儿子找媳妇,赤研瑞谦跟着凑什么热闹啊?

"哼,占祥对我说,两州的私下密谈已经进行了好几轮,这门亲事已经说定,不几日,扬觉动就会亲自来到南渚定盟!这样的大事,赤研瑞谦居然明确反对,不给阿爸面子,我看他们家的好日子也快到头了。"

"这么说,吴宁边真的要把他们的公主嫁过来?"不知道为什么,此刻乌柏脑海里浮现出的,是赤研弘对陈可儿那如饥似渴的眼神。

"当然,这还有假?谈判的密使就是占祥,哼,他倒好,一方面忙着在吴宁边往返来回,一方面还不忘了给我布置功课。也是阿爸信任他,他才敢对我左右训斥!"

"占先生也是好意。"乌柏有点为占祥不平,和封长卿一样,他也是这青云坊中数一数二的人物,又没有封长卿酗酒的恶习,因此早被赤研井田征调到青华坊中,做了抛头露面的礼宾典使,专门负责与木莲、各州的邦交事务。占祥的星算功夫上佳,只是为人过于急躁了些,每天对赤研敬的学习督促不已,而赤研敬原就天赋有限,很多时候并不能完全领会理解,占祥难免时常对他加以训斥。

在世家少年结伴玩耍时,赤研敬被赤研弘压着不得翻身,在坊中学习,又要被占祥左右训斥,而他的父亲赤研井田许久不会现身,偶尔来一次青云坊,必定对赤研敬的功课大发雷霆。有时候想想,赤研敬这一肚子邪火还真是无处发泄,只能背地里对所有人恶毒攻击,这一次,却是连自己的老师也没有放过。

"今天看赤研弘的样子,我总算知道为什么我那伯父一定要阻挠这门亲事,想来是觉得他这一门还不够光耀,是想让他那肥猪儿子娶了吴宁边的公主才好吧!"

"怎么会?兴许二大公是想为世子找一位木莲的王族公主也说不定。"乌柏看赤研敬越说越离谱,这样推理下去,岂不是赤研瑞谦一定谋反,取代赤研井田成为南渚大公?

"我哥哥结婚,扬觉动送来他的女儿,本来没什么稀奇,你知道赤研弘在其中做了些什么?"

"他能做出什么来?"乌柏十分疑惑。

"他派人潜去打听嫁过来的公主是哪一位,漂不漂亮。他一叫唤,四周自然有无数人摇尾呼应,于是就有人绑了来到这里谈判的吴宁边使节。说来也好笑,他们正和我们谈判,谈着谈着人没有了,于是大为震骇,以为我阿爸要变卦,正准备飞骑逃回,谁知被绑走的官儿又自己走了回来,说被几个莫名其妙的人架走后,本打算抵死不说盟约相关的内容,不料人家对定盟的来龙去脉也丝毫不感兴趣。只是问了一个问题,他们的梦公主到底是如何漂亮法!"赤研敬气呼呼的,说得口中白沫飞溅。

"你说,这样离奇的事情,除了赤研弘,还有谁能做得出来?!"

听完赤研敬的牢骚，乌柏脑中确实只剩下了一个名字，赤研弘。

他挠了挠脑袋，道："弘公子的口味确实比较怪，只是这一次不知道又看上了人家的哪一点。"

"哼，他自然是想驯服烈马！据说扬觉动的这个小女儿十六岁，被宠溺惯了，脾气骄纵，不可一世，在大安城，是人人避之唯恐不及的人物。这样的刁蛮女子，也配我大哥吗？只是漂亮，有什么用！"

两个人说着，渐渐靠近了陨星阁，这阁楼是上古时留下的建筑，推开大门，一股沉木的味道弥散开来，阳光从敞开的门口斜斜射入，空气中细小的灰尘纷纷扬扬。

在陨星阁的地面上，有一张大大的星盘，转动的时候，它会散发出耀眼的光芒和铿锵的巨响，然而安静的时刻，显露出来的，只是黑玉石的地面，和它上面隐隐流动的金线和银槽，一些代表星位的小孔中散发着隐隐约约的光芒。

"占祥告诉我，大灵师可以根据这些杂乱无章的星象来预知八荒的未来，你觉得呢？"

乌柏没有说话，每次进到陨星阁，他都会被一股凌厉沉默的气场所包围，他熟悉这里的每个房间，也熟悉这块黑黝黝的地面，在扳动机括之后，它会飞速运转起来，带着电光和火花，星辰闪耀，星野轮换，除了坊中有限的几位大灵师，谁也不知道怎么让它停下。

"我不知道。"乌柏说的是实话，封长卿告诉他，星辰的力量可以改变人间命运，那些最好的灵术师，可以借助星辰运动，来唤醒大地上潜伏的神祇，譬如海神重晶和火神墨羽，假如它们真的存在的话。

"乌毛头，坊中这些烂污人物我都看不上，说实话，我的星算也及不上你，我觉得是占祥比不上你那个酒鬼老师。但是我还是希望你能把我当作朋友。"赤研敬表情严肃，声音闷闷的。"我也是大公的儿子，为什么他们在我哥哥面前那么谄媚，到了我这里，又都显出一副骄傲的面孔？他们是从心里看不起我，我知道！"

陨星阁的大堂古老而空旷，这里是禁地，平日里没有什么人来，赤研敬的声音就在那些梁柱间绕来绕去。

乌柏不知道该说些什么，有那么一会儿，他想到了他自己，他虽然有个父亲，却没有家，从他记事起，父亲和母亲就都去世了，因为这，青云坊里的少年都说他是阳坊街上的孤儿，是醉鬼封长卿喝多了酒，从街上抱回来的私生子。赤研敬再无人理会，起码还有父亲，还有一个大公之子的身份，他却什么都没有。哦，不，他有几个朋友，他们是渔夫、铁匠和酿酒师傅们的儿子。

"敬公子，我当你是朋友的。"乌柏不知道这算不算撒谎。

话一出口，他又觉得有些犹豫，自己真的配和大公的儿子做朋友吗？

赤研敬敏感多疑，也不那么讨人喜欢，他喜欢把所有的不是和过错都推到别人身上。就像刚才，占祥已经是青云坊里最好的灵师，连封长卿都十分佩服，但到了赤研敬这里，他一切让赤研敬进步的心思和努力，竟被赤研敬轻轻巧巧一句话，全部抹杀。

就像现在，他只能承认赤研敬是自己的朋友，他无法想象

指间错 57

否认的后果是什么。

"我就知道我是有朋友的!"赤研敬咧开了嘴,笑了笑,"我也不知道为什么就特别对你有些亲近,你不过是个阳坊街上的野孩子,我刚进青云坊的时候还踢过你吧?"

乌柏点了点头。

"很多人都踢过我,但不是所有踢过我的人都要和我做朋友。"这些话他放在了心里。

都说他父亲的大功让他进了青云坊,可是一个芝麻小将又能立下什么大功?更别提他也因为这场大功死去了。于是功臣之后乌柏,只是个青云坊中的洒扫小童,以这样的身份和这些世家子弟相处,受点委屈不正常吗?

越系船告诉他,要是有人打你一拳,你一定要双拳还回去,这样人家才不会打你第二拳。但是越系船不会明白的,在青云坊中,就算有人给自己一百拳,他也不能还回一个小指头。而且乌柏觉得,自己的心是硬不起来的。

他跟越系船争辩的是,如果这一拳打回去,别人会不会也很疼?

越系船就把眼睛瞪得铜铃一般:"你没救了!"

是啊,乌柏也觉得自己不可理喻,明明知道赤研敬是个怎样的人,现在他不过说了这样一句和颜悦色的话,自己竟然几乎要热泪盈眶了。

幸亏赤研敬对他的表情根本视而不见。

"我迟早要让所有瞧不起我的人都付出代价!"赤研敬在空旷的大堂中攥紧了拳头,"我希望这些人里面没有你!"

四

离开陨星阁之前，赤研敬再次告诉乌桕，扬觉动，那个只在故事中存在的人，很快就要来到灞桥了。

"这是个秘密，不要告诉任何人！"赤研敬的声音压得很低。乌桕明白，这是赤研敬对友情的回报。但是他还是忍不住想找个人说说，他想到了越系船和他那个古灵精怪的妹妹。

青水奔腾，乌桕从宽阔的灞桥上跑过，每天的这个时候，海市收了摊，越系船都会带着妹妹来阳坊街转转，顺便从老萨的酒坊里给老爸越海潮打上一袋鸿蒙酒。

然而这一次，越系船的两只眼睛却红得跟个兔子一样，不仅他脸红脖子粗，他的妹妹越传箭脏兮兮的小脸上也泛起了两坨红晕。

"发生了什么？"乌桕很惊讶，他们兄妹把腿伸出青水的围栏，在空中荡啊荡，越系船一副似笑非笑的神情。

"我有一个好消息和一个坏消息。"越系船一把抓住乌桕的小细胳膊，嘿嘿笑着。他一开口，乌桕就知道发生什么了，他们喝了酒，天哪，传箭只有四岁！

"好消息是，越海潮前几天被赤铁军征召出海，到现在都没有回来，而我发现了他藏钱的罐子，所以我每天都有酒喝了！"越系船举了举手中的麻叶袋，越海潮是他的父亲，打鱼人家，父子之间也没什么讲究，都是直呼其名。

"坏消息是，人们都说他们的那条红船遭到风暴，再也不会回来了。所以这酒也喝不了几天了。"越系船哈哈笑了起来。

乌桕心中一紧，越海潮长得人高马壮，妻子生下传箭便一病不起，他没钱再娶，便一个人拉扯系船和传箭兄妹长大。海上打鱼本来也是个靠天吃饭的营生，如果越海潮遭遇意外，还真不知道他们兄妹将来怎么办才好。

"不用管他了，"越系船随手递过麻叶袋来，道，"鸿蒙酒，你也来一口！"

如果是平时，乌桕多半不会喝，但是今天这样的情况，这口酒却是无论如何不能不喝的。

他接过麻叶袋，小心地往喉咙里面倒了一口，这种叫作酒的液体辛辣爽滑，又带着些麻叶的苦涩，一溜烟就滑过了嗓子眼儿，可是一到腹中，马上变成一道燃烧的火线，由下自上顶了上来，把他呛得眼泪直流。

"再来一口！"越系船笑嘻嘻的。

乌桕受不了，连连摆手。

旁边一个声音却高叫着："我还要！"

越系船嘿嘿笑着，把手中的麻叶袋递给了越传箭，却被乌桕劈手夺了下来。"干什么，她这么小，怎么能喝这样辣的东西！"

传箭就满脸的不高兴，噘起了嘴。

鸿蒙酒不过是市面上大家都喝的寻常酒品，每个酒坊都会有，竞争起来，为了出新出奇，有许多酒坊就在酒中加些果蔬，调出不同的味道来。只有阳坊街上老萨家的酒，什么也不放，理由是，不纯不烧，喝来做什么！老萨的酒，只用浮玉稻浸泡发酵，闷水三蒸，所得的酒也就异常生猛辛辣。

因为封长卿每天都喝得迷迷糊糊，所以乌桕即便没喝过，也觉得这不是什么好东西。

而且，越海潮不见了，他们兄妹两个怎么办？

"自然是换我出海了！"越系船的语气很随便，"他能做的事，我一样做得来！"

"可是你出海，传箭怎么办？！"越系船从小跟着越海潮在海上讨生活，又继承了父亲的强壮身体，乌柏毫不怀疑他可以跟着渔民们出海行船。只是觉得传箭还小，越系船这样一走了之，谁来管她？

"还能怎么办，在家里待着呀，"越系船挠挠脑袋，"要不让明叔和明亮帮着照看一下？"

"他们难道不跟你一起出海？"明大离是越海潮的老友，明亮则是越系船从小长大的伙伴，只是，他们也一样要去大海里讨生活啊。

"算了，不说这个！"越系船烦躁地摆了摆手。

乌柏叹了口气，一句"我来照顾"差一点就从嘴里滑出来。可是，他不过是个青云坊中的小侍童，他又靠什么来照顾别人呢？显然越系船并不想继续这个话题，传箭太小，不能出海，他也确实没有什么安置她的法子。

"你要是一下子长到十四岁该有多好，"越系船蹲下，揪起了传箭的脸蛋儿，"你不是喜欢乌毛头嘛！那我就可以把你嫁给他了！"

"不要！"越传箭张开嘴要咬越系船的手指，"那他比我还小好几岁哪！"嘴上这样说，她却扑到了乌柏这边，一把抱住。

"说吧，你这次出来，有什么新鲜事？"越系船拍拍裤腿，站了起来，三个人向落月湾走去。

乌柏想到了什么，从衣襟里掏出一角银来，放在越系船的

指间错　61

手里。"把这个拿着！"

"将来要还的！"乌柏早就知道越系船会说些什么，抢先说出了口。

"这是给传箭买包子吃的！"他在青云坊中，不管有没有钱，起码是不担心吃住的，而阳坊街上的孩子，虽然在盛世之中，也常有人会冻死饿死。

越系船的脸愈发红了，捏住那角银子，没有说话。

"啊，对了，我这次来，是要告诉你最近要发生的一件大事的！"乌柏赶紧转移话题。

越系船撇了撇嘴。乌柏觉得奇怪，看着他。

"我知道，不就是吴宁边的一个劳什子公主要嫁到南渚来吗！"

靠近落月湾，海浪的声音淹没了灞桥的繁华，夕阳给褐色的大海镶上了一道金边，海神寺的遗址七零八落，海鸟们在这些曾经庄严肃穆的店堂遗址中穿梭，把白色的鸟粪甩得到处都是。

"你怎么会知道！"乌柏惊讶地睁大了眼睛。

"什么我怎么会知道，整个灞桥都知道了呀！"越系船反而对乌柏的态度很奇怪，"是吴宁边扬大公最小的女儿，而且大家都说，他会亲自来到灞桥呢！"

乌柏目瞪口呆，青云坊是非常接近南渚权力中枢的地方，坊中的贵族少年，知道这件事的，也不过是赤研敬、赤研弘几人而已，这个消息什么时候会传遍了南渚？

"谁跟你说的？"

"嗯？包子铺的马掌柜在说，锋凌炼坊的涂师傅在说，野非门的城门守辛都尉在说，说书的陈二先生也在说，呃，陈二先生一开口，灞桥还有人不知道么？"越系船哈哈大笑起来。

"大家怎么说？"乌柏觉得自己笨到家了，赤研敬口中的秘商、争吵，没准都是胡说八道，不过为了骗取自己一点信任而已，自己也就真信了，这传遍了灞桥的八卦还拿出来卖上一卖，未免也太没意思。

"大家说，前几年吴宁边被澜青打得太狼狈了，多亏了咱们南渚的帮助，才能站稳脚跟，这次把姑娘嫁过来，是要报恩。好没意思！"越系船的口气几许失望。

"怎么会，不是的！前几年两州大战，是木莲不守信义，突然偷袭吴宁边，才让局势倒向澜青一边的，咱们的星驰将军确实率军北上，听说也没打什么仗！"

乌柏大略知道这件事，也知道扬觉动是越系船心中大大的英雄，这次这个无往而不胜的枭雄居然要把女儿嫁来南渚报恩，想必他很难理解。

南渚偏安八荒一隅，太平时光太长，不仅军心懈怠，官吏更是贪腐成风，近几十年来，凡举和周边诸州的大小摩擦，几乎都是以献金讲和告终。南渚的赤铁军号称八荒劲旅，也只是在镇压百姓的时候格外生猛而已，虽然灞桥的贵族们过的都是纸醉金迷的生活，但是对升斗小民们来说，再繁荣的盛世，一样难逃饥寒交迫。若是要越系船这样的贫苦渔民支持这些整天在他们头上作威作福的军队，简直没有可能。

果然，乌柏这话一说出来，越系船的眼睛一亮，道："就说是，我就觉得他们在胡说八道，吴宁边如此强盛，打仗又没有讨到我们什么好处，对我们感什么恩，不过是贬低人家罢了！

指间错　63

哇，街头巷尾，这些人一个个得意扬扬，好像人家来见赤研大公，是来家里拜会他们自己一样，真不知道这自豪劲儿是哪里来的！都在那里说，这扬归梦是如何漂亮，如何美貌，如何如何，这扬大人也是，怎么知道他们的小人嘴脸！"

"你这话也不对，恭世子人品那还真是没得说，和蔼亲切，又有学问，我见过他，将来要是他做了大公，保证大家的生活会过得好好的。"

"就你能说！"越系船一脸不以为然的神色，他咕嘟咕嘟把手中的麻叶袋喝了个干净，红头涨脸地丢在了一旁。

越家的茅草房越来越近了，已经可以看到凌乱石基上灰色的土墙，第一次见的时候，乌桕十分疑惑，海边的房子这样盖，万一起风下雨，不是很危险？越海潮倒是安慰这个来自华丽建筑中的小朋友，没关系，就算塌了，也砸不伤人的。他给乌桕拿出晾晒的干咸梨子鱼，那洪亮的哈哈笑声仿佛还在耳边。

哪怕系船和传箭的父亲真的消失在大海中了，但他们至少还有父亲，还有人陪他们度过了这样长的时光，自己呢？乌桕看着太阳渐渐向大海沉了下去，忽然低落起来。

"哎，我知道扬大公哪一天进城，不如我们那天去看热闹好不好！咱们这儿已经好多年没有来过这样的人物了！"越系船重重拍了一下乌桕的肩膀，"振作起来，伸出你的拳头！"

越系船比出了他的胳膊，常年在海上捕鱼拉网，这是一条充满活力的臂膀，一条条青筋浮在鲜活的肌肉上，充满了青春的力量。越系船的手指攥起来的时候，乌桕听见了关节中一连串咯咯的脆响。

乌桕也伸出了自己的胳膊，挽起袖子，十一岁的少年，胳膊瘦得跟麻竿一样，手指细长，所有的血管都隐藏在肌肤深处，只能看到苍白的皮肤上细细的汗毛，它们在渐渐变冷的海风中一根一根立了起来。真是令人羞愧啊！

　　"好，我们一起去看热闹。"乌桕收了胳膊，为了转移话题，转身把传箭抱了起来。路走得有些远了，传箭早就累了，眼睛渐渐就睁不开了。

　　"传箭困了，我们先回家吧！"

　　"我猜扬觉动身边一定有一百名……不，二百名金甲的武士护卫，他本人壮得像一头熊，骑的是最高大的坦提风马，他的胳膊比我的还要粗上一倍，在马上就能拉开两石的弓，而且，他随随便便就能掰断杉木枪竿……"

　　越系船的声音被海风渐渐带走，这是一个打鱼少年对于英雄的全部想象。

第三章 朱鲸醉

极细的金铁摩擦之声,豪麻与赤研星驰先后指推刀柄,刀出二寸,席间再度安静,只有赤研瑞谦紧巴巴的笑声在回荡。众人都看扬觉动。赤研井田显得非常疲惫,还带着点失望。他的眼神望向帘幕之后,成片银闪闪的刀锋在翩然跃动,只等一句命令。

时间似乎突然变得无限漫长。

一

刀在鞘中滑动，铁齿咬合精钢，发出生涩尖利的声响，让人的血液缓缓凝固，继而瞬间沸腾。

豪麻走马从野非门下穿过的时候，拇指轻轻把赤心推出了半寸。

城门高大雄伟，青色的砖墙从济山脚下绵延而来，宛若长龙。伴随着晨光，灞桥城中一道道炊烟薄得透明，海鸟啸叫着低低盘旋，大海的呼吸沉稳而浑厚，掩盖了商旅们纷杂吵闹的声响。

豪麻一手松松地挽着马缰，他的目光一直盯在城楼前悬吊的三个朱漆木笼上，中间和左边的木笼中装着两颗人头，右边的那个则空空荡荡，在风中吱呀摇晃。距离太远，他看不清楚笼中人头的表情，海风和烈日蚀干了血肉，那笼中首级已经干瘪萎缩。显然，这两颗头颅被吊上门楼已经有些日子了，但每个从野非门下经过的人，都忍不住去看上两眼，小声嘀咕几句。

这场面豪麻并不陌生，他虽然年轻，但已是为吴宁边攻城拔寨的悍将，每次占领敌城，少不得要填上几个这样的木笼。只是在承平百年的南渚，百姓们似乎还没有习惯这样血腥的做法。商旅们行色匆匆，灞桥东城门外的嘈杂拥堵，让他们不得不停了片刻，于是，他得以对那个空空的木笼凝望了一会儿。

一行人穿过城门的时候，他感到了赤心的不安，这把刀的主人原是大公的四弟扬觉风，他死的时候，只是一名十七岁的少年，但是他的马蹄让整个离火原为之震颤。

"赤心的鞘很紧，有血溅到它的刃上，它才舍得出鞘。"

三年前，扬觉动在风旅河战场把赤心交到了他手上，说这句话的时候，他们眼前一字排开的，是澜青的五万大军，敌人们的骄傲和他们簇新的甲胄一样，正在太阳下闪闪发光。

随后，豪麻拔出了赤心，带着他的四千轻骑插入敌阵，就像鲨鱼的背鳍划开了平静的水面。

此后，赤心出鞘时生涩的金石摩擦声，便常伴豪麻左右，每次，它都会饱饮鲜血。渐渐地，这把刀越来越顺手，简直就像是他自己的一部分。

马儿随着人流穿过城门，即使市声喧哗，豪麻依然可以听见那些挂着木笼的铁链吱呀作响。

查验通关文书的过程异常顺利，灞桥繁华，拿了银两的门吏对这支三四十人的商队草草放行。

"看这么久，想知道一天之后，我们的头会不会替下那几个可怜鬼么？"右相浮明光在打趣，他身材高大，须发斑白。然后，这大陆上身份最尊贵的人之一，吴宁边大公爵扬觉动就在马上回过头来。

扬觉动笑了一笑，这个五十上下的男人鬓角已生白发，双眼顾盼有神，一身素净便装，看起来不过是个普通行商模样。

赤心还在跳跃，豪麻用力把它压回了刀鞘，喀的一声。

"浮叔真会开玩笑，我们是来定盟的，赤研井田要是真有龌龊心思，我们就把他的头挂上去好了，"豪麻的副将甲卓航咧开嘴，对浮明光笑道，"我看我的闷葫芦兄弟，八成是在想老婆了！"

豪麻眉头一展，感觉脸上发热，甲卓航就是这样一个跳脱飞扬的性子，惯会胡说八道！

他回头，自己这一行三十四人，面上都有了风尘之色。从毛民镇出发以来，这已经是第七天了。他们扮作商旅进入南渚，一来联姻，二为定盟。

纵然大家都在战场上纵横驰骋过，但这次一路来得也实在不容易！

八荒神州的众多割据势力中，唯有吴宁边没有传承、没有血统，它的每一寸土地都是战士们一刀一枪夺来的。无论是起兵攻吴的大将军扬叶雨，还是现任大公扬觉动，都是八荒一时之雄。当然，也正是这群人，摧毁了旧吴，又强占富庶的宁州大片土地，打破了木莲各州之间的实力均衡，因此引发了战火连绵。

三年前，扬觉动曾和宿敌澜青州大公徐昊原有过一次生死之战，由于木莲王室的突然介入，扬觉动未能将澜青一举荡平。这一次，澜青和木莲再次集结大军，消息甫一传来，扬觉动便决心倾全州之力，做霹雳一击！

决胜千里的必要条件，是必须抚平四方关系。尤其重要的，吴宁边需要南渚这个商贸重地、鱼米之乡的全力支持。有了南渚的支持，吴宁边才有稳固的后方。赤研井田一定不喜欢吴宁边倒下，这意味着南渚失去了北面的屏障，届时，他便要直接面对木莲王朝的强大压力。

谈判由扬觉动的智囊疾白文和南渚左相米容光主持，具体磋商则由南渚礼宾典使占祥与吴宁边大将李精诚进行。经过长达数月的谈判，条件都已议定，最重要的一条，便是两州联姻，扬觉动许诺将小女儿扬归梦嫁给赤研井田的长子赤研恭。

那个活泼好动、蛮霸顽皮的小姑娘，就要嫁给南渚的世子了。

豪麻抿紧了嘴唇。

扬家来自东川军镇，女人和男人一样，都拥有爵位的继承权。嫁女南渚，与赤研家族结为血亲，这样的筹码不可谓不重。

万事俱备，只差定盟。

扬觉动忽然决定，要亲自来南渚看一看。

大公出境?!大安城中的权贵炸了窝，只有豪麻一句话都没有说。他知道，扬觉动想要的，是整个天下，这其中怎么可以少了肥美的南渚呢？

但豪麻还是很担心，赤研家族在八荒一贯有狡猾自私、背信弃义的名声，为了自己的利益，这个古老的家族能够做出任何事情。著名的白驹之盟中，南渚曾率先结盟旧吴对抗强大的木莲，但这并不妨碍它在背后不断蚕食旧吴的疆域。

浮明光说得没错，豪麻的心时时刻刻都悬在半空。他是吴宁边以强悍闻名的青年将领，也是此行扬觉动的第一护卫。走过城门的那一刻，强烈的不安就像阳光下的浮尘，从这个城市的每个角落弥散开来。他确实害怕，怕一天之后，扬觉动的首级会被装进那个空空的木笼中。

尤其不妥的是，进了灞桥，街谈巷议竟都是两州定盟的消息，这样绝密的消息是怎样传到普通百姓的耳朵里的？他们开始面面相觑，神情不觉都变得凝重起来，毫无疑问，虽然赤研井田对定盟已经首肯，但南渚朝堂上，绝不是每个人都喜欢他们，接下来会发生什么，谁也说不清。

只是箭在弦上，不得不发。

入城之后，豪麻的手再没有离开过赤心的刀柄。

二

号称南海第一城的灞桥，果然异常繁华，只他们路过的这条阳坊街，各种商铺酒馆就连成一片，醉醺醺的酒客们在拍着桌子大声争辩，挑着货担的行人为了避让车马，只能歇在街旁的屋檐下。

不到半炷香的时间，鸿蒙商栈的招牌就出现在了众人的面前。

"就是这里吧，又可以住店，又可以吃饭，还真他娘的气派！"神箭手伍平用手遮住阳光，抬眼望着那四个金灿灿的大字。

商队还没到客栈大门，小二已经迎出门来。

"甲卓航、甲卓航？"浮明光和豪麻同时皱起了眉头。

甲卓航出身旧吴商业巨族，是军中的理财好手，他熟悉各州风土人情，方言俚语无一不精，这一行负责众人差旅经营，只是生性诙谐贪玩，此刻却不知哪里去了。

"我来吧！"一贯沉默的骑兵教习尚山谷先走进了商栈。

谁进来都没关系，只要银钱放在桌上，南渚人的热情和精明便同时迸发了出来。很快，众人便被安排得妥妥当当，扬觉动则和豪麻、浮明光等几人，登上了二楼临街的座位。

伙计殷勤，上来布了几道小菜，提来一壶当地的鸿蒙酒。豪麻刚要伸手，扬觉动却自己接过，缓缓加了一杯酒，道：

"正午了吧？"

浮明光道："是，这个占祥答应得痛快，人却无影无踪。"

"灞桥街谈巷议的都是这件事，这太奇怪了。"豪麻眉头皱了起来。

鸿蒙商栈门前，贩夫走卒来来往往，一派繁华景象。

良久，扬觉动才收回自己的目光，道："没有迎礼是我们的约定，本来是密约，平平静静也是应该。赤研井田为人虽小气了些，但还不愿意木莲独霸八荒。倒是对那不通款曲的赤研瑞谦，要多提防。"

"不错，"浮明光点头，"尚山岳的丰收商会和朱盛世过往紧密，恐怕对这位二大公的财路多有妨碍。"

扬觉动略停了停，又道："我以为吴宁边这些年经营尚好，商市银钱已经颇具规模，但与眼下这繁华景象相比，竟是大大不如。这许多年，中北诸州对南渚鞭长莫及，赤研家闷声发大财，却是辜负了大好时光啊！"

豪麻看着扬觉动，那张熟悉的面庞上已经有了深深的倦意，二十年来，这个人几乎像长在了马背上，四处征战，而今，平和安宁的生活却似乎离他越来越远。

他知道扬觉动的话大有深意，今日木莲权力衰微、民怨沸腾，诸州之间攻伐不断，八荒神州已坐在了火山口上。南渚偏安一隅，百年未有大的战事，又拥有繁盛的海陆贸易和万顷良田，如此得天独厚的争霸条件，偏偏武备松弛，民风柔弱。覆巢之下无完卵，如八荒战火再起，想必这满眼的丰饶无法撑起千秋霸业，必定化作一缕云烟。

几人缓缓闲聊，豪麻的目光始终盯着商栈门前大路。

此次扬觉动亲临南渚，本是一等一的机密。按照约定，他们入住鸿蒙商栈后，占祥将亲来迎接，引他们入青华坊密见赤研井田。可是不知道是什么缘故，如今天已正午，占祥却毫无踪影。豪麻心中烦躁，强压着性子坐在座位上，后来扬觉动和浮明光又说了些什么，竟是一丝一毫也没听进去。

"公子、公子，楼上实在是客满……"小二一句话没有说完，伸开的双臂忽地合拢，去接甲卓航抛来的银子，不由自主地让开了一条路，甲卓航三步两步就来到了桌前。

只不过片刻不见，他身上七零八落，已经挂上了许多灞桥街上买来的新鲜玩意，浓粉艳绿煞是好看，连外衣也换了上等春衫。只是眉宇间却藏不住焦灼。

"大公，青华坊正在集结兵马，直奔这里而来，请早做决断！"甲卓航的声音压得极低。他一句话没说完，另一桌的伍平已经呼地站起，手就要伸向包裹里的家伙。

"干什么！"豪麻回过神来，冷着脸看了伍平一眼，此刻他的心里也万马奔腾，只是为将和为兵不同，不是一味武勇就可以解决问题。

伍平闷哼一声，坐在椅子上，吼道："小二，酒上得快些！"

豪麻不去理他，却多看了尚山谷一眼，他要确定，队伍中的所有人都已做好了撤退的准备。

扬觉动却向甲卓航招手，道："来，坐下，慢慢聊。"

三

赤研家族盘踞南渚已逾百年，这青华坊也建设了百年，一直是南渚的行政中心、赤研家族权力的象征。豪麻虽然坐着，但整个人都绷得很紧，他很想知道，赤研井田从青华坊派来的，到底是一支怎样的队伍。

果然，不一刻，商栈前大路上便开始骚动，两队披甲军士跑步奔来，一路呼喝，气势非凡，更把青金两色的军帜五步一支，插了满街。接着，由八位驾着枣红骏马的武士作为前导，一架六马鎏金銮大车流苏带风，气势万千地向商栈而来。

扬觉动眉头微皱。

豪麻神色冷峻、面无表情，没有他的命令，吴宁边的武士们依然端坐，饮酒吃菜。

浮明光低声道："诸侯礼制，锦旗迎宾，现在军旗相列，说好的密会变成了堂会，这赤研井田到底是什么意思？"

扬觉动把手放在豪麻握刀的手上，轻轻按了按，一股温热让豪麻心中稍定。

"既来之则安之，日光木莲尚且不想与我撕破脸皮，何况南渚？我们静观其变好了。"

说话间，商栈门口已经排好了阵仗，十数丈的空间内空无一人，百姓走得慢的，被踢得连滚带爬。这些士兵表情肃穆，身姿挺拔，都望向那辆鎏金銮大车，等车稳稳停下，车上走下来一个身材微胖的中年男子，头戴深红貂皮帽盔，胸前挂串金玉璎珞，贵气逼人。

这人大步走到商栈门口，昂首去望那门上匾额，商栈掌柜早带着随从奔出，在那男子面前下拜，道："二大公今日好兴致，小的们未及远迎，死罪死罪！"

"朱里染呢？"那人语声不高，透着一股威严。

那胖胖的商栈掌柜满脸堆着笑,道:"叔叔身体不好,下楼不便,顷刻就到、顷刻就到!"

客栈内的客人听得"二大公"的名号,无论外州本州,轰地乱作一团,二楼的客人则尽皆站起,拥到栏边观望,只有随同扬觉动来的这十数人神情不变,纹丝不动,一下子便突显了出来。

只有甲卓航和那些好事民众一样,也抢着凑到栏杆前,伸长了脖子向下看,面露不屑,哼了一声,道:"好大的架子!"

浮明光眉头一皱,道:"不要乱说话!"

这边扬觉动已经站起,伸手把豪麻拦在身后,只轻轻咳了一声,当头走下楼去。

"今天不知道来了什么人物,竟要二大公亲自出现!"

"前阵子二大公手下砸了朱家铺子,这次是不是要来抄朱家的家呀?"

在人们的窃窃私语声中,扬觉动一行离站在客栈门口顾盼自雄的"二大公"越来越近了,出门之前,又听到人群中几声嘀咕:"今日二大公如何便穿起军服了?"扬觉动脚步从容,豪麻的掌心却冒出了冷汗。

距离越近,扬觉动脸上的笑意越浓,伸臂迎了过去。

没错,对面就是南渚威锐公爵、灞桥城守、大公赤研井田的兄长赤研瑞谦。他眼睛不大,远看只有一条缝隙,一张多肉圆脸鼓胀起来,身上火红铠甲油亮发光,透过华美甲胄的缝隙,可见打底的宁州云锦,华贵庄严。

豪麻紧跟在扬觉动身后,寸步不离。显然,赤研瑞谦已经知道了扬觉动的身份。

扬觉动的双臂依然伸着,赤研瑞谦却纹丝不动,眯着眼睛把扬觉动上上下下打量了一遍，这一刻安静得可怕，所有的喧哗都消失无踪。

豪麻从没有经过这样难熬的时刻，他看着赤研瑞谦的嘴角一点一点慢慢翘起，终于变成了一个笑脸，大声招呼："扬大公别来无恙，今日莅临南渚，我们真是怠慢了。"说着走上前来，打了一个拱手，腿也不伸，只是做了一个将要拜倒的姿势。

这一口气憋得好长，再呼吸时，豪麻几乎将一颗心吐了出去。

扬觉动脸上笑容不变，不等赤研瑞谦慢吞吞去完成动作，忙一把托住赤研瑞谦将要前送的双手，道："哎，威锐公实在是见外了，你戎装在身，不必拘礼，你我多年不见，正怕生疏了，我们道路不熟，还有劳公爵引路，让我也有机会去青华坊拜访。"

赤研瑞谦嘿嘿发笑，做了一个请的姿势。豪麻看着他那僵硬的笑容，心下怒意渐升，这赤研瑞谦连最基本的礼节都不愿完成，更当街叫破扬觉动的身份，一地大公在这样的情况下现身街市，自然气势全无，好不尴尬。

"朱里染见过威锐公爵。"一个颤颤巍巍的老者在仆役的搀扶下出现在众人面前。鸿蒙商会大掌柜的出现引起了一阵骚动，他是南渚口口相传的神秘人物，原来竟然是个干瘪瘦弱的小老头。

赤研瑞谦却不理睬，只是把双手背到了身后，引扬觉动一行出门。他昂首挺胸走在前面，浑身甲錾叮当，身后仆从如云，引得路人纷纷侧目。

走出十余丈，豪麻才发现，停在商栈门口的，除了一辆鎏金銮六马大车外，只有一辆双马金丝楠木的小卧车。扬觉动一路微笑跟从,直到看到这辆小车,脚步才微微顿了一顿。

赤研瑞谦拱手道:"此次大公秘密来访,南渚人多耳杂,我们大公的意思,还是低调为好。只好委屈大公坐一坐这双马卧车了。"

豪麻一股热血涌上头顶,扭头去看扬觉动。

如果说秘密,扬觉动一行人神不知鬼不觉进入南渚,可算秘密,但一进灞桥,发现贩夫走卒街谈巷议都是吴宁边大公将要入城嫁女的消息,不知道南渚这秘密是如何守的。既已公开,这赤研瑞谦偏又弄来一辆不合礼制的商贾之车,勉强扬觉动登车。这样的吆五喝六、招摇过市,无非是想让全城都知道,吴宁边大公在什么样的卑微的情况下,去觐见赤研井田。

这样的境况,连一贯沉稳的浮明光脸上都显出怒容,反倒是扬觉动的神情不见异样。

这边正在不咸不淡地寒暄着,豪麻扭头却看到了原定的密使占祥,他被挤在人群之外,一脸焦急、满头虚汗。他见豪麻总算注意到他,先瞄了一眼远去的赤研瑞谦,这才抬起手来,比个手势,这是表示前路无忧的意思,豪麻稍稍放心,也对占祥点了点头。

两州谈判,豪麻也参与其中,这占祥是赤研井田身边的要员,骄傲自负、自视甚高,但为人却一贯拖泥带水,首鼠两端。赤研井田对他委以重任,他便生怕办砸了差事,从占祥小心翼翼、色厉内荏的讨价还价中,倒是可以看出赤研井田也是着意促成本次联姻的。因为木莲一旦决定全力支持澜青,以它绝对控制的中北十州兵力压下来,吴宁边必被摧毁。要想维持八荒势力均衡,当年白驹之盟定下的南北对抗姿态必将重现,

指间错 79

吴国已经消失,南渚必须同宁州、浮玉、白吴、李吴、吴宁边等周边诸州再次联合才行。

这一次密迎扬觉动入青华坊,占祥看起来比自己还要紧张,也许南渚内部对这样大的举动也有不同意见。譬如,这个突然出现的赤研瑞谦,居然调来一队兵马,劫法场一般大呼小叫地来迎,这样低劣的示威,大概也有点试探虚实的意思,希望吴宁边自己在压力下乱了阵脚。本来豪麻最担心的,是赤研井田变卦,然而看到了占祥的表现,今天赤研瑞谦的插旗迎客,也许并不是赤研井田的本意。

但是,赤研瑞谦竟可以这样违逆南渚大公的意志么?虽然,那是他的弟弟?

更为好笑的事情发生了,占祥在人群之中,有话要说,又怕赤研瑞谦注意到他,就泥鳅一样左钻右挤,却近不得扬觉动的身旁。直到赤研瑞谦对扬觉动说了一个请字,上了鎏金车。占祥才凑上前来,作为此次迎宾密使,他竟连个和扬觉动说话的机会都没有,已然气得浑身发抖。

看赤研瑞谦已绝尘而去,占祥挺起胸脯,大步向前,想穿过卫士们的队伍,不料却被护卫的赤铁军横臂挡下。他脸上当即变了颜色,还想硬冲,对方一挺胸脯,又把他挤在一边。

豪麻觉得好笑,旁边的甲卓航已经是笑了出来,不知道这南渚高官在这里折腾什么。只见占祥一把撸下帽子,捏在手里,又腰指着旁边士兵破口骂:"你是什么东西!家奴一名!竟也如此嚣张!"那士兵不屑地白了他一眼,依旧纹丝不动,一股红色便从占祥的脖子根儿忽地升起。

"有了威锐公的亲迎,这回不必劳烦占大人,可以直接进入青华坊了。"豪麻把占祥事先给到的通行密令拍在甲卓航手心，甲卓航在手里掂了掂，顺手就把这枚银戒抛给了伍平。

银戒在日光下翻滚，闪闪发光，落入了伍平粗大的手掌。

占祥脸上青一阵红一阵，站在那里左右晃了一会儿，愤愤甩袖而去。

扬觉动看占祥的身影消失在人群中，道："走吧。"

豪麻弯腰替扬觉动掀开车帘，扬觉动便躬身钻了进去。

一路跟在扬觉动身边的，不过浮明光、豪麻几人，正要随行，但那赤铁军伸手一拦，把众人都挡在身后。浮明光低咳了一声，甲卓航的手便放在了刀柄之上。

车帘掀起，扬觉动道："老浮，大家都累了，好好歇歇，你们都在这里等我回来，豪麻跟着我就行了。"

有了扬觉动的这句话，众人没有再挪动半步，所有人的目光都停在了豪麻身上。

"你要的东西，我给你买好！"甲卓航瞪着豪麻，用手拍了拍自己的佩刀。

豪麻则挺直了胸膛，最后看了一眼这些一起出生入死的兄弟，返身进入了车内。

四

车帘落下，车内光线一下子暗了下来，仿佛进入另一个世界。

这卧车虽小，却并不简陋，极是平稳、十分舒服。通向青华坊稍有路程，一路上喧闹市声杂乱传入帘幕，都像是针对车内二人的纷纷议论。

扬觉动和豪麻相向而坐。

豪麻缓缓出了一口气,如果此行真是一个陷阱,说不得也只好把自己的命交待在这里。那赤研瑞谦骄横跋扈,对大公怠慢不恭,必得诛杀!扬觉动纵横沙场三十年,什么时候受过这样的委屈!豪麻心中越想越不舒服,面上紧绷,眉宇间杀气弥漫。

他十二岁进入扬府,充当马童,就在扬觉动身边长大,对这个严厉的老人视若父兄,敬若神明,一向不能容许有人对他有一丝一毫的冒犯。

扬觉动闭目不语,脸上的法令纹深了许多,一改刚才容光焕发的模样,显得十分疲惫。

"这赤研井田欺人太甚。"豪麻闷闷地说。

"不要紧,若是赤研井田有意毁约,他反而无须如此大张旗鼓。兄弟间有分歧,这是好事。"扬觉动并不睁眼。"赤研家族的支持很重要,南渚商道稳固,我们就没有后顾之忧。"

停了一刻,他睁开眼看着豪麻,又道:"年轻的时候,人容易心急,心思要转得慢一点,你真的慢了,头绪、机缘都会自己出现。"

豪麻点头,但眉宇间的戾气不见消散,忍了半天,终于还是问了一句:"大公,你真的要将梦公主嫁给赤研恭么?"

扬觉动眉毛一跳,简单嗯了一声,便又无话。

易子为质,是百年来王国诸侯间通行的结盟手段,但若遇到扬觉动这样没有儿子的,便只剩了政治婚姻一条路。

扬觉动的眼睛很深,豪麻看不透里面到底藏着什么。

他是底层小民出身,也不是没经过惊心动魄的大场面,十七岁以后，跟着扬觉动左右征讨、出入朝堂，当真是历尽刀兵生死、看破锦绣繁华，但这一次，还是心里没底。说实话，这绝对不是一桩好亲事，不用多么聪明的脑袋，谁都知道这种联姻大多以悲剧告终。他曾被扬觉动送入木莲军中两年，跟随磐石卫转战南北，亲眼见过那些身世显赫的王公贵胄为质他乡的屈辱生活。他身世贫贱，以前遇到这些身不由己的世族子弟，还会有那么一丝报复性的快意，然而等到这件事情竟真的落在扬归梦的身上，他却实在无法接受。

打得过就打，打不过就死，为什么要把自己最亲的人送到陌生人手里作践?！他的家人请托打点，十二岁就把他送进扬府，这时扬觉动的大女儿已经被扬觉动远嫁木莲，扬府中的两个宝贝公主，娴公主扬一依和梦公主扬归梦都比他小，不过是两个天真烂漫的小姑娘。

扬家没有寻常富贵人家的势利眼，扬一依温婉、扬归梦执拗，虽然豪麻只是个马童，但两个女孩都把他当家人一般看待。尤其是扬一依，从小知书达理，对人温柔体贴，对他更是多加照拂。而豪麻心中只是羞愧，扬一依的每次关心，他都手足无措，到了后来，则是能躲就躲，一个下等马童和一地大公之女之间的距离，恐怕比天上人间还要远些。他多少还有些自知之明。

扬归梦则和她的姐姐完全相反，爱玩爱闹，每天没有一刻安静，连一贯严厉的扬觉动也对她没有办法。等到年岁渐长，豪麻也跟随浮明光学了一身技艺，扬归梦更是把他绑住不放，在外面打架吃了亏要来找他，学了几手新的招式练手要来找他，甚至想到什么整人的鬼点子，也要拿他来试验。与和扬一依相处的手足无措不同，扬归梦容貌漂亮，但个性更像个男孩子，豪麻和她之间，一向大大咧咧。

他有心打探扬一依的情况，对扬归梦的要求便总是尽量满足，而扬归梦也看出他对扬一依格外用心，更是拿着鸡毛当令箭。找豪麻做的事情，一大半都打着扬一依的旗号，豪麻满心无奈，但也心甘情愿。

从心底来说，扬归梦也是他亲爱的小妹妹。

可是不知什么时候，这个心地天真的姑娘竟慢慢长大了，居然要被嫁给一个千里之外的陌生人了。

"你出来前，一依有没有和你说过些什么？"扬觉动问。

"她要几个新鲜的济山青橘。"豪麻内心涌起一股暖意。

"嗯，"扬觉动微微点头，脸上浮现出一丝笑容，"她是喜爱这些新鲜的小玩意。"

"豪麻定不会辜负娴公主！"他的低声回复，声音坚定。

怎么会呢？辜负那个珍宝一样的姑娘！几个月前，扬觉动在青基台上，当着吴宁边的满朝文武，拉过扬一依，把她的手放在了豪麻的掌心之中。直到扬一依把他粗糙的手掌盈盈一握的那一刻，豪麻依然不敢相信自己的眼睛。

扬家的公主居然许给了一个马童！虽然那时他已经是吴宁边飞骑将军，代替扬觉动和百济公扬丰烈一同节制全州兵马。

豪麻自十四岁从军，一直跟在扬觉动麾下，扬觉动对他格外支持关照，他也悍不畏死、力争上游，十七岁获得人生第一场大胜，被扬觉动送入木莲勤王，十九岁回归，参与风旅河大战，连败澜青名将，此后三年南征北战，身披数十创，所部横扫数州，战绩震惊八荒！但在这个老人身边，他永远不敢骄傲，在那个明眸如水的女子面前，他更是感觉卑微。他确实默默喜欢着他的娴公主，但他怎么也不会想到，有一天，扬觉动居然会真的把她交到自己的手上。

扬觉动宣布，当变乱初定，他们将择期成婚。

万众瞩目的青基台上，扬一依的脸红了。

她愿意，她愿意和我在一起！豪麻如此激动，都没有意识到自己捏疼了她，如此不可思议的馈赠，竟这样荣耀地降临到了他的身上，战场之外，第一次，他充满自信地挺起了胸膛。

他永远不会辜负扬一依，怎么会！他会永远照顾她、呵护她、珍惜她！直到黑色的死亡来临。

"早些回来，我等你啊，"这次出发前，扬一依把自己的手帕系到了他的衣襟上，"我需要你的时候，希望你永远在。"

她笑着问："你会么？"

"我会，一定会！"这一刻开始，从来把生死置之度外的豪麻忽然开始忧虑死亡。他要回来，护着大公，回到大安城，回到和扬一依告别的地方！

似乎碾到了一颗石子，木车轮颠簸了一下，车窗上的几层薄纱摆动交错，露出了一条缝隙，车内多了一条明亮的阳光。

豪麻不知道扬觉动为什么突然提起扬一依。此刻他担忧的，是关系到此行安危的另一件大事。

就在十数日前，原定将要嫁给赤研恭的扬归梦突然逃跑了。

扬归梦出嫁，是两州密盟的最重要条件。然而这个秘密决定，扬觉动却并没有正式知会扬归梦。

大公的三个女儿中，扬归梦是庶出，最小，但扬觉动最疼爱的也正是她。所以扬归梦从小到大，几乎没有受过委屈。不过扬觉动的脾气向来是说一不二的，扬归梦同样知道，父亲只要决定了什么，便再没有讨价还价的余地。

十几日前，她就有些不对劲，格外招摇，闹得整个大安城鸡飞狗跳，然后忽然和她的教习道逸舟一起消失了。浮明光马上派人去追，四路人马中，唯有西南一路无人回报，众人都很意外，扬觉动更是因此大发脾气，怕就怕扬归梦已经被南渚诱出劫走，定盟一事，就此生出无穷变数。

豪麻久在军中，知道虽然八荒局势表面上风平浪静，但背地里暗流汹涌，澜青州公爵徐昊原和扬觉动一向不和，三年前两地交兵，徐昊原兵败，此后一直在厉兵秣马，意图反扑。吴宁边实力本来强于澜青，扬觉动上次大兵压境，眼看就要一举拿下平明城，想不到木莲突然出兵，攻占吴宁边补给要道南津镇，掐断了扬觉动大军的粮道，害得扬觉动在全面优势下，几乎丧师风旅河。而那一次木莲王朝内部正乱，所谓出兵不过是小试牛刀，并没有倾力干涉。

这一次，日光王朝守谦再次集结军队，更让扬觉动小心警惕。吴宁边成立二十年来，扬家一直对木莲保持谦卑姿态，避免直接冲突，然而实力说明了一切。吴宁边的强大已经让木莲王朝无法坐视了。

这一次徐昊原兵力异动，扬觉动便疑心木莲是幕后推手。假如真是这样，这一战便再无退路，木莲今天依然是白驹之盟的盟主，如果吴宁边战场失利，即便是在道义上，也会出现八荒共伐的局面，吴宁边的倾覆，只在顷刻之间。相邻几州中，南渚虽武备较弱，却最为重要。它北接澜青、资材丰厚，有赤研家族的支持，就可以牵制澜青的兵力，让吴宁边不至于腹背受敌，只有这样，扬觉动才有获胜的可能。

三年前的那场大战，正是赤研井田不愿吴宁边全面崩溃，所以出兵相助，这一次呢？

这个形势扬觉动懂，赤研井田懂，徐昊原和日光王朝守谦更没有不懂的道理。偏安一隅的南渚就这样成了八荒棋盘上一枚至关重要的棋子。

然而八荒大棋盘上诸位霸主举棋未落，就在这个当口，扬觉动小棋盘上最重要的棋子扬归梦却跑了。议定的定盟日期已到，扬归梦依旧毫无消息，虽说定亲结盟和迎亲成礼尚隔时日，但看目前状况，到时能否找到扬归梦也是未知。

在扬归梦不知所终的情况下，扬觉动照常进行他的南渚之行，就有了孤身犯险的意味。只是这个猛虎一样的人同样绝顶聪明，他要做什么，从来不需要别人提醒。

豪麻提起了身子，嘴巴绷成了一条直线。

马车摇晃前行，微风吹动车帘，离开大安城已有十余日，不知道扬一依过得可还好吗？

市声渐止，青华坊就在眼前，豪麻一颗心悬着，跟着马车荡来荡去，右手始终紧紧握在刀柄上，捏得指节发白。

五

青华坊前甬道，赤铁军武士排成两行，威武雄壮。

豪麻先下，抬手替扬觉动掀开布帘。

正是午后，天际白云如丝，阳光耀眼。

赤研瑞谦不见踪影，一名赤铁军校尉大踏步走了上来，尚有一段距离，他便前趋俯身半跪，腰刀点地，先行了一个标准的大礼，待到更近些，豪麻才发现这是一位老熟人。

"屠兄，好久不见。"见礼已毕，豪麻拱手。

那魁梧的校尉笑眼带笑意，挺直了身子，道："我家公子在前面等。"

扬觉动和豪麻对视了一眼。

"星驰将军还好吗？"豪麻用力压住欢悦的赤心。

屠隆抿起嘴，看了看左右目不斜视的兵士们，微微点了点头。

屠隆的军阶是校尉，却又不是普通的校尉，他是南渚赤铁四营中银梭营的执掌者，而银梭营，又是南渚王族重要人物赤研星驰的亲卫营。

赤研瑞谦的下马威之后，青华坊待客的却是赤研星驰，这究竟是喜是忧？

再拐过一道回廊，前堂影壁前，这位南渚的特殊人物守候已久。

赤研星驰亦是一身戎装，精心养护的甲胄上还带着刀砍斧斫的痕迹，他不过二十多岁的年纪，眉宇间却有一份老成沉稳。远远见扬觉动行来，他整了整束腰，朗声道："拜见大公爵！"

扬觉动快步上前，将他扶起，道："星驰将军，不必拘礼！"

赤研星驰顺势站起，双手一震，全院赤铁军轰然半跪，以木莲标准行大军礼，同呼："拜见吴宁边大公扬大将军！"一时间地动山摇。

这一刻，扬觉动仿佛身在连营之中，微微点头，不再说话。赤研星驰右手做了一个起的姿势。一片哗啦声响，所有士兵同时起身，确实是训练有素的精兵强将。

赤研星驰这才迎上一步抱拳，"大公安好！"侧身又对豪麻，"豪麻将军安好！"

扬觉动微微颔首，豪麻则拱手还礼："星驰将军多礼了！"

见礼已毕，赤研星驰又举起了一只右拳。豪麻犹豫了片刻，也握手成拳，和那拳头有力地撞到了一起。这是八荒军人之间的问候方式，今日这等场合相见，两人胸中，怕都感慨万千吧。

这一切，要从三年前说起。

这些年木莲内外交困、对各州的控制力日渐衰弱，引发各派势力疑忌，诸侯间冲突不断。其中最为惹人注目的，便是吴宁边和澜青两州主导的连绵战火。

澜青是前朝富庶之地，武备雄厚，而吴宁边则在扬家两代人的经营下迅速崛起，双雄争霸，不可避免。彼时，扬觉动的宿敌、澜青州大公徐昊原自恃实力雄厚，自首府平明城分兵东进，掠取了吴宁边商贸重地商城，这正给了扬觉动争霸口实。扬觉动亲率大军，击破澜青军，长驱直入。豪麻正是在这场战役中充作前锋，连战连捷，令澜青将士闻风色变。

然而正当战事胶着之时，作为宗主国的木莲王朝以居中调和为名，趁扬觉动主力在外，突然发兵越过风旅河，突占战略要地南津镇，断绝了扬觉动大军的补给。扬觉动三万主力措手不及，被徐昊原堵在了平明丘陵。

在木莲立国的白驹之盟中，旧吴与南渚都是独立于木莲的割据势力，一向唇齿相依。南渚大公赤研井田为自身安危着

指间错　89

想，不愿吴宁边受到毁灭性打击，于是派年轻的赤研星驰率军北上，与吴宁边军队一同击退了澜青军。

豪麻跟在扬觉动身边，全程参与了整场战役，正是在战斗最为困顿的时刻，他见到了风尘仆仆、率兵赶来的赤研星驰。当日驰援风旅河的是八千南渚赤铁军，一看就缺乏临阵经验，而赤研星驰更是一脸文气，一眼就知道是个出身王族的公子哥。因此，豪麻对他的第一印象并不好。扬觉动大概有着同样的判断，于是并不将这八千人投向战场，依然派豪麻统帅自己的嫡系部队与澜青部队短兵相接。

吴宁边从上到下完全明白，南渚当然不会将自己的精锐投入战场。赤研星驰所率部队本是来掠阵压惊、表明态度的。但让豪麻没有想到的是，在自己的四千轻骑浴血苦战、陷入重围，刀损粮尽之际，居然是这个一脸文气的赤研星驰带着赤铁军冲上前线。坦率说，八千赤铁的战力有限、临场混乱，有冲击力的，不过是赤研星驰贴身的银梭营一支，但这一次山呼海啸的冲击彻底表明了南渚对吴宁边的支持态度，促使澜青军队提前撤出了战场，豪麻残余的两千骑兵也得以保全。

当日离火原一战之后，众人把酒言欢，赤研星驰带着副将关声闻，特地找到豪麻和甲卓航。先是惊奇于他们已经饿了几天肚子，稍作补充，仍有战力。继而又讨教如何才能让士兵在逆境中纪律不散、勠力同心。看得出来，这个赤研星驰并不是个简单的纨绔子弟。

在军阵之中一起滚过刀子，对同袍战友自有一份特殊的感情。豪麻不知道赤研星驰带领部下这样隆重的迎接究竟是出于本心，还是代表了大公赤研井田的意思。但在灞桥连番冷遇之后，赤研星驰的这一表面功夫，还是让他颇为感动。

　　三年不见，赤研星驰的面上已褪去了昔日的明朗，一副心事重重的模样，人却也显得更加成熟挺拔了。他依旧穿着当年那身铠甲，不过上面多出来许多刀斧痕迹，正是一个军人的勋章。两个人互相打量了片刻，然后相对一笑。赤研星驰引着二人走过那些曲折的回廊。

　　一路上，赤研星驰的手指都在轻轻叩着刀鞘。

　　豪麻注意到了这个小动作，当日风旅河战场，每逢大战，这正是赤研星驰的习惯动作。豪麻禁不住心下一沉，银梭营实力十分强劲，今日如生变故，大概生还之望渺茫，说不得自己也只能拼命一搏，看能不能刺得赤研兄弟的性命了。

　　说话间，众人已进入青华坊大堂，这里熏香缭绕、画栋雕梁，果然一派富丽堂皇。

　　正中雕有海兽犬颌的铁木镶金座椅上，遥遥站起了南渚大公赤研井田，哈哈笑道："扬大公远道而来，未及远迎，实在招待不周！"这赤研井田细眉长目，窄脸薄唇，不知为何，和那赤研瑞谦并不十分相像。

　　扬觉动表情也极为亲热，拱手还礼，道："赤研大公多年不见，依旧健旺康泰！"

　　双方见礼一过，便由侍从引导坐定。

　　赤研井田居中主位，扬觉动坐左首主宾位，豪麻陪坐，赤研瑞谦坐右首，与扬觉动相向，赤研星驰陪坐，再往下两边依次是南渚高品阶文武官员。豪麻估量了一下，自己与赤研井田之间的距离在三丈开外，而与赤研瑞谦之间的距离更远，赤研井田身边有持刀护卫，赤研瑞谦身旁则坐着赤研星驰。如果真翻起了脸，殊无胜算，恐怕也只能相机而动了。

南渚的礼宾典史占祥也赶来赴宴，正坐在赤研星驰下首不远，目不转睛地瞪着扬觉动，一会儿又偷瞄赤研瑞谦，神色不定，豪麻不禁多看了他几眼。

不谈国事，赤研瑞谦先招呼开宴，乐声淙淙，菜品便流水般端了上来。

南渚靠海，先上的却是极北寒地的鹿肉、熊掌、驼峰、绒鸡四味，随后摆上荷叶桂鱼、雪梨龙蟹、济山豆腐、杏仁鹧鸪四道南渚名菜。所上菜品均极为精致，更有一道琉璃鱼骨，是鸿蒙海中特产，一碗乳白浓汤中浮着一节弯曲透明的红色骨架，晶莹剔透，看起来不似食物，倒像一件极为难得的工艺品，极为诱人。

一望便知，这宴上诸般菜肴，大多是南渚本地难觅的上上佳品。单其中绒鸡一味，竟是吴宁边特产野味，是离火原东部红叶野鸡错时串种所生，所产绒鸡只有一代，不能复生小鸡，因此就极为难得，就是在吴宁边，想吃到这道菜也要看时令和运气，这一餐，南渚想必是费心了。

每道菜品上桌，侍女们都会以金盘布菜，详加介绍，扬觉动便一一品尝，微微颔首。

豪麻自然也是见过场面的人，看到赤研井田如此排场，也忍不住暗叹南渚富庶，这百年承平积累下的丰饶，果然名不虚传。

宾主寒暄未已，两名侍从已经端上玉盏，为众人添酒。这酒色微青，弥漫一股稻香，大概就是南渚的特产鸿蒙酒了。

这边酒尚未倒完，赤研瑞谦便举杯先尝，抿了一口，便大皱眉头，吐在一旁碗中，嚷道："今日是两州大公相会的场合，怎么不上朱鲸醉？！"

赤研瑞谦这一声喊得突兀，众人惊愕停箸，他倒不以为意，道："正好我还藏有一斗，大家一起来饮。"

"来人，上酒！"说着，他径自挥手指挥起来。

此言一出，连赤研井田也微微一愣，随即转向扬觉动笑道："也是，扬大公远来，也许尚未尝过我南渚的特酿。"

无论场上如何纷扰，豪麻早已经打定了主意滴酒不沾，以防生变。他对换酒不以为意，倒是把那几道菜品一一尝来，鲜、浓、滑、软，滋味各有不同。及至尝到那琉璃鱼骨，甫一伸筷，忽见对面占祥眼神闪烁，不禁敏感起来，放下筷子，不再动它。正要提醒扬觉动，不想扬觉动已经夹起一节鱼骨，放入了口中。

顷刻侍从再次出现，便端上来数觞琥珀美酒，分与首座数人。这酒颜色深红清亮，仿若胭脂，中有寸长红线丝丝缕缕在杯中飘动，极是奇特，豪麻忍不住又看占祥一眼，他却低眉垂眼，一脸愁苦，不知在想些什么，不禁心中暗暗奇怪。

美酒斟满，大公赤研井田起身举杯为寿，道："这杯酒首先是个欢迎的意思，我们两州都在木莲东南，木莲建国，我们两家都曾鼎力相助，今日平明古道贸易繁盛，商旅往来、络绎不绝，就是我们交好的明证。如今恰逢暮春、八荒变乱，扬大公亲临灞桥，更是多了一层唇齿相依的意思！来，赤研井田不才，提议为两州万千百姓的和乐安康，共饮这一杯！"

赤研井田话说得周密，也是先给酒宴定了调子，豪麻心中稍稍一松。此刻众人都将杯中物一饮而尽，细细品咂，唯有他只是略沾了沾唇角，并未饮下。

他刚停杯落座，便看到占祥的眼神游移。

果然，赤研瑞谦遥遥指着豪麻，奇道："你怎么不喝？"

豪麻拱手道："有劳威锐公美意，豪麻自小体制殊异，难饮碎玉琼浆。"

赤研瑞谦脸色一变，把酒杯往桌上砰地一放，道："这就是你的不是了，这朱鲸醉，难得的很，且有通血强体之效。我南渚大公举杯为寿，你竟不喝！想要怎样！"

赤研瑞谦果然来意不善，先抬出了赤研井田，控诉豪麻倨傲不恭。

豪麻眯眼，转向赤研井田，只见他也放下酒杯，面色不豫。

他略一思忖，放下酒杯，起身拜道："非豪麻不饮，实在是豪麻不擅此道，酒后言行无状，怕惊扰朝堂，还请大公赎罪！"

赤研井田看了赤研瑞谦一眼，说："哎，不能喝便不喝，算了，算了，威锐公呢不过是心直口快，你既不善饮，那就我们几人一醉方休好了。"

见赤研井田开口圆场，赤研瑞谦不便再行发难，悻悻坐下，只是他对着豪麻嘿嘿一笑，却把个豪麻笑得浑身一冷，偏过头去看扬觉动时，却发现扬觉动已面色发红，神思恍惚，竟似有了几分醉意。

六

扬觉动的神态不对，豪麻心下大惊，扬觉动本是善饮之人，只几杯酒下肚，怎么会如此异常？他端起酒杯轻轻抿了一口，倒不觉有什么异样。

赤研星驰看他疑惑，便道："豪麻将军有所不知，这朱鲸醉是我南渚神品，要将浮玉稻三蒸三聚，再加入济山黄米酒曲及深海虎鲸鲜血入海深藏，酿成之后，是解乏宁神的极品，喝完能使人飘飘欲仙的。"

说到此处，他戛然而止，却看向了赤研井田。

这突兀的说明让豪麻心下更是奇怪，忽地想到了刚才他要吃那鱼骨的时候，占祥的古怪神情。他心下焦急，忙折了一小段鱼骨放入口中。那鱼骨温暖燥热，入口即化，一股浓香入口，直达心窝，他正没有计较，那鱼骨暖流却和适才入喉的少许酒液汇在一起，蓦地炙热了起来，一股宁静安逸的感觉就此散入了他的四肢百骸，豪麻隐隐觉得血脉偾张，心内过往喷薄欲出，大惊之下，强压心神，连对面赤研瑞谦的身影也渐渐模糊了起来。

偏是此刻，琴瑟声起，两排舞姬长袖蹁跹，身着五彩、轻巧登上台来、玉臂轻挥、做虹霓之舞，一个个妩媚妖娆至极。此刻场上众人已是酒过三巡，不禁都心旌摇荡。有定力差的，已经扑向场中，嬉笑作态了。

豪麻暗道不好，这酒和鱼骨定有古怪，自己不过稍稍品尝，就有如此大的反应，扬觉动大口吃酒，一盏鱼骨也吃了大半，会受到什么样的影响，实在难以估量。万一在这宴会之上做出不恰当的举动，这一地大公的身份，可如何收场？！

他努力晃了晃头脑，把所有幻觉驱出眼前，发现扬觉动已是眼窝深陷，一手扶额，打了一个大大的哈欠。

指问错　95

豪麻看出不对，心下大怒，他瞪着那些在场上盘旋的妙龄女子，臂上发力，赤心便在壳中跃动轻颤起来，满脑子想着如何才能突破这群碍事的女人，直取赤研瑞谦。

不料扬觉动静了片刻，却大喝三声："好！好！好！"

他这三个字铿锵有力，说罢，伸手在桌上重重一拍，朗声道："都说朱鲸醉配上燥热海流中的琉璃鱼骨，可销三魂七魄，可见海上楼台！扬某今日一品，果然天下绝味！"

扬觉动这一掌下去，当是并无大碍，豪麻浑身劲力一卸，胸中却气血翻涌，半响动弹不得。

扬觉动这一句话出口，人人表情不同，赤研井田好似松了一口气，赤研瑞谦却瞪圆了眼睛。

豪麻心中明白，这朱鲸醉一宴，恐怕杀招还在后面。

都知道赤研瑞谦是赤研井田的二哥，看起来粗豪，但能在南渚十数年屹立不倒，又岂是易与的？此次见面前，赤研井田曾召集南渚主事们青华坊议事，就两州定盟加以讨论。占祥对此的表述是，众人咸称扬觉动大公盛世之雄，盛赞两州联姻！

然而实际情况吴宁边也清清楚楚，这两年澜青州与吴宁边混战不休，南渚夹在中间的时日也已不短，赤研家的一贯策略是左右平衡，在吴宁边占据上风的时候，便收缩两州贸易，限制吴宁边的战力，而一旦木莲介入，吴宁边局势堪危，又会出兵相助，避免木莲势力南侵。

说到底，南渚将扬觉动视为卧榻之畔的猛虎，已经不是一天两天。对于如何处理同吴宁边的关系，南渚朝堂内部也早有分歧。

豪麻得到的消息是，赤研瑞谦和部分朝臣力主趁此次两州交战，一举除去吴宁边的势力，倘若扬觉动真的来访，不妨就地格杀。理由是吴宁边近些年来野心勃勃，已经对南渚构成强大压力，现在还犹豫不决，难免养虎为患。不管将来是利是弊，先拔除眼前钉终究没有害处。

而南渚左相米容光却力主联姻援手，因为如果帮助扬觉动开战徐昊原，最起码可以削弱双方的实力，如果任由澜青和木莲联合起来打垮扬觉动，那南渚北面门户便洞开无疑，白驹之盟失去吴宁边的制衡和缓冲，南渚必然无力独自应对北方的压力。

此事悬而未决的最重要原因，是大公赤研井田的态度一直不甚明朗，带着大部分骑墙派朝臣也跟着左右摇摆。扬觉动坐大诚非他所愿，但他还有另一层顾忌，南渚重商，商人势大，超乎想象。吴宁边商城三年前为澜青掠取之后，通向北方的商线已被迫改道，南渚权贵的收益因之大受影响，若是吴宁边全境陷落，恐怕南渚东向宁州的商路也会断绝。这种损失，是城内巨富们万难接受的。

最后，由赤研井田授意，在米容光的主持下，南渚与吴宁边达成默契，扬觉动嫁女为质，赤研家族则以南渚财力，助吴宁边稳定西南局势，让扬觉动得以和澜青放手一搏。经过双方密使的多次磋商，终于促成了双方的这次会盟。

这样的结果虽如扬觉动所料，但也因为这些复杂的因素，使他的南渚之行尤为凶险。

但扬觉动必须要来，一是因为大战在即，吴宁边不能再等，二是双方本来就没有互信的基础，加上定盟的核心条件联姻，因为扬归梦的突然失踪罩上了一层阴影。如果对此事没有一个合理的解释，赤研井田断然不会相信吴宁边的诚意和决心。盟约破裂，恐怕也在顷刻之间。

豪麻看扬觉动一副自在悠游的样子，自己却早已经心乱如麻，不知道扬觉动如何在这样的乱局中锁定乾坤。

赤研瑞谦挥挥手，上来一名侍从，将他面前那碗分毫未动的琉璃鱼骨端下。

他拱手道："琉璃鱼骨搭配朱鲸醉而方寸不乱，扬大公定力超凡，我着实钦佩。尤其是杨大公早知道这食材的妙处，还能豪饮长啸，应对自如，实在是平生仅见，一人而已！"

豪麻面色铁青，这赤研瑞谦暗中下套，又觍颜承认，好似这不过亲密无间的玩笑一场，如果说这世间还有无耻之人，当非他莫属。

"不瞒大公，我这个人，性子急躁。一听到两州联姻的消息，可真是欢喜无限，于是就广而告之了，我南渚百姓可是个个雀跃，都想一睹公主芳容啊！"赤研瑞谦把场上歌舞女子扫了一过，嘿嘿道，"早听闻大公幼女年方二八，出水芙蓉，不知道比诸我南渚女子又如何啊？"说着，他手向场中一扬，那些舞姬一曲间歇，袅袅婷婷、肤白胜雪，正列队对四方下拜，眼神中满是不舍。

他此话一出，豪麻大怒，扬归梦堂堂大公之女，赤研瑞谦竟拿来和歌姬舞女相比，若不是今日形势所迫，他早就一刀劈将过去，不计后果，砍死拉倒。

怒归怒，绕了半天弯子，对方终于说到了关键问题，扬归梦早已拉着道逸舟漏夜潜逃，至今不知所终，若是已落入这人手中，那局面就凶险了。看赤研井田对他这兄长处处退让三分，搞不好会被挟持着当场翻脸，这一来扬觉动必将饮血当场，什么王霸雄图，也要顷刻尽归尘土了。

无论如何，此时提起婚事，对吴宁边实在是大大不利。

场上众人听得赤研瑞谦如此张扬挑逗的问话，不禁都放下筷子，不知扬觉动将如何应对。

扬觉动却对众人目光浑然不觉，飘飘忽忽站起，摆手道："小女年幼，内陆风尘磨砺的孩子，和南渚水灵滋润的女子自然是没法比的。"

赤研瑞谦也笑，道："扬大公真是说笑了，梦公主的如花容颜早已传遍八荒，既然已与我南渚喜结良缘，不知何时能有幸一睹芳容。我赤研家上上下下可是极为盼望啊。"他这话说得和颜悦色、语气悠长，总算有点拉家常的样子，场上气氛一松，陪酒的官员们早知这门姻亲，纷纷举杯附和。只有豪麻知道其中险恶，若是扬觉动说出扬归梦逃婚，大庭广众之下，赤研井田的面子是绝对过不去的，若是施一个拖字诀，婚礼前能不能找到扬归梦难说，最怕的是扬归梦已经落在赤研瑞谦手里，当场挑明，这一次的和亲就彻底完蛋。

扬觉动晃了一会儿，笑着坐回座位，听到赤研瑞谦发问，却不慌不忙，道："小女贪玩，最近和他的老师离家出游了，我倒是也不知她的去处。若是威锐公寻见，还请代为照顾啊！"他脸膛赤红，这句话看着像是酒后言语，却又说出了无穷意味。

赤研瑞谦顿时面露凶相，他忍了许久，等的就是这句话。

他怒发冲冠，把桌子猛地一拍，那些杯碗盘勺都震翻一旁，厉声道："扬大公，你这姑娘嫁人嫁丢了，难道是戏耍我们赤研家不成！"

豪麻眼睛一眯，赤研瑞谦这一怒，恐怕已经准备了许久了。

扬归梦失踪之后，吴宁边早派出了精锐人马追踪搜寻，很快发现还有南渚势力介入其中。只是道逸舟一路和这些南渚赤铁们分分合合，等到脱离吴宁边的势力范围，终于失去踪迹。扬觉动最为担心的是，南渚有人重金买通道逸舟，暗中引着扬归梦和道逸舟向南逃窜，以便在南渚境内直接将扬归梦擒获。

这样一来，扬归梦失踪成谜，无姻可联，盟约自然成空。不仅如此，南渚恐怕还会怀疑扬觉动这是有意为之。毁约背盟，是对对方的严重羞辱，两州定盟顿成泡影不说，兵戎相见也不是不可能。只不过幕后设计者没有想到的是，扬觉动定盟决心已下，竟然会不顾利害，亲来南渚。

扬觉动亲来，如果私下密商，自然没有解决不了的问题。但对方却在扬觉动启程之后，把吴宁边嫁女南渚的消息传得人尽皆知，满城风雨，这样一来，扬觉动无女可嫁就成了天大问题，特别是刚才，赤研瑞谦在朝堂上这一闹，摆明了是要把盟约在众目睽睽之下公诸于众，让扬觉动自食其言，没有退路。

南渚朝野对于定盟本有分歧，用这样的手段煽动起官民的不智情绪，此刻扬觉动一个处理不当，恐怕就要血溅当场！

就今日朱鲸醉一宴来看，也不用猜了，这个设计扬觉动和吴宁边的人，无他，就是赤研瑞谦！豪麻咬紧了牙齿，看来扬觉动的猜测全中，八成扬归梦已经在他手上了！说不得，也只有延缓大婚，尽力救回梦公主这一条路了。只是这样，时日不定，一是南渚未必应允，二是大战将起，时间上恐怕也来不及!

这一次不仅满座宾客,就连赤研井田都望向扬觉动,不知道他将如何回应。

一片诡异的寂静中,扬觉动微微叹了一口气,道:"哎,瑞谦将军,小女贪玩,年纪尚幼,且由她玩上几年罢了。"

众人不言,等他下文。扬觉动又一字一句道:"原定和赤研家结为百年之好的,是小女一依啊!"

七

扬觉动此言一出,众皆愕然。

赤研瑞谦脸上神色古怪,占祥也坐直了身板,他是全程参与了双方密谈的,扬觉动和话转得太突兀,他一时有些茫然。

"不都说是他的幼女出嫁,何时又变成了另一个?"

"盟约未定,自然是他说什么就是什么了,左右都是他的女儿!"

一时间众人议论蜂起,嘈嘈切切,只是当事人们都木雕泥塑一般,不知道说些什么是好。

众人正没有计较,豪麻却五雷轰顶,脑中一片空白,扬觉动的话就像支支利箭,在大庭广众之下,将自己射了几个对穿。扬觉动偏还要转过身来向他举杯,那张熟悉的面孔上,饮了朱鲸醉后的红潮尚未褪去,但眼睛清澈澄明,带着冰冷的锋利,看不到任何温度和感情。

无数炸雷在豪麻脑中轰轰作响,他用力憋住将要四散的情绪,直至将五脏六腑都震成了碎片。这一刻,他终于明白,为何扬觉动命他一同前来南渚，又亲自把他带上青华坊，仅仅是因为他不畏生死吗？也许。

也许，他知道这个他一手带大的孩子可以为他舍生忘死，却没有把握那个中军大帐中的将军豪麻愿不愿意交出他最爱的女人！豪麻从来没有想过有一天，扬觉动居然也会不信任他！更糟的是，今天，此刻，他觉得扬觉动的怀疑是如此的合理和正确！

他和扬一依相悦已久，已经订婚，只待有一天扬觉动成全美事，怎会想到今天等来如此结局？扬归梦那刁蛮性子也就罢了，扬一依的温软个性，若是孤身远嫁，对她岂不致命？！

他对着这个自己最崇敬爱戴的老人，木然举起了酒杯。

"我怎么听说，娴公主已许给豪麻将军了，扬大公如此苛待猛将，不怕军心动摇么？"赤研瑞谦从震惊中回过神来，幸灾乐祸地看着惊愕的豪麻，一边说，一边不怀好意地举杯致意。

赤研瑞谦的话像一搓浸了油的麻绳，正好豪麻的心中压抑着层层叠叠的熊熊烈火。

面对扬觉动，这个青年的木讷躯壳此刻片片剥落。

他还年轻，人生无大事，一死而已！赤研瑞谦这一问，让他双眉一扬，一瞬间浑身热血滚荡，像火山积蓄了愤怒的能量，只在找口子喷发，不知何时，他的身子都在抖，赤心已经雀跃起来了。

酒席变成了火药桶，引信已燃，就在豪麻手上吱吱作响。

赤研井田盯着豪麻放在桌下的那只手，面色严肃，把手中杯子往台案上一放，轻咳了一声。占祥会意，立即站起，打岔道："哎呀，久闻豪麻将军忙于沙场奔驰，军功赫赫，这些儿女私情无暇顾及也说不定，将军凝神静思啊！"他身边就是赤研瑞谦一桌，但他却目不斜视，只是把最后几个字拖得无比之长。

占祥的声音在远处回荡，豪麻根本不知道他在说些什么，但觉口中咸咸的，几乎要把满口钢牙咬碎。在巨浪一般的怒火冲刷下，眼前的光线反而暗淡了下去，他仿佛又回到了那辆烈日下驶过灞桥街巷的小小马车上。在这辆赤研瑞谦精心准备的卧车内，他怒火满胸、充满屈辱，听着灞桥的市声如沸。只有扬觉动不带情绪的声音伴着马蹄声缓缓传来，"慢一点，再慢一点"，随着车厢的晃动，明亮的阳光从纱和布幔的缝隙一点一点泼洒进来……这一刻，似千年漫长。

他对视着赤研瑞谦的眼睛，那里面有一点期待，一点得意，是的，他期待一场狂怒，期待这狂怒转化为毁灭，扬觉动是一座深潭，他搅不起半点水花，如今只能寄希望于这个莽撞的青年。慢一点！你的怒火终有一天要焚毁这个城市，但是现在，你要不要让这个肥胖的男人失望？！

终于，他缓缓举起了手中酒杯，涩声道："豪麻一介武夫，自然是倾慕娴公主的，但娴公主意在南渚繁华，豪麻又怎能拂赤研大公的美意！"

豪麻的声音在四座徘徊，他的手终于慢慢离开了刀柄。

占祥刚才着急，站起来说了一些不着边际的话，此时气氛缓和，反倒成了场中唯一站着的人。尴尬中，他忽然发现，赤研瑞谦正对他怒目而视。他慌了起来，胡乱做了个请的姿势，举起酒杯，自己胡乱灌了一杯朱鲸醉，立刻面红耳赤起来。

"不胜酒力，不胜酒力。"他嘟嘟囔囔坐下，半个身子竟然背着赤研瑞谦扭了过去。

"想来世子远赴日光城,这几日便回了吧。"扬觉动的眼神恢复混沌,嘿嘿而笑,看神态,众人都知道这是朱鲸醉酒劲发作了。这个节骨眼,这门亲事也算坐实了吧。

此话一出,众人均觉尘埃落定。

还有什么话好说,豪麻嘴里的苦味越来越浓,场上除了无脑的赤研瑞谦,谁还要跳出来继续反对两州结盟?他只想用赤心告诉面前这群猪狗一样的人物。他们今天侮辱的虽然是一个年过半百的老人,但是在这个老人背后,还有精甲振振的十万大军!

他们今天还侮辱了一个年轻人,一个现在心中发酸,手几乎拿不住杯子的年轻人。他记住了场上每个人的脸,他的马蹄,必将踏破灞桥,把这些虚荣浮肿的脸庞深深踩入泥土里面!

赤研瑞谦脸上僵硬,低低骂了一句:"有种!为了一场战事,女儿都不要了!"

赤研井田则如释重负,又向下面使了个眼色,占祥只得再次起身,道:"扬大公真是过虑了,世子前些日子前往木莲、参加五坊观星的盛典,即日就回,大公若是再盘桓些时日,正一切方便……"

占祥话未说完,赤研瑞谦忽地站起,砰地把酒具往地上猛一摔,玉屑飞溅,举座皆惊。

他带着三分醉意,大声道:"扬觉动你好!我恭世伡远赴木莲,鸿鹄高飞,就不劳你牵挂了。我儿子赤研弘正当年华,尚未婚娶,多谢你赐女了,哈哈哈哈!"

此言一出，场上所有人均脸色大变，连喜怒不形于色的赤研井田也再坐不住，呼地站了起来。

一股寒意爬上了豪麻的脊背，终于到了这一刻，他的心反而安定了。

政治联姻，讲究的是身份对等，纵然赤研瑞谦是赤研井田的兄长，但一国之主和王亲贵戚的地位也相差太远，不说扬一依已经十九岁，赤研弘只有十四岁，也不论南渚一地，唯有赤研恭才是合法的大公继承人……最为关键的是，联姻对象身份转换后，这次政治联姻，并不能给扬觉动的微妙处境带来任何承诺保障，反而成为对扬觉动和吴宁边的极大侮辱！

这蛮横无理的挑衅，让南渚大公赤研井田轰然站起，额头带汗，却让豪麻解脱般轻松。他知道赤研瑞谦的蛮横多半不是赤研井田的授意，但是既然已经到了这个份上，一了百了也就罢了。

他僵硬的嘴角露出了一丝笑容，在对心中的那个姑娘温柔言语："这样的结局也好，我留在南渚比你留在南渚更好。只是，我再也回不去了……"

极细的金铁摩擦之声，豪麻与赤研星驰都在缓缓拔刀，刀出二寸，席间再度安静，只有赤研瑞谦紧巴巴的笑声在回荡。众人都看扬觉动。

赤研井田显得非常疲惫，还带着点失望。他的眼神望向帘幕之后，成片银闪闪的刀锋在翩然跃动，只等一句命令。

时间突然变得无限漫长。

直到扬觉动干涩的笑声响起，他好像忽然遇到了什么好笑的事情，越笑越开心，竟至上气不接下气。

好不容易歇了半刻,他大声道:"好!就是这个意思!我听闻弘公子得赤研大公亲自授经天蠡地之术,是大公义子,小女嫁给他,也是门当户对!世子嘛,此次五坊观星,将入王幕了嘛!"渐渐地,更多干瘪的笑声也应和般加入了扬觉动的大笑,仿佛这件事情真的有那么有趣。

赤研井田松了一口气,顺势举杯,亦大声道:"娴公主来时,南渚举国相迎!弘儿即日起升左将军加封南海侯,仪同世子礼,收入赤研宗脉正序!搬入乐仪阁,筹备大婚!"

赤研瑞谦带着难以置信的眼神望着扬觉动,终于愣在当场,再也无语。

豪麻艰难地抬起头来,这几句话并不简单,赤研井田已将赤研弘收入正脉大宗、仪同世子,等于给了这场婚姻一个名分,这意味着在赤研瑞谦的催逼下,他已强行表态,虽然表态的结果与他这个兄长所愿谬以千里。这意味着吴宁边终于摸清了南渚的底牌,赤研井田要的是联合,而且为这看来并不稳固的结盟付出了代价,正是赤研瑞谦的强势,使得这种联合,自今日起,昭示天下,坚不可摧。

转折再多,对于豪麻,这样的结局却只意味着一件事,他的扬一侬将永远离他而去!这一瞬间,他终于后悔,为什么他没有在扬觉动开口之前就拔出赤心!现在,他已经失去了所有勇气。

机灵的乐师不用吩咐,早已鼓乐齐鸣,将宴会的气氛重新烘托起来,乐如清泉,淙淙流淌,歌姬再舞,流云飞霜。

众人笑声又起,其乐融融。

啪的一声,是豪麻饮尽了朱鲸醉,捏碎了手中酒杯。

第四章 离城

甲卓航的笛声中，苍凉已尽，肃杀渐起，仿若已近乡关，那万马奔驰的广阔平原就在眼前。吴宁边来的武士们听到此处，纷纷以手轻叩刀鞘，发出整齐节拍。这笛子声音本是清脆，但在他的吹奏下竟显得异常凝重雄浑，又带一点无望的哀婉。如若不是在南渚大街之上，又会有多少人唱起这平原落日中的沙场狂歌？

一

"他妈的赤研瑞谦！老子非宰了他不可！"啪的一声，一个空空的酒瓮被摔在地上，碎成万千小片。

甲卓航没有回头，他推开驿馆大门，深深吸了一口带着咸腥味道的空气，信步走下了台阶。

他身后，伍平脱了上衣，兀自在院中跳跃着怒骂不休。尚山谷、伍扬等弟兄一拥而上，把喝多了的伍平按倒在地。

门口的四名赤铁军正竖着耳朵听院中的动静，冷不防甲卓航突然出现，仓促间来不及反应，不由得面露尴尬。

甲卓航脸上堆出假笑，装作什么事情也没发生，迈步走开。十几步外，便是熙来攘往的嘈杂人群，一只青隼正展开双翅，箭一般在天空穿过。甲卓航望着这自由翱翔的大鸟，愣了好一会儿。

这几天的时光，他如在梦中。

当日扬觉动和豪麻刚被气势汹汹的赤研瑞谦迎走，吴宁边这一众兄弟随即被南渚赤铁军围了个水泄不通。赤铁军的数量十倍于这支小小的队伍，打当然是没得打，何况，扬觉动并没有这样的命令。赤研瑞谦的手下相当不客气，把众人的兵器全部收缴，但好歹还算礼貌。当日午后，众人便被请入了商市街的南海会馆歇息，仆从侍者招待倒是极为周到，但不能自由出行。

那个下午，每个人的心里，除了愤懑，就是恼怒。一种被欺骗的感觉从甲卓航的心底升起，蚂蚁般咬噬着他的心。就连一向持重的浮明光也端坐中庭，和大家一样黑着脸。这一群身经百战的汉子，居然被牢牢困在了这样一个温香软玉的会馆之中。

直到华丽的车驾和满街的仪仗送回了扬觉动，众人才终于松了一口气。扬觉动脸庞赤红，没有多说话，由浮明光陪着歇息。令所有人大惑不解的是，能饮却极少喝酒的豪麻却醉得不省人事。

发生了什么？人们面面相觑。

浮明光走出来，宣告盟约已成，他的脸上没有喜悦，还带来了娴公主将下嫁赤研弘的消息。吴宁边的这三十几个弟兄一片哗然。

伍平当场抽刀大骂："赤研弘是什么狗东西！南渚竟是如此看不起咱们么！老子这就杀进青华坊，用他的脑袋当尿壶！"

甲卓航缓缓站起，他的脸色和众人一样难看，这个消息令人难以置信，怎么会这样？！婚约不是扬归梦和南渚世子赤研恭二人的吗？怎么竟会变成了扬一依和赤研弘？这算什么联姻？大公的女儿要嫁给南渚一个纨绔子弟？

他不能理解这个决定，但他心里更紧张的是豪麻的反应。来不及细想，此刻所有人都在虎口之中，伍平是个做事不过脑子的粗人，不要被南渚抓住了什么把柄。

浮明光此刻不说话，他便急走上去，一把拉住伍平："大公的决定，你啰嗦什么！"

提及扬觉动，所有人一下子安静了下来。

甲卓航转向那盘龙雕凤的乌木影壁，所有人都看着那薄薄的木板。此间的吵嚷，想来已被扬觉动一一听在耳中。

没有声音，连一声咳嗽和叹息都没有。

第二天一早，围困会馆的军队悄悄撤走，只留下几个人做服务通传。同时，青华坊把两州联姻的消息正式诏告，那些带着定盟消息的快马在鼓乐声中奋蹄疾驰，四散着奔向南渚的四城二十一镇。

不久，那些举着白色旌节的使臣就将逆青水而上，穿过浮玉、澜青，把记录着联姻消息的锦缎木盒送到木莲，送到日光王朝守谦的王座前。

两州定盟，扬觉动此行的目的终于达到，但是豪麻失去了扬一依。

甲卓航把自己湮没在灞桥街头熙熙攘攘的人潮之中。

此刻，他觉得还是离豪麻远一点好，离这个为了扬一依的浅笑可以拔刀的男人，远一点。开玩笑的时候，人们都说，豪麻将军戾气太重，除非是娴公主，没有人间的缰绳可以拴住这匹烈马。

然而今天，烈马终于脱缰了。

甲卓航认识豪麻的时间并不长，知道他是扬府的马童出身，三年前的风旅河战场，他初入豪麻军中，扬觉动一声令下，豪麻四千轻骑即刻对五万澜青精锐发起冲锋，令甲卓航大为震惊。然而，还有让他更加震惊的事情，进军鼓声擂起，豪麻这个中军主将居然越过前锋，一马当先，四千骑兵见主帅冲阵，全军死战，冒着流星般的箭雨猛进，竟然无人退缩！血，

指间错　111

就是这么燃烧起来的！很快，奔驰的战马把他的心也要从胸中颠出来，他也忘了自己叫作甲卓航，忘了自己已经有很多年没有在战场上疾驰过了。

当日甲卓航不过是临时过客，以辎官的身份编入前锋营，然而这一战冲散了他的所有傲慢，他自此留在大安军中，成了豪麻的固定搭档。大战之后，豪麻身上带着五只断箭回到大营，浑身浴血。甲卓航亲见这个十九岁的青年，每中一箭，便多一声嘶吼，当场折断箭杆，振甲再战，直到对手被他的部队生生压垮！

是甲卓航八荒悠游，反而疏忽了这位刚刚从木莲回来的将领。大安军中没有人不知道，这个不苟言笑的青年在战场上是只咆哮的猛虎，在战场下是块坚硬的岩石。他不敛浮财、不收金帛、不近女色。唯有在万人称羡的娴公主扬一依面前，才会变成有热度的人。

豪麻太过年轻，很不明智，对扬家二小姐有非分之想是很危险的。东川扬家的基业传子亦传女，扬觉动无子，长女又远嫁他方，因此整个吴宁边、不，整个八荒的权贵们都想把国色天香的扬一依拉上床！豪麻这样的态度，无疑是拉开架势，要断了这些财大势大、手握重兵的权贵们接掌吴宁边的念想。

而五年之前，豪麻还不过是个马童！

但令人难以理解的是，扬一依对这个出身卑微的男人似乎也情有独钟。所有人的注意力都在这二人的郎才女貌之上，就连狂追扬一依的蓝仓伯楚穷，也先自认战功武勇不及豪麻，哀叹扬一依富贵出身、心思单纯，以至于看不清门第和世族的重要。只有甲卓航把目光放在了扬觉动身上。

他知道扬一侬对豪麻有多重要，但扬觉动不点头，穷小子豪麻敢对扬一侬示好？扬觉动不力排众议，豪麻的三年战功，能马上封侯？恰恰相反，以豪麻的家世身份，就算他再能征善战，也会被满朝权贵踩到淤泥里面去，腐烂变臭！扬觉动没有态度，一贯温顺谦和的扬一侬会有态度么？这位大公和旁个坐享繁华的八荒贵族不同，他是吴宁边的建州元勋，战场上滚出来的性情异常强悍刚劲，他喜欢总揽军政大权，对身边的一切，都要拥有绝对的控制力。

甲卓航猜不透扬觉动的心，他欣赏豪麻自不待言，但这样把豪麻大力栽培、火速擢升，却等于为这个尚无根基的年轻人制造了满坑满谷的敌人。甲卓航看在眼里，却不能明说，他很为这个行军打仗一流但是心思单纯的男人担心。

"勠力同心，死战报国！"战后的欢宴卸不去满身的疲惫，酒宴散场，滴酒不沾的豪麻对甲卓航这样说。

"我只有这些。"他的声音有点发闷。

甲卓航想了半天，道："兄弟，如果大公对你真的推心置腹，只有一件事能证明！只是这件事只能等，不能求。"

"我不需要任何证明。"豪麻把赤心紧紧攥在手中。显然，他理解甲卓航指的证明是什么。

"你知道你在做什么吗？你的屁股就要坐在大公的位子上了！你看不懂？大公百年之后，执掌吴宁边的，就是娴公主！"甲卓航看着豪麻，面前的这个男人，可以傲然面对千夫所指，此刻却在回避他的目光。

长久的沉默，终于，豪麻挤出了一句话："只要她愿意，我不会退缩。我不在乎她是谁，也不要吴宁边的基业，我不会让她受一点委屈!"

甲卓航缓缓叹了一口气。这个男人的心里,怕是真的没有权力江山的吧?他依旧担心,却只是张了张嘴,没有继续说下去。

但扬觉动真的证明了他对豪麻的态度,很快,他当着满朝文武,把娴公主扬一依许给了豪麻!

消息公布,朝臣们同声称贺,却不知有多少人切齿痛恨,暗夜磨刀。第二天,大安城中果然流言四起,吴宁边的重臣元老们反应尤其激烈,认为豪麻巧为钻营、好杀贪功,纯属狼子野心!但这都没关系,扬觉动咳嗽一声,没有人再敢说半句闲话。

只要扬觉动在,豪麻就不会有任何风险。这个一根筋的男人,便真的会抱得美人,扬威天下!

但能够成就豪麻的人,也可以毁了豪麻。

果然,又是扬觉动,把扬一依转许给了赤研弘!扬觉动诚然爱他的女儿,但只要这场战役可以彻底打垮澜青,哪怕要他献出一百个女儿,相信他也会毫不犹豫!

可惜,豪麻天天跟在扬觉动身边,却并不了解这位吴宁边大公,因此他才会如此失魂落魄、痛彻心扉。他这几天木木僵僵的样子,甲卓航都看在眼底。他不担心豪麻对扬觉动的敬仰和爱戴,他担心的是,经过这一场变故,扬觉动又会爱这个义子到什么时候。

多想无用,定盟之后,就是履约,需要看顾的事情千头万绪。

浮明光和豪麻依旧跟在扬觉动左右,出入南渚朝堂,会见各色人等。伍平嗜酒，则每天大醉、笑骂。甲卓航平生最爱锦绣繁华，就慢慢细细地把灞桥逛了个遍。

烦心的事情每天再想，也不会变得简单起来，反倒是未来，更值得他去关注。

譬如，扬归梦究竟在哪里？

譬如，鸿蒙商会刚刚吃下了三百匹云锦，平明古道畅通无阻，宁州织工还在勤勤恳恳地生产，姓朱的老狐狸囤这么多云锦要卖给谁？那些蚂蚁搬家、欲盖拟彰的粮车又去向何方？是赤研井田在为挥军北上做准备吗？

譬如，定盟前民间大肆流传的两州联姻的消息，究竟是谁传出去的？

不知道为什么，这些细枝末节的事情层层堆叠起来，让他总是隐隐觉得有些不大妥当。这样看起来四平八稳，实则暗流涌动的局面下，不知道藏着什么样的秘密。

灞桥的市面上倒是如预想一般平静，仿若这个季节的鸿蒙海不起涟漪，便不会有扬归梦存在过的一丝痕迹。

二

明日就是五月初五，南渚有名的相思节令，扬觉动一行将返回吴宁边了。在大安代行大公职权的扬丰烈是战场骁将，主持政务却只恐不够耐心。目前澜青和木莲正虎视眈眈，事情一旦办完，总是越早回去越好。

三年来的军旅生涯，已经让甲卓航几乎忘记了市井繁华。这几日在灞桥闲逛，忽地体会到了相思节令该是个多么甜蜜的日子。这一天，所有南渚未曾婚配的少男少女，无论富贵贫贱，总会出城，到济山脚下采薇迎夏，对歌传情。节令未至，灞桥人人脸上早挂上期盼的笑容，街巷中的小生意也格外火爆，四面八方的土产和远道而来的外州商品，箱箱件件，塞满了灞桥的大街小巷。

甲卓航叹了一口气，这一派莺歌燕舞的大好时光，偏要在此时离开，岂不可惜？

他舔了舔干裂的嘴角，又想起这里独有的火棘果酒来，不由得满口生津。

对，应该再来上那么一杯，吴宁边的汉子太粗，酒够烈就是好，真是狗屁不通，让他们在酒中喝出果香、木香和粮食香，真是困难得紧。别看灞桥守着八荒东南一隅，地理位置上很是边缘，这里的生活却奢华精致得可怕，哪怕一只小小的包子，居然入口也有数种层次，这些细处才是最让甲卓航心醉的。在军中，朝行夜宿自然讲究不得，可一旦有了享受的条件，他是绝对不会错过的。

他娘的，这几日都在青华坊厮混，打探消息，现在倒是更想那街市中的粗酒了，就算喝不了那许多，带上一壶酒回大安也是好的！甲卓航甩开步子走将起来，直奔那条热闹的阳坊街。

越来越近了，老街的混乱和亲切扑面而来。包子铺隔壁，酒坊的布幌还在飘飘摇摇，那被日光晒得发白的"酒"字依旧。秃顶掌柜正在唾沫横飞地和客人们讲着什么。

甲卓航耸肩趴上柜台，轻轻敲了几下，木料发出几声哒哒的清脆声响，它们经过无数人的擦摩，已经乌黑油亮，散发着一股淡淡的腥味。

"哎呀，公子又来了，真是，快坐快坐！"灞桥人的热情和精明一样浓烈，是挡也挡不住的。老萨快步迎上前来，腾云驾雾般把甲卓航拉到酒坊靠窗的小桌旁。这小小的作坊不甘只卖薄酒，勉强在店面临街的一侧生生挤出三尺空间，搭上木板，做出了窄窄一条座位，排上了两张桌子。还记得第一次来，他看着这迷你雅座，哑然失笑，那老萨却瞪圆了眼睛，认真道："客官见笑了，小本生意嘛，赚多赚少都是赚，蚊子身上还有肉呢！"

甲卓航坐下的时候，这两条几乎并在一起的桌上，已经有了几位喝酒闲聊的常客，灞桥多的是外地商旅，他们看到坐下一位身着锦衣的男子，倒也没有大惊小怪，依然继续着刚才的话题。

"老萨快来快来！"几个人聊得正高兴，掌柜却跑去给甲卓航上酒，闲聊的几个人颇有不满。

"酒来了！"老萨的脸上一团喜气，笑得嘴都快咧到耳朵根了。

甲卓航低头一看，碗中清白透亮，浓香扑鼻，却是老萨酒坊自酿的招牌鸿蒙酒。甲卓航暗笑，刚才他还只道店家一眼就认出了自己，原来不过是他招呼客人的一贯习气。他前日曾在老萨这里喝过几碗火棘酒，上了瘾，原以为老萨对自己还有些印象的。

也罢，反正就是随便走走，他知道这鸿蒙麦酒正当时令，本来他不喜辛辣生涩，不过老萨这里的鸿蒙酒却未曾喝过，尝尝倒也无妨。

指间错

一口鸿蒙酒下肚，火烧火燎的感觉从胸口升起，但这火烧得痛快，一股浓香在口中回旋不去，甲卓航眼睛一亮，这酒果然有点门道。如果是伍平喝了，恐怕酒疯要格外欢实些。他放下酒碗，正开口要夸赞几句，旁边几个人却又嚷嚷了起来。

一个长脸的酒客在开老萨的玩笑，道："哎哟，真是了不起，不知道萨苏进坊是跟着哪位学官学习啊？"

甲卓航一愣，萨苏是什么人？这灞桥中以"坊"来命名的机构只有两处，一处是灞桥的行政中心，南渚大公爵赤研井田的居所青华坊，另一处则是贵族子弟学校青云坊，无论是哪一坊，都和这不入流的酒坊掌柜扯不上干系，如何老萨的脸上却笑出花儿来？

老萨倒是眼观六路，注意到了甲卓航的诧异表情，回过头来，咧嘴笑道："小犬萨苏，前几日进了青云坊了嘛！嘿嘿，这孩子从小喜欢记账分钱，这次终于进了坊，哎呀，看来我总是打他，那还真是没打错！"

他不说倒好，这一说，甲卓航更是奇怪，酒坊掌柜的儿子喜欢算筹之术，被收入青云坊？！这可是了不得的大事，都说青云坊中的灵师是八荒神州的顶尖人物，一个阳坊街出身的孩子进了青云坊，怎么自己这两天却没有听到议论？

甲卓航不由得大感兴趣，竖起了耳朵。

"张学士，他儿子跟的是坊中的张大学士！不日即可成才！"这话一出，众酒客哄堂大笑。

老萨便一瞪眼，正色道："哪有那么容易，总要在里面历练个三年五年才好。"他这样一说，大家愈是笑得厉害。

甲卓航见他们笑得开心，不由得暗自好奇，问道："不知道这张大学士又是哪一位？名头好像未曾听过？"

这话一出，旁边一个大汉笑得酒都喷了出来，满胡子亮晶晶的。

"这张学士嘛，专司青云坊中的烟火大事，将毕生精力都用在煎炒烹炸上，的确是南渚独一无二的人物啊！"

甲卓航恍然大悟，不由得失笑，原来这老萨的儿子不是进青云坊学习星算政事，而是被坊中的厨子招去做了帮厨。只是看老萨这架势，对此事倒是颇为骄傲，四处宣扬，无怪被邻里街坊传为笑谈。这一条阳坊街上，住的都是小商小贩和卖气力的辛苦人，这样喝上一碗酒，聊上几句天，倒也其乐融融。

两碗冰酒下肚，卜宁熙整个人都变得暖洋洋起来，这饮酒的工夫，老萨的车轱辘话依旧没完没了，那大汉抹了抹一胡子的酒，道："这几日怎么不见你儿子出来看你？"

老萨脸上喜色褪去了一半，道："哎，以前每隔几天，我家小子还是会出坊采买，顺便回来看看的，只是最近坊中多了一个外面来的女子，每日吃得特别，他在里面忙得团团转，也有十余日没有出来了。"

甲卓航本来一碗酒喝到一半，差点呛在喉咙里。外来女子？如果扬归梦到了灞桥，算算时间，失去消息也有十余日了，如若落在赤研家族手中，会不会送进了青云坊？

"青云坊中怎么会有女子？是哪个少爷带进去的仆役婢女吗？"那个大汉也是一愣，听诸人闲聊了半天，甲卓航知道他姓辛，是个看城门的下等军官。他此刻倒是问出了自己最为关心的问题。

"咳，我家小子可说，这坊中的事情，半句也不能透露出去呢。"老萨的眼睛滴溜溜乱转,看着一众闲人。

众人哄闹,都想听坊中八卦,但老萨只是不肯说。

甲卓航心中大疑,想了想,从衣襟中掏出了一角碎银,在手中掂来掂去。

甲卓航惯在生意场上腾挪,深知钱能通神,这银子亮闪闪的,谁不喜爱?果然,这银子一祭出来,老萨便两眼放光。甲卓航自言自语道:"酒倒是好,故事不好。"

老萨两眼一直盯着那角细银,咽了一口唾沫,道:"那客官便再来吃些酒,刚才的闲聊嘛,都是乱说,小犬在坊中实在也不是什么重要人物,实在不知道那许多关窍。"

"大家喝酒,就是图个高兴,要什么关窍,随便讲讲,大家开心一下好啦!"姓辛的大汉哈哈大笑,道:"难得你家小子,今天就要给老子赚上一大笔!"

这姓辛的豪爽可爱,甲卓航也笑,把银子向着老萨一抛,老萨接了个正着。甲卓航道:"也罢,这银子就算酒钱,以后再来。"

"哪里有什么要紧的呢?"老萨倒是颇有些不好意思,"我家小子说,这姑娘喜穿鹅黄春衫,生得可真是漂亮,偏又生来头大得紧,身边总是跟着一大串护卫,等闲人是近不了身的。"

鹅黄春衫?身份对了,但扬归梦喜穿白衣,这样的穿着又似乎不是她的路数。

"哦,那不知道这姑娘性子如何?"扬归梦的骄纵在吴宁边是有名的,衣着相貌有可能不准,这性子总没么容易改变。

"哎,这姑娘,可不仅是漂亮,厉害得紧!我们的弘公子,啊,在灞桥谁敢招惹?他去讨好这姑娘,就碰了满头包,连个衣襟都没摸到呢!"老萨把声音压得很低。

众人七嘴八舌又来发问,但除了知道这女子进坊时日不长、派头不小之外,倒也无什么新的信息。

甲卓航知道以老萨儿子帮厨的身份,也确实打听不来什么,那坊中的女子到底是不是扬归梦,他还是无法确定。

酒喝得差不多了,这一件事就成了心事,但若是扬归梦真的陷在青云坊,他也是毫无办法。青云坊是青华坊外另一机要重地,不但戒备森严,更有封长卿、周道等闻名八荒的灵师坐镇,赤研井田绝不会让他们靠近这样的中枢之地。

甲卓航看了一眼在门口探头探脑的酒客,明白自己在灞桥的一举一动都有人暗中监视。而且明日就要离开,看来倒也不便再做打探了。

"也罢。"他撑着桌子站起,鸿蒙酒的火焰终于烧上头来,闭起眼睛,老萨的话就飘在很远的天上。他拍了拍老萨的肩,走出酒坊,街上清风徐来,弄得他心里痒痒的。好热闹的市井,好快乐的生活,若是有一天自己不再四处奔波,就藏在这阳坊街上,做一个平凡的布衣白丁,是不是也很好?

看看天色尚早,借着酒劲,他转回身哼着歌儿,向南渚著名的兵器谱子锋凌炼坊走去。

最后一个下午的热闹,总要尽情享受才好。

三

鸿蒙酒的酒劲太冲,甲卓航一夜睡得噩梦迭起,直到翻身上马的那一刻,脑中还有些眩晕。

大清早，占祥就巴巴赶过来，把送行仪式对甲卓航详加解释。然而一轮一轮的酒劲还在上涌，头昏眼花间，甲卓航总算大略搞明白了这一套复杂万分的送行仪式。

朱鲸醉欢宴后，赤研兄弟双双没了声响，对送行一事不闻不问。这件事本来也是礼宾典使占祥的差事，占祥独自折腾了几天，竟把一个送别礼的声势搞得越来越大。

此次灞桥之行，甲卓航一向充当和占祥沟通的角色。南渚少经战乱，百年的繁华下来，繁文缛节本来就不计其数，加之占祥的刻意布置，几日下来，那纷乱如麻的步骤着实把甲卓航搞得头大无比。

这占祥作为往返两州的谈判密使，扬觉动为达目的，曾命吴宁边的重臣轮番款待，把占祥喂得不能再饱，收下的金银财宝也不计其数。酒也喝了、礼也收了、话也放了，不想节骨眼上却被赤研瑞谦横插了一杠子。按道理说，占祥是赤研井田特命的使节，理应主持这次会盟，这一场操劳，他千辛万苦做了数月的工作，最后差一点连边鼓也没敲上。那几日，他见了吴宁边这几个日日把他捧到天上去的家伙，都要尴尬地绕路走。也正因为这样，这一次，他主持送行，就有心要做出花团锦簇的样子来。

占祥心里的小九九，甲卓航一笑置之。他疑心这一场送别，规格要高出南渚通常仪式几个档次。非如此，都不能发泄占祥心中的一股邪火。

甲卓航掰着手指，算计离城可能出现意外的环节。

根据事先拟好的次序，五月初五清晨，先是南渚大公赤研井田现身青华坊外百尺楼，与宾客共赏国色佳人的远游之舞，随后由礼官奉上丝缎椒麻等特产若干，礼毕，再饮离别酒，做一个宾主别情依依的模样。有赤研井田在场，扬觉动当安全无虞。

百尺楼礼毕，赤研井田留步目送，以赤研瑞谦、米容光为首的重臣将陪同扬觉动一行继续向北，通过横跨青水的灞桥，经过城中主要街道，穿城巡游。这巡游要经过许多嘈杂混乱的地区，倒是要小心提防。

不过人在屋檐下，一旦意外发生，就算他有心，恐怕也使不上太大气力。

这庞大的送行队伍中，扬觉动、浮明光和豪麻为第一队，是南渚高官们陪同的对象，以白马银盔的骑兵为先导，引礼乐丝竹左右各一队，军士打南渚青旗。甲卓航、尚山谷、伍平等扬觉动的其他随从则在后接礼仪队中随行，军士举吴宁边赤旗。再向后，还跟有黄盖礼车八驾，皂青礼车八驾，担礼的红衣仆役若干，最后为一众骑枣红骏马的赤铁军精锐压阵。

扬觉动的整个护卫队伍就这样被分割两处，大公的身边，只有浮明光和豪麻二人而已。占祥再三解释，这是礼制，不是算计，甲卓航倒也认可，有这两个人也足够了，如果赤研瑞谦不愿意血流成河的话。

大清早要起床出行，扬觉动等人早赴百尺楼欢宴，甲卓航和众人便束甲整装。他们本是军人，自然要以军人的姿态亮相。阳光把垂柳驿的房檐镀上了一层辉煌的金色，用占祥的话来说，正是柔光拂面、轻风过耳的清爽时分。

"今日离城，大家不要坠了吴宁边的颜面，都振作些！"甲卓航从人群中穿过。

指间错　123

"弄这些没用的鸟事！"伍平性子粗豪，虽然只是一个卫官，但胸中却藏不住沟壑，这几天在南渚过得憋闷，他就像一座火山，时时准备喷发。

"这过程也未免太烦琐了些！"连一贯沉得住气的尚山谷都忍不住抱怨。驿馆外人马嘶鸣，又是一队兵士匆匆赶到，不知道这送行的队伍到底要多大阵仗。

吴宁边草创只有三十余年，朝气蓬勃，信奉的是马上天下，远没有这许多繁文缛节，这密密麻麻的仪礼程序，就连旧吴巨族出身的甲卓航也颇受不了。何况就算城中巡游结束，礼节却还要继续，整个礼送队伍更要直出野非门外，礼仪队伍撤走后，还会有五色骑兵纵马相陪，继续送到野非门外五里的青水长亭，待到豪麻和赤研星驰易物答礼，才算最终礼毕。

甲卓航昨日喝了不少，颇不知道怎么跟兄弟们解释这一大套烦琐的步骤，只好简化，变成大公三人一拨在前，其余人在后，无论有什么节目，就跟着走出去就是了。众人听得倒是都很明白。

他们翻身上马，正准备依约出发，院门却砰地大开，进来两队身着烂银亮甲的兵士，这些兵士身后，是一队骑着白马的弓弩手，每人鞍侧挂一把四尺长的青色弩机，一个个都把鼻孔扬到了天上去。

为首的那一个身量不高，气势却盛，冷眼先把甲卓航从头到尾扫了一遍。

"未请教尊姓大名！"甲卓航胯下战马受惊、奋蹄挣扎。

"公子健忘了，"对方不回话，那战马眼睛血红，只是在甲卓航面前左右奋蹄踢踏，"三年前在风旅河，我们见过。"

这人生得面皮白净,眼中精光四射,嘴角一道伤疤,略略歪向一侧,一副毫不在乎的样子。

"飞鱼弩有什么了不起!你他娘的要做什么!"伍平愤然说道。

甲卓航立即有了印象,三年前,赤研星驰曾经带八千赤铁千里赴援,赤铁四营中,这飞鱼营的劲弩在战场上确实发挥了不小的作用。

"戴将军?"甲卓航微微眯起了眼睛。

"不错,在下戴承宗,难得甲公子还记得在下的名字。"

酒后头脑昏重,甲卓航看着面前这个男人,往事浮上心头。当日风旅河战场,赤铁军军纪不修,这戴承宗是个都尉,纵兵劫掠、矫命杀降,曾被浮明光的弟弟浮明焰堵个正着,擒下了交回中军,赤研星驰脸上挂不住,当众打了他四十军棍。

这个家伙当时狂呼乱喊,说什么战场杀敌不抵背后黑手,豪麻一时按捺不住,就把一把匕首插入了他的口中。他喊倒是不喊了,只是收拾不住,血流如注。

甲卓航摇了摇头,经此一事,戴承宗不仅深恨吴宁边诸将,对赤研星驰也颇有微词。三年时光匆匆而逝,赤研星驰依旧掌军,戴承宗怎么会混上飞鱼营校尉一级的人物?

他正不知戴承宗和飞鱼营的目的何在,戴承宗却一勒马缰,露出一副皮笑肉不笑的表情来。"我这次来,一片好心,只是想告诉诸位,你们这几日在灞桥穿来荡去,当真是辛苦了,依我说呢,那宁州丫头你也不必找了。她在半月之前,已被我射死在鸿蒙海上了!"

甲卓航脑中嗡的一声,他这几日在灞桥四处打探扬归梦的行踪,确实也有一种说法,说有位富豪包船航向朱雀,带有女眷,中途遇到风暴,全船沉入海中。也恰是同时,南渚赤铁的飞鱼营两艘红船出海,也遭遇巨浪,只勉强回来一艘。

"你说什么!"一旁的伍平把牙齿咬得咯咯作响,却被旁边的尚山谷一把拉住。

甲卓航盯着戴承宗的双眼,想知道这个人前来的目的究竟是什么。扬归梦确有宁州血统,没见过她的人大概不会知晓,八成这戴承宗见过。此外,赤研星驰对扬觉动颇为尊敬,离城前夕,恐怕不会派这样一个人来生事。甲卓航只不过略想了想,脑中便蹦出了赤研瑞谦的名字。

他用手扶着脑袋,甩了甩头,道:"承蒙戴将军关照了,甲某不知道有什么宁州女子,不过昨日是多喝了几碗鸿蒙酒,现在有些头痛。如果将军不是来送行,劳驾让开,我们就要出发了。"

戴承宗嘴角带着一丝冷笑,道:"好涵养,死了一个,送来一个,还是一样不动声色,和你们那个扬觉动一样无耻啊!为了恣意凶暴,竟连自己的女儿都可以拿来买卖。"他吸了一口浓痰,咳在地上。

"我们走!"甲卓航紧握马缰,胸中已是怒火万丈,但是他必须牢牢控制住这支队伍。必须马上出发,大公和浮明光都不在,自己身边的这些弟兄就像火药桶,随时可能爆发。怕出意外,尚山谷和伍扬一左一右夹着伍平,一行人跟在甲卓航的身后,鱼贯而出。

"他们不是占祥安排来送行的,别着了道!"甲卓航一踢马腹,力道猛了些,他胯下战马一声嘶鸣,冲到了大街之上,立即被一片欢呼包围。原来这垂柳驿门前的大路上,挤挤挨挨都是等着看这一场热闹的百姓,这百年一遇的盛典,已让满城沸腾了起来。

甲卓航低下头去的时候,还满面怒容,待到抬起头来,已经换上了一副灿烂的笑脸,锋凌炼坊的伙计们围着皮裙,也在街角看热闹。要不要设法跟他们提一下扬归梦出海的线索?如果真能得到扬归梦的行踪,自然是如何冒险都是值得的,但若戴承宗是有意试探,自己被他所惑,岂不是露了吴宁边在南渚的底吗?

甲卓航心中有了计较,挺直了身子,马儿迈开步子,轻快前行。他本来生得风流俊朗,此刻又刻意去撩拨街边那些少女,惹起一片尖叫。这些少女准备大典之后离城采薇,现在挤在一起,个个容貌光鲜、花枝招展,甲卓航的人缘极佳,这本事是天生的,并不需要半点修行,他一路走来,和四围男女插科打诨,已经惹得四围欢呼和掌声如潮水一般一波一波涌起,主宾的车驾还没过来,已经有不少人挤丢了鞋袜珠串,在互相推攘。

不知道这出城的路,到底要走多长。

出来吧,扬归梦,这是你离开南渚的唯一机会!躲开那些烦人的耳目,窜到大街上来,大声地喊叫,让所有人都能听得见你是谁。让大公把你好好带回吴宁边!

不要让你的父亲失去最后一个女儿!

甲卓航哈哈笑着,慢慢催马前行,远远的,那鎏金华盖下,赤研瑞谦和扬觉动的马队越来越近了。

四

先导马队一到，街上百姓人头攒动，立刻把这支队伍围了个水泄不通。队伍打头的四列二十四匹白马四足细长，膘肥体壮，身上绝无半根杂毛，马鬃飘飘，踏着花步，十分齐整，和着后面的丝竹市声，蹄声嗒嗒，颇有节奏。这些马匹都是训练有素的良驹，拥挤中街面上不知谁散了一地新菜，马儿们却目不斜视，灵巧踏过，民众们看得兴奋，就叫起好来。

走过五彩衣衫的乐官和体格健壮的打旗军士，后面行来的便是一行十余匹高头大马，松松散散，慢慢前行，马上人群服饰各异，也无什么阵势队形，每人身旁都是华盖层层，如繁花盛开，簇拥着正中一位盛装将军和一位素衣老者，人群识得那将军的模样，立即鼓噪欢呼起来，正是扬觉动和赤研瑞谦一行前来。

先行的数人中，赤研瑞谦盛装华服、顾盼自雄，他依旧是一身甲胄，把那微胖的身材箍得像一个铁桶，在他身边，便是素衣束发的扬觉动。

甲卓航在扬觉动身边的时日已经不短，此刻见到扬觉动在马上那股威严，还是忍不住心中折服。即便是在全副武装的羊群之中，老虎依旧是老虎！扬觉动身形高大，长发在脑后挽了一个发髻，黑发白发聚丝成缕，相间交错。他一路谈笑，轻挽缰绳，身子和着马蹄起落轻轻摇晃，在一群盛装华服的南渚高官簇拥下，依旧显得气势万千，卓尔不群。

紧跟在扬觉动和赤研瑞谦身后的，是赤研星驰和豪麻，这两个人年纪相仿，都身姿挺拔，赤研星驰一身红铠，精神抖擞自不必说，豪麻一身玄色甲胄，也是英姿勃发。擦肩而过的时候，赤研星驰对诸人点头示意，而豪麻的眼中则十分空洞。甲卓航心中一沉，他不知道这次扬一侬的远嫁究竟会给豪麻带来怎样的变化，此刻，他不戴帽盔，长发草草挽在脑后，面沉如水，脸上肌肉紧绷，眉宇间有雾气重重，和赤研星驰的丰神俊朗有着明显的区别。豪麻路过，那股压抑的阴鸷之气，似乎也传染到了周围的群众，人群不禁渐渐安静了下来。

豪麻并没有看向甲卓航，就这样在马上目不斜视地过去了。

甲卓航忽然莫名有些伤感，这二人气质殊异，但凌厉相同，都是年纪轻轻便位居高位，赤研星驰家世显赫，而豪麻不过一个卑贱马童。自己呢？副将和主帅之间的差别判若云泥，他出身虽远及不上赤研星驰，但比之豪麻，却好得太多。只是青春狂浪，蹉跎至今，永远也是个旁人光环背后的小角色。

小角色便小角色吧，他叹了口气，伸出舌尖，舔了舔干涩的嘴唇。陪同的礼官示意，应该跟上去了。

两队人马会合，浩浩荡荡进入了阳坊街。

鼓乐齐鸣，人流如织，许多这两天才熟悉起来的面孔都在街旁看热闹，老萨的头皮被日光晒得通红，在酒坊中吃酒的那个汉子见到甲卓航惊讶地张大了嘴巴，灞桥的街市上从来没有拥挤过这么多的人，连两旁的树上都挂着一群半大的孩子。他们打着呼哨，兴奋地大喊大叫，把送行当成这次相思节令的特别节目。

真的有那么有趣么？甲卓航看到一个四五岁的小姑娘，骑在一个半大小子的脖颈上，也在人群中拥挤，她小脸黑乎乎，衣服脏兮兮，一头辫子乱七八糟，但两只小手一张一合，神情中自有一种天真烂漫，不知为什么，看起来竟和不知所终的扬归梦有几分相似。

甲卓航冲着那女孩一笑，那小姑娘也咧开嘴，露出两排洁白的牙齿来。

"拿着！"伍平也看这个女孩可爱，摸摸身上，顺手把占祥那个银指环抛了过去，众人见有好东西，前拥争抢，把维持秩序的赤铁军挤得东倒西歪。那半大小子被人群撞倒，小姑娘也跌落下来。

该不会受伤了吧！甲卓航白了伍平一眼，打马掠了过去，却发现那个少年头撞脚踢，一身蛮力，抡圆了胳膊，竟将周围挤抢的人们都打了个四仰八叉，一手拉着那个小女孩，另一只手中牢牢攥着那只指环。

甲卓航只怕那小姑娘受到人群践踏，见她无恙，也就打马而回，那少年却跳着脚指着伍平骂道："你这个老乌贼！要害我妹妹么！"示威一般地举起了拳头。

伍平一愣，爆发出一阵哈哈大笑来，道："好小子，有出息！"

久违的欢乐气氛似乎又重新回到了他们身上。此次随扬觉动来到南渚的，大都是战场上的勇猛之士，此刻换上了戎装，再也不是鸿蒙商栈中那群世俗商贩的委顿模样，尤其中间年轻的几个，或威武或俊朗，一个个神采奕奕。他们的黑盔红缨随着马儿的奔走上下颤动，在日光下反射着光晕，看着就十分养眼，心情有了暂时的放松，这些男人的表情也生动丰富起来。人多了，便平生许多热闹出来，这一群挺拔的青年，惹得周围的姑娘们鸟儿一般笑闹不停。

"那个，看那个！"

甲卓航根本不用回头，就知道她们说的准是自己，人生短促，及时行乐，不是蛮好吗？在吴宁边，虽也有人说他风流成性，但吴宁边哪有这些有趣的观众？此刻的甲卓航，自觉倒是一本正经的，正经到自己也想笑出来。他在贴身软甲外着了绿色春衫，手腕上缠一串硕大的红珊瑚珠，鞍上挂一个紫皮葫芦酒壶，腰间佩刀旁，还晃着他心爱的长笛。他这一身，本来已够招摇，偏偏他一路上见有商贩举着风车面人，便扔下一角碎银，拿在手里把玩。路旁有年轻女子见他耍宝，掩口轻笑，他偏要作势结识，一本正经策马前行，欲求美人香吻，唬得人家满脸通红，扭身便走。春日佳节，人们要的，不就是开心两字吗？

南渚民风开放，街边有被甲卓航撩得满脸通红的少女，也大有毫不娇羞充满好奇的姑娘。他正笑嘻嘻地迎风策马，和众人哄闹，忽地目光一暗，原来有人迎空抛来一个绿油油的济山青橘，还连着几片青翠的叶子。

甲卓航早闻南渚有青橘寄相思的风俗。

这济山青橘产自濂桥城外济山脚下，在远近几州负有盛名，味辛、略苦，啖之一刻，又有微微甘甜回味于唇齿之间，清凉柔爽，回味无穷。由于不易储存，外州百姓寻常难得一尝。

用南渚旧说，这青橘之味恰似相思一刻，心结不解，总是心酸，但如若无此牵挂，又没有情思缭绕蓦然梦回的甜蜜回味。相思不得，水深火热，恰似济山深林初夏清晨的薄雾，带着炽热中的一点清凉。

青橘既有此一比，便成了南渚相思节令，少男少女相酬赠

指间错　131

答的绝佳信物。

若是有哪位女子看中了心爱的情郎,便会抛橘传情;而男子若是有意,便在女子家门回赠青水之薇。除此以外,对歌问答、互相试探的也有不少,但随后成与不成,总看这一枚青橘,几束薇苗。于是便有"红叶霜来半生,世事晓月鸣廊,夜阑微风帘幕,却看青橘枕旁"的句子,初夏时节,户户吟唱。

甲卓航看那小小青橘在空中翻滚,微微发愣。人生如寄,即便像豪麻那样,时时小心、处处在意,又有几时能过得轻松快意?他看着豪麻那僵硬的背影,也只是感慨,恐怕无论做出什么,那个钢铁一般沉默的青年,也不能再把他喜爱的女子拥在怀中了。

这青橘不知是谁掷来,他有意炫耀,便伸手拔刀,闪电般在空中来回一瞬。旁人只见白光闪烁,他已收刀入鞘。而那青橘正从空中落到他左手掌心。

他轻轻张开手指,适才被他切开的橘皮便如莲花般轻轻绽开,剩余一团橘肉立在掌心,片刻之后,那橘肉又啪的一声,裂成数瓣。他便笑嘻嘻轻轻回手唇边,张嘴向那青橘咬去。

人群中响起雷鸣般的掌声来。他这一下刀功了得,众人看得目瞪口呆。

这一刀看似简单,实则大难,能在瞬间连出数刀已属不易,青橘在空中,能够施刀于空无依傍的小小圆橘之上,不减其飞坠之势。切口似断实连,有下方橘窝一点不动,方能绽放如莲。这当空,他又耍了一个小小花招,橘入掌中,他用力一搓,将橘皮与橘肉相连的一层筋膜错开,橘皮自然缓缓滑落,这时候橘瓣破开,恰似一朵花儿,先开花瓣,再展花蕊,这一动作一气呵成，已是顶级的刀法、十分的巧思。

甲卓航不在乎有谁见到这一刀，实际上，他对自己的刀功颇为自负，更想让赤研瑞谦、戴承宗这些南渚的酒囊饭袋看到，吴宁边军中这一点功夫，可不是坐着耍耍嘴皮子就能换来的！

甲卓航知道将青橘肉吃到嘴里，在南渚是男子接受女子爱意的表示，更低头吃了个一瓣不剩，他在吴宁边混了这么多年，女人也有过不少，但是，相思何味？

周围的人群见他将那青橘吃下，不由得一起喝起彩来。这里掌声雷动，大声叫好，惊扰了前方的赤研瑞谦等人，纷纷回头观望，这一点得意，就真的被众人看了去。

甲卓航在马上颠簸，一边吃着手中的橘子，一面向扔橘子的方向看去，看到一个鹅黄衫子的少女笑吟吟地，为一众男女仆役簇拥，匆匆隐没在人群之中。此刻他口中苦味已去，却有一丝甘甜回味开来，见再难觅那女子的踪迹，心中不由得一阵怅惘。

无可救药的第一个念头，她不是扬归梦，但她是不是青云坊中那个姑娘？

五

吴宁边久经战事，土地辽阔，一马平川，女儿性情多率性爽直，不曾有这南渚山水灵气养育出的古灵精怪的心思。甲卓航近日来在这繁华之地游玩，心情患得患失，日前心中积郁的磊落不平之气，到了今天，已被这一派平安喜乐磨去大半，说不出，心中倒有些喜欢上了这个地方。

此时恰是鸿蒙海潮生之时，海风习习、略带咸腥，耳畔隐隐有海浪奔涌之音传来。众人没有见过大海，但觉雷声隐隐，天地苍茫，偏偏前方丝竹乐队奏得却是那庸凡的快慰之声，让人听着心中不爽。

甲卓航此番来到南渚，虽然未能登上青华坊大堂，但朱鲸醉一场宴席上发生了何等变故哪个不知？扬觉动已近暮年，却要质女求兵，备受揶揄；豪麻在军中横眉立目，却眼睁睁看倾情女子嫁作人妇；自己一行众人，前几日偷偷进城、灰头土脸，如今却纵马长街、风光无限，旦夕之间，人生境遇相差何止天高地迥，此中心境，难以历历尽数。

他知扬觉动为人生猛悍厉，也知道豪麻一根筋的冷峻执着，也许终有一天，扬觉动将挥师南下，金戈铁马，踏碎这南渚繁华。今日一去，也许再也见不到这些相思回绕、笑逐颜开的脸庞了。人们开心热闹，他却不知心中是何滋味。

梦公主呢？云白水碧，海阔天长，你又在哪里？

他叹了一口气，解下身上长笛放在嘴边，轻轻吹送。

一丝清凉高越的笛声伴着隐隐潮声响起。

这笛声温柔缠绵，若春草初生、野花微绽、雨细风微，回环往复，伴着马蹄声声回荡在喧闹的阳坊街上，一时间竟从如潮的喝彩和欢呼声中悠悠破出，极为清晰地传到每个人的耳边。

他看到了围观众人脸上表情的变化，微微闭上了眼睛。

当年大安城中春雨楼，他第一次吹奏这曲子时，也觉得一片春花烂漫，心中人正在倚栏向他张望。

笛声悠悠不绝，曲中情思开阖几许。随着潮声渐响，他的曲风渐变，便有江亭夜雨、千帆竞过、回首蓦然、西风流年的感慨。

此处精妙，在于吹笛者神思缥缈，闻笛者则顿觉人生无常、岁月蹉跎。这一段笛声的感染力似又上一层，不独那些围观百姓，更多远近各自忙碌的人们也都慢下了脚步，听得愣愣怔怔。

心中的情绪缓缓流泻，曲声便继续绵延，待甲卓航吹到极为遒劲苍凉处，笛声又是一转，便有铮铮肃杀之声，把这条街上的人们听得面面相觑、相顾茫茫。他们只道这吹笛之人技艺超群，却不知道这是吴宁边极有来历的一曲，唤作《指间错》。

笛声悠悠，前方豪麻的身子一僵，勒马而止。

甲卓航眼前，无数个灯下烛前，豪麻讲述扬一依的情景再次浮现。

你刀头饮血，冲阵拔旗、视死如归，可曾想过那个姑娘已经永远不会再回到你的身边？那一场华宴，朱鲸醉美酒，饮得可还痛快么？！

甲卓航知道豪麻素来不通音律，但扬一依琴棋书画无所不精，扬归梦也耳濡目染，这一曲确是扬氏姊妹的挚爱。这一刻、这一曲，他给豪麻，给扬一依，也给不知所终的扬归梦；给扬觉动，给身旁的兄弟，也给所有身不由己的异乡人。

此声是中州著名的相思之曲，原由琵琶弹奏，是浮玉泽著名歌师东白承为一个奇女子而作。这女子便是木莲朝开国君主朝承露的第二任妻子，人称牙香公主。

指间错

木莲立国前群雄混战的年代，牙香公主原是霰雪原上固伦柯族的马上名将，她与年轻的朝承露相遇之后，抛弃了自己的丈夫，嫁给了这位困顿公子，并以固伦柯精骑助朝承露承续木莲大统，出生入死、一统天下，最终却为朝承露所杀。

牙香公主死在朝承露东征离火原一役，最初的两情相悦终于抵不过性格和家世的距离。

当时局势纷乱，当木莲联军以雷霆万钧之势横扫中州、朝承露奉命挺近旧吴时，两人关系早已怨怼丛生，牙香提前率部脱离战场。不料一路高歌猛进的朝承露在离火原陷入苦战，大败亏输，几乎性命不保。牙香顾念旧情，终于回师相救，以麾下固伦柯精骑全军覆没的代价，救回了重围之中的朝承露。失去依傍的牙香，却随后被朝承露斩杀于离火原上，举世皆惊。

十余年后，木莲立国，与牙香公主曾有一面之缘的歌师东白承旧地重游，斯人已去，只见荒草离离、野冢萧索。东白承感慨朝承露王霸雄图已成，仅仅数年光阴，却已无人再知牙香公主，遂做此曲加以感怀。

牙香公主的故事在木莲立国初年，本是天大的忌讳，但不知怎样，这一曲琵琶，竟很快传遍了大江南北。

这《指间错》分为三个部分，第一部分是描绘牙香公主与朝承露霰雪初识的两情相悦，因此极尽温柔缱绻；第二部分描绘牙香冲破重重阻力，组织固伦柯雪原骑兵助朝承露作战，两人并肩齐驱，郎情妾意，但终于渐生嫌隙，曲声转而感慨苍凉；最后一段描写离火原上，牙香为兵败如山倒的朝承露放手一搏，全军覆没，赢得一人孤归，却被朝承露赐死离火原的故事，因此充满金戈铁马的肃杀悲壮之气。

扬归梦有男儿气,爱的是其中的壮气长歌、英雄薄暮;而扬一依温柔缱绻,却常为牙香公主的情深不寿、相思成疾叹息。

甲卓航的笛声中,苍凉已尽,肃杀渐起,仿若已近乡关,那万马奔驰的广阔平原就在眼前。整个街市似乎都静了下来。吴宁边来的武士们听到此处,纷纷以手轻叩刀鞘,发出整齐节拍。

没有人比甲卓航更了解他的这帮弟兄,他们离开吴宁边多日,跟着他们不世出的枭雄远赴南渚,只是这一次远行走得无比窝囊,心中满是不爽,这笛声将他们心中的磊落不平一泻而出,岂不痛快!这曲子,吴宁边长大的少年,哪个不熟悉?就连甲卓航也手指微抖,不知为何,此次奏出的曲调,竟能和心中的感触浑融一体,无法分割。

这笛子声音本是清脆,但在他的吹奏下竟显得异常凝重雄浑,又带一点无望的哀婉。如若不是在南渚大街之上,又会有多少人唱起平原落日中的沙场狂歌?

豪麻的身影越来越慢,他反手搭箭,忽的一箭破空,带着尖利的呼哨直插云霄。

正在此时,甲卓航忽见一个白色身影在人群中一闪,和扬归梦倒有七分相似,他停了笛声,看到飞鱼营的白马在人群中穿梭,奔那人影包抄而去。

豪麻一箭问天,众人猝不及防。也只在一瞬间,护卫众人前行的诸人都拔刀在手,十把刀里,倒有七八把指向了豪麻等人,形成了一个寒光闪闪的圆圈。

这一刻众人勒缰立马,表情各异,豪麻的赤心在刀鞘中激烈地颤动,他铁青着脸,对那些擎刀的武士大喝:"让开!"

甲卓航心中一凛。

发现梦公主的踪迹,鸣镝为号,以为支援,是他们的约定,这暗号是一行人潜入南渚前就定下的,当时南渚境内,灞桥内外,都有可能发现扬归梦和道逸舟的踪迹。这响箭与寻常弓箭不同,自带偏风哨,飞往不同角度、劲力大小、发出的声音有细微区别,非相约之人,断然无法破解其中含义。

不过纵有响箭,非到非常时期也绝不会用,因为响箭一出,敌友都会有所警惕,对于潜行南渚的扬觉动一行,有极大的风险。

但此时形势又有不同,一是扬觉动一行身份已明,不怕暴露;二是扬归梦出现在繁华的阳坊街头,四周鱼龙混杂,处境危殆,而扬觉动一行人在南渚赤铁军环绕之中,绝无可能脱出一人去保护扬归梦,这一行人只怕直到吴宁边边境,都会在南渚的密切监视之中。

所以此情此景,对于扬归梦的安危来说,便是最最紧要的时刻,既然扬一依已经陷在南渚,断不能让扬归梦再落入赤研家族之手。吴宁边大公之女、对如此重要的政治筹码,还不知有多少势力窥伺在旁。

豪麻利箭破空,呼啸而去,显然是发现了扬归梦,甲卓航眼尖,也隐约扫到了一些踪迹,扬归梦既然可以潜在人群中来观礼,看来尚未落入赤研家族之手,但戴承宗的飞鱼营显然也发现了她的踪迹,只要稍稍迟上片刻,一切就无法挽回!

甲卓航和伍平尚山谷互望了一眼,街头巷内重重围绕的南渚兵士不下数百,这一亮刀,恐怕是有死无生,但是,他又怎么忍心让豪麻放弃这最后的机会？其实每个人都知道，即便此时梦公主归来，婚约也无法再行更改，但大公的骨血，又怎能失陷浮华俗鄙的赤研家族之手？！

"瑞谦将军，这是什么意思？！"扬觉动声音低沉，穿透了死一般的寂静。

"扬觉动！他又是什么意思！"赤研瑞谦愤然作色，想到豪麻膂力惊人，那一支箭还没有落下，不禁脸上变色，匆忙退到一旁。

"一支鸣镝，助兴而已。"扬觉动面沉如水，那响箭流星一般从天空直插而下，他提过马旁箭筒，伸手，哨箭噗的一声直插了进去，微微晃了晃。

"大公！"豪麻神色焦急，面带怒容，"享儿她在市上！"

"享儿是谁？！"扬觉动缓缓转过脸来，对着豪麻，仿佛有千斤的重量无形压了下来。豪麻嘴唇抖了抖，面色苍白，再没有说话。

"瑞谦将军，请吧。"扬觉动又一拱手，延请赤研瑞谦继续向前。

"还看什么！收刀！"赤研星驰一声令下，那些卫士却相互观望，直到赤研瑞谦点了点头，才哗啦之声不断，所有的刀剑都被收了回去。

甲卓航脸上露出了一丝不屑的微笑，这响箭是军中号箭，没有铁镞，何况在灞桥大街上，能有什么变故？赤研瑞谦把自己箍得像个铁桶，不过是个没有上过战场的草包。

此次之后，双方再不言语，各自默默看着前方道路，队伍又复前进。

庞大的送行队伍加快了速度，穿过了高大的野菲门，门上悬挂的三个木笼仍在，一只黑色乌鸦落在那个空荡荡的木笼上，尖利地鼓噪着。

甲卓航的心中满是沉默。

享儿，是扬归梦的乳名。

走着走着，他才发现那青橘的橘皮被自己顺手放在鞍袋之中，拿到鼻侧细闻，一股涩涩的清香。

第五章 归梦公主

　　和料想的并没有不同,她虎口被这一刀震裂,小刀也脱手而去,她被这惊涛骇浪般的一刀冲起,像一片风中秋叶,翻腾而起。一箭破风,在一旁静候多时的关声闻飞鱼弩弓弦炸裂,一股尖锐的疼痛刺入内心同时,一只熟悉的响箭也呼啸而起。扬归梦睁大了眼睛,看着一枚闪亮的银色细箭从自己的胸中穿了出来。

一

天光大明，暑热渐起。

相思节令，灞桥采薇的男男女女都格外鲜亮，换了一身不那么招摇的青衫，扬归梦反倒觉得自己扎眼了起来。

清晨出城的人太多，从百尺楼到阳坊街，人流滚滚，大批百姓已经挤出了城门。这里的人看起来花团锦簇，上身的却大多是土布薄绸，好一些的，是那些俗气的扎染，没有一丝中州的刚健清爽。穿得眼花缭乱还不够，不管是做生意的，还是买货品的，人人都热情殷勤，无论男女，说话大多轻软，带着一股甜腻腻的劲头，让人心生烦闷。

只这一会儿工夫，乱哄哄的人群中，又一串串吆喝声起，跟去了卖面人的、酿米酒的、切熟肉的，这些声响在熹微的晨光中此起彼伏，让人头皮发麻。脚夫的扁担中装着各式玩意儿，马夫的牲口上拉着锦缎竹席，农夫们则用小车推着甜瓜、蜜枣，蜂拥而过，这半个时辰，对扬归梦来说，比跟着浮家的骑射手策马一天还要漫长。

她的心思本不在这里，把手中青橘连皮咬了一半在口中，咬下后竟酸涩难耐，连牙齿似乎也要倒掉，忙一口吐了出来。

呸呸呸，什么相思佳物，也不知道为什么二姐如此喜欢！扬归梦心中恨恨，不怪自己连皮吃下，却怪济山青橘味道太酸。逃婚南渚以来，吃不好睡不好，她的心火愈加旺盛起来。尤其最近，满城流言，都说吴宁边的娴公主要嫁过来了，嫁的不是南渚世子赤研恭，却是二大公的儿子赤研弘！

最开始听到这个消息，扬归梦瞪圆了眼睛，怎么也不相信，打自记事以来，吴宁边的公卿百官，提到南渚无不面露鄙夷，这百多年来，南渚仗着打不下的箭炉城和攻不破的百鸟关，偏安八荒一隅，捐客盈城、商贾遍地，如果不是吴宁边二十年来内忧外患从未终止，怕是早就要兴兵踏平这片纸醉金迷。这样一块地方，她不信父亲看得起。

信不信是一回事，扬归梦的步子还是慢了下来。如果没有这档子流言，她早就要跑回吴宁边，左右错已经犯了，反正父亲又不能杀了自己。

但如果真的是二姐代替自己嫁来了南渚，那就大大不妙！二姐的心思她猜不透，但是另一个人的心思，她再明白也没有。从小到大，只要有机会，豪麻的眼睛，是片刻也离不开扬一依的。豪麻进府早，自扬归梦记事起，就看着豪麻一点一点陷入姐姐温柔的旋涡里，不说小时候豪麻背地里为两姊妹出了多少头，就说近两年，他从木莲回来之后，整个大安城的权贵子弟便再也没有人敢向二小姐问安了。这个人的刀是战场上人血淬过的，一不小心，就是一条性命。

如果扬一依真的嫁来南渚，那还不知道豪麻的刀口上，又会吊着多少条人命。

扬归梦把头摇得拨浪鼓一样，希望把这个可怕的消息摇出去，然而就在青水码头，她真的遇到了拜发红帖的南渚使臣。日光王钦赐的白色旌节在青水之上飘荡，和吴宁边那根并无不同，在吴宁边，它没有那么稀罕，只有在每年木莲使臣来大安的时候，才会被拿出来抖抖灰尘，在马背上举一举。小时候，自己还拉着豪麻去偷来玩过，九尾旌节被她在玉石栏杆上打断了一尾，半个月后才被人发现。然而在这里，却有一大群人毕恭毕敬地围着它，虽然连半个木莲使臣的人影儿都没有，一群人却吼得山呼海啸。

"山海锦盟，两州姻亲"，司令官嗓音嘹亮，这一声随风飘荡，隆隆鼓声先催出庞大的使节团，紧跟着，记录着大红消息的锦缎木盒被郑重请出，各种乐器便争先恐后般响起，扬归梦别的都没听见，她只听到扬一依真的要嫁过来了。

一股气就堵在胸口，她想杀人。

并不是开玩笑，扬归梦十三岁就跟着扬觉动上了风旅河战场，虽然不许她上阵冲杀，但她的小马也是踩着尸体走出离火原的。二姐真的要替自己嫁到南渚了，自己可以逃，但二姐的性子温和，是说什么也不会逃的，这就完蛋了。

她是断然不会喜欢这个乌烟瘴气的地方的，虽然在大安城的时候她也没有多高兴。有什么办法能够不让二姐嫁过来，不让豪麻那个笨蛋发狂提刀上马吗？扬归梦的念头一向少而直接，"杀人"这两个字迅速出现在她的脑海中。

杀了赤研瑞谦、赤研井田、赤研恭、赤研弘、赤研什么什么，反正随便哪个赤研家的人，只要她代表扬家与赤研家结下解不开的血仇，这和亲的事情马上就此了结。

她总记得风旅河畔的那次对话。如血残阳下，阿爸在马上告诉自己，这世上解决问题最简单的方法，就是让你的对手永远不能再说话。

千军万马中取上将首级，对于扬氏家族来说，扬归梦虽不是第一个，但也绝不会是最后一个。虽然一旦去做，她扬归梦已经死了九成九，大概一生也无法再回大安城了。

　　想到这里，她自顾自笑了一下，见不到豪麻那个木头了，但是他会给自己报仇的。她确信这一点。

　　扬归梦坐在包子铺里面胡思乱想，低头用指甲划着桌面，那木头的缝隙里有经年积累下来的油泥，随着她白玉一般的指甲划过，连着木屑向着两边翻滚开来。

　　"姑娘又来了。"一个滑溜溜的声音似曾相识。扬归梦抬眼，看到一张谄媚的脸。

　　马掌柜看到她抬头，忙快步上前，探头探脑道："姑娘，怎么那位客官没有来？上次您的银子还有剩余，今天是南渚大喜的日子，您要点什么，小店费用全免！"

　　"想要你的铺子。"扬归梦嘴角略略向上弯了弯，就算笑过了。马掌柜的殷勤被兜头呛了回来，张口结舌不知道说些什么是好，只一句话的工夫，头上就滚出了汗珠。

　　"今天结账应该找得开了吧。"扬归梦不咸不淡地说。

　　"姑娘你这是玩笑、玩笑话。"马掌柜见过扬归梦的千两银票，知道眼前的人大有来头，一时紧张，磕巴了起来。

　　"一碗白粥，两盘包子。"

　　"来来来，马上来！"马掌柜囫囵擦了擦脸上的汗，快步又走了回去。

　　"姑娘，这样吓唬人可不好。"说话间，一个淡蓝绸服的公子哥儿踱进店来，也不问她是否方便，径自在她对面坐了下来。

　　这里的人就是这般轻浮，扬归梦被搭讪搭得多了，也懒得理他，不过这人眉眼间有几分像甲卓航，因此扬归梦就多看了他几眼。这几眼倒没有白看，这人一坐下来，店里几张桌子零星也有客人纷纷落座，哪有这样巧合的事情？

扬归梦眉头一锁，看他打扮，倒像个有来头的，是马上离开还是静观其变，她一时没有拿定主意。

那人也不说话，只是用指甲逆着扬归梦划出的痕迹，又划了一条，两条沟壑在桌面上打了一个叉。什么意思？叫我不要说话吗？她皱起了眉头。

那人叹了一口气："这大热天的，真是没有法子，搞什么劳什子定盟送迎，连个包子也吃不好。"

没错了，这人说话的油滑样子也有几分像甲卓航，若是在吴宁边，甲卓航可算得上是油腔滑调界的翘楚，但若是在南渚，显然就有太多人青出于蓝了。扬归梦也不着急，扭头向四面看去，此刻满街都是挤挤挨挨看热闹的百姓，街旁的屋子、树上都爬满了半大的孩子，连乌鸦都没有下脚的地方。汹涌的人潮波浪一样起伏，汗臭混着劣质胭脂弥散开来，让人头痛欲裂。

她厌恶地挥了挥手，好像就能赶走那些恼人的味道。

周围并没有什么异常。

那人的手又在桌上移动，弯弯绕绕，又写下了一个"鱼"字。

飞鱼营？扬归梦身上一紧，不自觉坐直了身体。这次和道逸舟来到南渚，已经和飞鱼营交手几次，最后一次，连强大的道逸舟也折了进去。如果真的是他们，倒是十分棘手，只怕赤研家的人还在活蹦乱跳，自己这个刺客会先在这里死得透透的。

一缕金色的阳光从人缝中射了出来，极细的一线金属摩擦声尖利地在耳边响起。扬归梦敏感超乎常人，这一瞬间的反光，让她确认，人堆里就有敌人。随着这轻响，那阳光毫无目的地在人群中转了一个来回，又复不见。如果不是有对面这家伙提醒，扬归梦难免为这兵刃反光所挑逗，说不定此刻早已飞身而起。

跟在那一缕光芒后的，是一双鹰隼一般的眼睛，扬归梦若无其事地甩甩头，眼角的余光瞥到亮银的飞鱼服在人群中一闪，只片刻工夫，又消失不见。

"你是谁？"扬归梦坐直了身子，看着对面这个男人。

"咸肉水仙包！"那人并不回答扬归梦，而是伸手从马掌柜的手里接过了热腾腾的包子，夹了一个，蘸了些白醋，稍稍提高了些声音，"梨子鱼的肉蓉做馅，调味的是秋天收下的松子，鲜香得很。"

"是啊是啊，馅料外面还要用一片咸肉火腿滚上，小的这里是独一家呐。"马掌柜在一旁赔笑。

"还要薄得透明才成。"这公子哥儿一手指指马掌柜，哈哈笑了起来。

鬼扯！扬归梦在心里暗骂，故弄玄虚的事情似乎是公子哥们的专利，在她吴宁边的追求者里，最不缺的就是这种人。甲卓航也油嘴滑舌，但是比起这个呆瓜，却有趣多了。

包子铺内正在说话，街上的人流却像大海的旋涡，发生了微妙的变化。远处传来哒哒的马蹄声响，看热闹的百姓则哄闹了起来。

扬归梦忍不住伸头去看，不料每次转头，这公子哥的一张脸就正正好好挡在面前,把眼前的景象全部遮了个严严实实。

"你干什么,让开!"扬归梦啪地放下筷子。

"姑娘不要心急,要慢慢吃,才体会得到这包子的奥妙,"这男子依旧在絮絮叨叨,"这水仙包须上屉大火急蒸,直到雪白的面皮隐约清透,馅料变成粉红一丸,才算大功告成。这时候再吃到嘴里,满口生香,既有鱼肉的滑润嫩爽、又有松子的清香宜人,最后那咸香带甜的火腿再把味一提,的确是入口生津,令人欲罢不能啊。"

扬归梦心里老大不耐烦,眉毛一竖,就要发作。

那人口中说话,眼神却并不闲着,眉毛一挑,扬归梦顺着他的眼神看去,心中一紧,整个阳坊街上不知什么时候,已经被赤铁军围了个水泄不通。

这人倒不管扬归梦什么反应,他只将那包子翻来覆去在白醋和酱料里滚了一过,居然放到了扬归梦的碟子里,小声道:"梦公主,可以尝尝了。"

二

以为我不敢吃吗?扬归梦心中冷笑。

除了死无大事。

包子落在口中,气哄哄咬下去,一股鲜香的汁水冲刷着牙缝,馅料紧实,面皮松软。扬归梦轻轻叹了一口气:"味道还真不错。"

"包子也吃了,就不用操心我了,你既知道我是谁,也应该知道这个闲事不好管。"扬归梦不紧不慢地说。

指间错　149

"姑娘在灞桥也有些日子了,失了依傍,这些人是打也打不过的。近日他们不知把这一整条街道翻了多少遍,没有找到姑娘已是奇迹,如此冒险,真是何必。"对方边说边摇头。

"哼,你管得了我,未必管得了赤研家的人,这是我和他们之间的事,不知道你有多大面子,是想要替他们说话呢,还是想要替赤研家的人死?"扬归梦的语气不见起伏,倒像是说一件无关紧要的小事。

"死?"那公子哥儿一愣,道,"姑娘这晦气寻得太大了。死则死矣,就怕姑娘死不掉,失手被抓住了可不怎么好。这整个八荒神州,对权力有野望的人,哪个不想得到你?姑娘的身手再快,恐怕快不过飞鱼营的弩箭。"

不等扬归梦回答,他继续道:"我们再退一步,现在就是一个千古良机,只要姑娘现在就冲上街面去,到扬大公面前亮明身份,便谁也没有胆子阻止你回家。"

"回家?"人群的欢呼声越来越热烈,扬归梦的心在怦怦跳动,每一次马蹄闷声敲击石板,都像敲击在她的心上。片刻之后,仪仗车马就会通过阳坊街,自己和阿爸的距离,也只有这百十步了。

这人说的,自然是上佳的办法,既然两州已经定盟,二姐出嫁已成定局,那么南渚确实没有任何理由在扬觉动面前扣住他的小女儿。浮明光、甲卓航、伍平……这些人都是熟得不能再熟,和他们一路晃回吴宁边,倒也没什么不好。

但是她不能回去,个中原因,面前的家伙永远不会懂。她脖子拗到一旁,好像在寻找头顶木板上的天空。

"这……姑娘的意思,是以后都不再见吴宁边的亲友故旧了吗?"

"对,我还没玩够,难得出来一趟,朱雀还没逛逛呢。"扬归梦胸中波涛翻滚,声音却淡淡的。

道逸舟说过,高手过招,露了心思,就输了。

他说的没错,这可能是自己返回吴宁边的最后机会,阿爸、豪麻,所有人都在盼她此时出现。然而,回去了怎么见二姐?更重要的,怎么见豪麻?这一瞬间,她心里更闪过一个虚妄的念头:阿爸会不会把自己代替了二姐,嫁给豪麻?

她的心怦怦乱跳了一阵子,觉得即使有这个可能,也太过荒唐,这个世界上没有谁比她更了解那个心如钢铁、面挂秋霜的男人,他火一样的热情只属于一个人,扬一依。

扬归梦闭上双眼,嘴角抿成了一条直线,不能现身,不能回去。

"或者姑娘可以沿青水逆流而上,在北方,有一座金色的大城,"他仿佛看穿了扬归梦的心思,"那里日光如莲,大得谁都找不到你。"

"日光城?"扬归梦疑惑地看了他一眼。

"两州联姻定盟,扬大公必定发兵澜青,天知道谁输谁赢。他要把你嫁来南渚,未必没有存下一股血脉的心思,父业女承,即便大安城有一天陷落,你也终有回归的一天。既是这样,不如索性跑远一点。"对方劝得起劲,不免就带上一丝殷勤,令人心生警觉。

扬归梦脸上露出了一丝不屑,那个叫扬觉动的一州大公怎么会这样想。这个从她出生就绝少见面的阿爸,凶暴得像一头狮子，如果可能，他会把所有的骨血都留在大安城。换句话说，如果有一天，连大安城都陷落的话，谁又能保得住扬家的后人呢？

但即便如此，去日光城转转好像也不错，大姐远嫁木莲十几年了，自己再没有见过。

然而这一走，豪麻、阿爸、二姐，不知道什么时候才能再见过了。人们说，父亲是八荒最强横的大公，嫁出大女儿后，就没有离开过他的军队，日光王几次征召，战场上的他只当作耳旁风。豪麻呢，刚刚从木莲回来没几年，连战连捷、连捷连升，以目前的身份和地位，除非他马踏王城，她也再想不到见面的可能。而二姐，跑得远一点，倒是可以不听她的唠叨，但是一辈子听不到，也是很烦啊！

离城的队伍越来越近了，豪麻一定和平日里一样，跟在父亲身边，只是不知道这一次重击之下，又是何等模样。不对，他那样一个人，就算是天塌下来了，也必然是面无表情。但是这次是扬一依走了啊，他真的会面无表情吗？

想着豪麻，她的心就乱了。

扬一依，那个豪麻心中长不大的小姑娘，已经不是他的妻子了。

豪麻被送进扬府的时候，自己只有六岁，勉强记事，那时候世家子弟们最喜欢玩的游戏，就是欺负下人。马童豪麻个子小，拉不住缰绳，被战马踢得头破血流，每次都引来阵阵哄笑，就在自己跟着大伙往这个沉默的家伙身上扔泥巴的时候，九岁的娴公主出现了，递给了这个满头草秆泥灰的马童一只粉鱼瓷碗，里面有半碗剩下的冰糖莲子。

那一刻，扬归梦觉得自己好无聊啊，冰糖莲子她也有呀，每次喝不了都随手倒掉了。大概就是从那个时候开始，豪麻看扬一依的眼神开始不一样了吧。

豪麻进扬府十年，见到扬一依，眼神中炽热的焰火也就整整燃烧了十年。初入府时他鞍前马后地洒扫侍奉，吃了无数白眼，只有扬一依和其他人不同，从来不把这个小男孩当作下人，那一碗喝了一半的冰糖莲子，几乎让他泪洒当场。在此后的漫漫岁月里，豪麻每次和扬归梦提到冰糖莲子的好，都会遭到她的嘲笑。"娴公主就是这样一个人呀，她可惜冰冰凉凉的甜片浪费了。是，她当然不会给你脸色，那时候她九岁，她才不知道你是谁！"

"那不一样的。"豪麻的声音没有什么起伏，他的话总是很少。

那确实是不一样的，如果年纪小就意味着心性好，那么怎么解释六岁的自己还在往豪麻身上掷泥巴？二姐从小待人接物完美无缺，这一点也是天赋，大家都看得到。

但是扬归梦还是有些不服气，怎么从这一次的好之后，每次扬一依的所有举动，就变成了所有的好？豪麻死心眼，不知道她娴公主对待每个人都一样好吗？她自小对府内每个人都细致体贴、一般无二的啊。

二姐这个人，性子温婉，温书作画、习琴练字，笑起来甜甜的，生气了就自己到一旁静静待着，没人不喜欢。仿佛有意和姐姐有所区别，扬归梦从小就致力于调皮捣蛋，上房揭瓦，想从人见人爱的扬一依那里，抢到一点关注。当然，她的努力收效甚微，只是让扬一依更加惹人怜爱，她实在弄不明白，为什么连她对豪麻的客气,都变成了她的好,豪麻只看扬一侬,就能看上一整天,而轮到自己蹦出来,他马上就转身走开了,偶尔过来笨拙地讨好,也定然是为了扬一侬。

一个马童居然敢喜欢娴公主,这件事大家谁也想不到,然而不久之后,豪麻仗着天资聪颖、肯下苦功,居然有机会师从浮明光习武,十几岁就跌跌撞撞跟着扬觉动一起上了战场,这件事大家更想不到。

扬觉动骑大马,豪麻就在下面跟着马跑,骨瘦如柴的身子居然也慢慢跑壮实了起来。扬家世代名将,战场上只问实力,不讲出身,豪麻性情坚忍、不惜性命,又天资甚高,就这样渐渐脱颖而出。

扬归梦九岁的时候,扬觉动送了她一匹小马,也是豪麻为她整鞍,她诧异于这个从来没有骑过马的马童,却知道所有骑马的诀窍。直到有一天,豪麻偷骑马厩中的坐骑被发现,被抽了二十鞭,他咬死自己只是为了驯马,只有吓哭了的扬归梦知道,他心里想着的是出人头地,是为了扬一侬。

也许是看中了他的硬气,十五岁的豪麻有了自己的第一匹马,跟着扬觉动上了战场。扬归梦不服气,也想跟着去,被拦了下来,这一拦,就是好几年。这些年里,十五岁的豪麻带着一身伤疤在战场驰骋,不眠不休地在浮明光的指导下练刀,扬归梦有时候好奇,去倒一碗水给他喝,说是扬一侬送的,他便喝了。

豪麻几次差点死了,这时候扬归梦就很难过,她不知道豪麻为什么为了那些战功,连性命都不要了。大安城里许多人喜欢把战绩功劳挂在嘴上,听多了,就惹人讨厌,但这个人不管做出什么样的成绩，左右都是一句不提的。扬归梦问得急了，他也只是说，还差得远。差得远、差得远，不知道他到底怎样，才能差得近一些。

十六岁成了卫官，他还差得远，十七岁成为都尉，他还是差得远。直到他率八百骑兵大破澜青五千步卒，以年少铁血声震四方，校尉豪麻还是说差得远。扬觉动把他送入日光木莲军中，继续历练，豪麻就此成为八荒最为年轻的勤王之将，害得扬归梦有两年没有见到他，从百望台上看去，离火原上的青草黄了又绿，这样两次之后，豪麻该回来了，扬归梦不知道这次他是不是还觉得自己差得远。

十九岁的豪麻回到吴宁边，已经成为英姿勃发的少年将军，大公的推重，让不少女子对他倾心相向，身边围了密密一团，但除了扬一依，其他女子，他看都不看。扬归梦也长大了，终于知道豪麻想要的，只是扬一依的一个笑脸。

豪麻离开的前一年，道逸舟阴沉着脸来到大安，扬觉动待之为上宾，扬归梦自此多了一个老师。豪麻从战场回来后，扬归梦找到他比武，豪麻始终不出刀，被小小的扬归梦追着绕圈跑。

面对扬归梦的质问，豪麻有些尴尬，说，战场上的刀嗜血，不能说拔就拔。然后话又兜转回来，你姐姐她最近好不好？

扬归梦憋了一肚子气，苦练了两年刀马，豪麻一回来，便硬要扬觉动把自己带到了风旅河战场上。

与扬归梦不同，扬一依本人不习武，但少女情怀，对那些卓然众人的英武少年总是多看一眼的，不过这样的少年太多，豪麻也不过多得一眼而已。

指间错　155

如果说，冷峻凶悍的豪麻对扬一依思念成狂，那大抵是不错的。

而多少沙场的荣光，都抵不上扬觉动将扬一依指给他为妻的那一天。

那一天，一贯冷冰冰的豪麻带着甲卓航等一干兄弟，还有一个吵闹着要去的扬归梦，一起喝了个昏天黑地。就是连路都走不稳的情况下，他还是没忘了依吴宁边习俗，送上辛苦搜来的定情信物，托扬归梦将一双从木莲求来的绾臂金环置于扬家庭中柳下。

扬一依拿着这金环去给父亲看，父亲说收下吧，她便收下了。

三

扬归梦从小睡眠上佳，但这十几天常常从梦中惊醒，仿佛扬一依还在阁楼中小坐，等着在阿爸面前为自己求情，而一身风尘的豪麻正飞奔回扬府，为马上能够见到扬一依而欢欣鼓舞。

一个从未见过的场景在她的梦中反复出现，在大安城外的空阔的古道上，扬一依来送豪麻离城，豪麻像每次离去时一般，要被扬一依拉着说上几句亲热的话。二姐说话慢，一两句话间，扬觉动的马队就把依依不舍的豪麻抛在了后面。扬一依像往日一样温存地微笑着，豪麻的脸也不那么僵硬。当他终于纵马，两人的手才渐渐松开，只是他们都不知道，这一次的分手，就是永诀。

究竟是谁拆散了他们？梦里，两个人一起回首看着扬归梦。她无处遁形，张口结舌，结结巴巴地说：不是我，不是我。

杀了赤研瑞谦，杀了赤研井田，杀了赤研弘，杀了赤研恭！

"杀掉他们！"这些天来不断在脑中轰轰作响的声音再一次响起。

扬归梦慢慢睁开眼睛。每一次跟着阿爸在百望台上看夕阳沉没，扬觉动都会指着那白昼的最后一线光芒，对小小的扬归梦说，这天下，谁也不欠谁的，扬家的孩子，要学会孤独抉择，一个人生活。

"踏破长河"，吴宁边的骑兵们出征时，都会象征性地把那条奔流不息的风旅河踩在脚下，而扬归梦迄今为止的每个决定，都没有犹豫过。

对面的男人有些紧张，轻声道："你还只有十六岁，扬一依嫁来了南渚、扬苇航早已远嫁木莲，吴宁边是你的，"他顿了顿，"也许整个天下，都是你的。"

"整个天下？"这四个字在扬归梦的脑海里划出了一路火花。

这句话另一个人也说过。

"阿爸那么爱你，整个吴宁边是你的，整个天下都是你的。"三年前，扬觉动即将发兵澜青，扬一依在给十三岁的小妹妹梳头。

"我不要吴宁边，我也不想要天下，我只想在阿爸身边多待一会儿。"扬归梦听到了自己的声音，脆脆的，有点委屈，也有点孤单。她还在想着那个身子瘦长的豪麻，但是这个因由，她不想对扬一依说。

指问错　157

"这么说，带你上战场不是阿爸的意思了？"扬一依有些惊讶，看着这个小小的孩子。

"是我求道先生跟阿爸说的！我不要在家里弹琴绣花，我又弄不好，我要跟着他，他做什么！我就做什么！"

"阿爸杀人，你也去杀人吗？"

"是！"扬归梦说出这句话，没有一丝犹豫。

她噘起了嘴："阿爸不爱我，阿爸爱你，所有人都爱你！你什么都做得很好，又听话，我太顽皮，又什么都不会做！"

"傻瓜，那只是因为我不敢犯规啊，我也想在阿爸身边多些时候，可是，我没有勇气说那样的话，我也不敢杀人，我只能把他的吩咐不打折扣地做好。"扬一依轻轻叹了一口气。"你看，阿爸从来不过问我的生活，也从来不来看我，你说，阿爸是不是真的不那么喜欢我？"

扬归梦的长发在一双凝白的手中翻卷，变成一个整齐的发髻。

"哪里有！"扬归梦高声叫了起来，"阿爸不常看你，是他整天在打仗！而且，也是他相信你！他们都说我最不省心，他才要一直带在身旁看着，我要是不每天调皮捣蛋赖着他，他也不会带我的！"

扬归梦还想再多说几句，扬一依已经替她盘好了头，笑着说："是啊，阿姐如果也像你那么调皮捣蛋，阿爸就要烦死了。阿姐最厉害的，就是你们交给我的事情，我都会做得好好的。比如，好好照顾你。"

扬一依的笑容里带着一点无奈，捏捏扬归梦卸了皮甲的小肩膀："阿姐把你照顾得好好的，你也要自己好好的。"

"好啊！我会好好的。"二姐从来都是这么暖，也一直都有点烦。扬归梦记得那一天，就这么说着说着，就在扬一依的怀里睡着了。

扬一依温柔的语调在耳边轻响，没有什么特别的起伏，扬归梦就这样安静了下来。她的生母已经死在宁州，扬一依的妈妈常年卧床，扬觉动不在的日子里，只有姐妹两个日日形影不离，姐姐就跟一个小大人一样，陪伴着顽劣的小姑娘。扬一依的声音太甜了，以至于数百人的扬府，没有人不喜欢这个温柔的小公主。

现在呢？知道自己要嫁来这里，她会是什么表情？大安城中的扬一依是不是也像豪麻那样冷着脸？扬归梦觉得头都要想破了，也想不出扬一依生气的模样。你不会怪我的，不会的，我不想嫁给什么赤研恭，你快逃啊！像我一样逃走！你也不要嫁给什么赤研弘啊！

二姐说："你要好好的。"

那，我是不是应该好好的？

清风徐来，仿佛扬一依的手指划过扬归梦的发丝。

行事决绝，不计后果，这是整个八荒神州对扬觉动的评价，也是道逸舟对扬归梦的评价。扬家人的身体里，也许都奔流着这样的血。

然而这些天，扬归梦脑海里轰隆隆无数的声响，偏偏不敢一丝一毫想到扬一依，当扬一依真的重回脑海的这一刻，她就不那么想死了。

"那就便宜赤研瑞谦咯！"扬归梦忽然感觉有些饥饿，伸手去捏了一个包子，囫囵塞在嘴里，咬得汁水四溅。决意求死之

指间错　159

后，扬归梦无意间失去了对这个世界的感觉。死意一去，扬归梦才发现，不知道什么时候，冷汗已经打湿了衣衫。

对方好像松了一口气，道："既是如此，你不要离开这里，等一会儿，舍妹会来这里小憩，你和她一起离开，我设法送你去木莲。"

"看起来你好像很有把握？"

"我有把握。"

"你为什么帮我？"

"因为有人出了很高的价钱。"

扬归梦点了点头，露出一丝轻蔑地笑："这句话倒是很通俗易懂，你们这里，除了商人就是骗子。"

"在下陈振戈，舍妹陈可儿，你记住这两个名字就可以了，你是我们的远亲，从宁州过来小住。"

扬归梦不置可否地点了点头。

"记着，无论任何情况，都不能承认你的身份，不然，我就没法子帮你了。"陈振戈很不放心，回过头来又叮嘱了一句。

四

鼓声隆隆，木车轮在青石路面上压过，咯吱吱响个不停，马蹄嗒嗒伴着欢呼声，排山倒海般涌来，是离城的前导马队来了。小店里的人们都站了起来，抻长了脖子看热闹。

陈振戈走远，扬归梦站起身来，看到远处转弯的街角一面青色海兽旗迎风招展，再向后二十余步，又是一面黑底赤焰虎旗随风飘荡。

她四下张望了一番,粗略估量了一下自己到街面的距离,三四丈间,满是看热闹的百姓,中间夹杂着护卫的赤铁军,两侧的屋脊,也有弓弩手,纵是身形再快,想要毫发无损地出现在阳坊街上,也颇不容易,更别提什么行刺。

"军爷要点什么?"马掌柜的一声招呼让扬归梦猛然惊觉,一回头,两个赤铁军的兵士推开栅栏,把手里一个半大小子扯进屋来。

"不要你的吃食,站远一些!"

"有话好说,有话好说。"马掌柜的眼睛在那个衣衫褴褛的小子上挪不开。

"想吃包子吗?"那兵士拖过就近桌上的半盘包子,啪地放在那孩子面前,"把那个小孩找了来,戒指给我。"

那个半大小子吞了一口口水,伸出手去抓起一把包子就送到嘴里,满嘴流油,也不怕烫。

门口正热闹着,身边窸窸窣窣地发出声响,扬归梦反手一抄,握住一只细细的手腕,轻轻一带,这边哎哟一声。她回头,看到一个四五岁的小孩正在桌边,用脏兮兮的小手抓着自己的包子往嘴里塞,剧痛之下,竟然也没有放手。

"好吃!"那孩子嘴里含混不清,扬归梦手上稍稍用力,那小手一松,包子带着黑乎乎的指印落在桌上,跟着叮当一声脆响,盘子中多了一个明晃晃的戒指旋转不休。

不过一瞬间的工夫,整个包子铺安静了下来。两个赤铁军也放开了那个小子,大步走了过来。

扬归梦心下暗骂该死,慢慢后退了半步,侧过身推了那孩子一把,道:"去吧。"

指间错 161

那孩子手腕得了自由,却并不离开,眼睛直勾勾地瞪着剩下的两个包子。不过扬归梦已经顾不得她了。

"对不住,那枚戒指是官物。"那个高个的赤铁军走过来,看着扬归梦,手慢慢向盘子中的戒指伸去。

"又不是我的,拿去便是。"扬归梦身子一侧,再让过半尺。

那军士的手捏住了戒指,抬起,放在眼前看了看。打量扬归梦道:"你是什么人?"

"宁州人。"扬归梦心中警惕,点了点头。眼角的余光,看到一个鹅黄春衫的少女为一群人簇拥着,正远远走来。想必那就是陈可儿了,这街上的南渚兵士不少,如果要如陈振戈所言悄悄离开,现在还不能和这两个军士翻脸。

"借一步说话可好?"那军士伸手搭在扬归梦的肩膀上,扬归梦有意松了劲道,被他一拉,跟跄了一步,好像真的是个弱不禁风的少女。

"这光天化日,要我去哪里说话?"

"你偷了咱们青华坊的令牌,要到府里去说说话。"那军士伸手又捏住了扬归梦的手腕,拉着扬归梦的手去摸了摸腰间的镣铐。"你若不吵闹,自然也会不为难你。"

此时另外一个稍微矮胖些的赤铁军也走上前来,用两根手指托起了扬归梦的下巴,皱眉道:"宁州人?"

"那戒指是出城的官爷送我的!不是她偷的!"那吃包子的少年远远喊了一句。

"想死吗?"那士兵回首骂道,阴沉着脸。

"小孩子不要乱说话,"马掌柜不知道什么时候跑了出来,一把把那个少年拉在身后,赔着笑,"这是街坊家的孩子,官爷不要和他们一般见识。"

"是我们的!是我给姐姐的!我换了包子!"一个更加清脆的声音从扬归梦身后响起。是那个小小的孩子,这时候吃过了包子,正把两只油渍麻花的小手往衣服上擦。

"滚开!"那个矮胖子伸腿去踢那个小孩,却不想她在地上一滚,这一脚倒是落了空,他未想到那孩子会躲开,这一下子失了平衡,差一点摔倒,不由得恼羞成怒,飞扑上去捉住了那个孩子,一把抓了起来。

"你说戒指是谁的?!"

"我们的!"

"再说一遍!"那个军官劈面给了那小孩一个耳光。

"我们的!"小孩嘴角见了血丝,脸蛋高高肿起,却不哭,只是叫得更高声。

"你奶奶的!"这个军官一句话没说完,觉得脑后生风,一侧头,一壶老醋啪地碎在身侧的柱子上,还来不及反应,包子盘子雨点一样飞过来,噼里啪啦落在脸上身上,汁水破开,烫的他哇哇大叫,自然也松了手。

"快跑!"是那个少年。

"往哪儿跑!"高个兵士松了扬归梦,上前一个虎步,一把揪住了少年的后心,不料那小子气力奇大,低头牢牢抱住了他的腿,他低头一拳向下砸去,被那小子伸出胳膊夹在腋下,他以这低头弯腰的姿势伸出一手去摸刀,却被一口咬在手腕上,他吃痛手上一松,那少年得了机会,抡起拳头,砰的一声正中他的鼻子,这一下着实不轻,打得他一个趔趄,勉强站住,却

指间错　163

已经是鼻血长流。

"来呀来呀来打我呀!"那少年叫骂,翻身想走,却被一脚凌空踢了回来。那个赤铁军立足未稳,这一下又被撞到。

这一下事变仓促,众人愕然,只有扬归梦从未见过如此蠢货,再也忍不住,笑了起来。

在那少年身后,不知道从哪里已经转出一队亮银软甲的士兵,把小店的门口围了一个严严实实。

"咱们飞鱼营的红船,便是毁在了你手上吗?"一个都尉服色的军官慢步走上前来,身后的士兵弩机上箭,一排闪着银亮光芒的箭头指向了扬归梦。

"这位军爷,她是我们的闺友,刚刚从宁州过来,一定是误会了。"看热闹的人中走出了那个鹅黄春衫的少女,她身边一个年纪稍大的紫衣女子说了话。

那军官脸上露出不屑神色,忽地抬手,一只弩箭流星般贯射而出,众人齐声惊呼。

包子铺空间不大,扬归梦离飞鱼弩不过两丈许,好在她早有提防,仓促间踏住一旁的凳子,凌空一个鱼跃,那只羽箭将将擦着她的后腰飞过,噗的一声闷响,射穿了她身后的廊柱。

毫无预兆地在生死面前走了一遭,扬归梦的心脏狂跳,抽刀在手,勃然大怒,这人一言不发就出杀手,飞鱼弩制造精良,裂石穿云,这样近的距离,可以把人射个对穿,如若这一箭自己躲不开,势必横尸当场,如果没有身后的廊柱,不知道谁会当场遭殃。

她感到后腰发凉,伸手一摸,发现衣服似被利刃划过,齐刷刷破开,露出一截皮肤来。

那军官似笑非笑地望向身侧的几名女子，咧了咧嘴，似乎很是享受她们的惊呼，道："这是谁家的闺女？有这般江洋大盗的身手？如若我这弩对着你们，是不是你们也可以毫发无伤？"

"围上！"一声低沉的呼喝，接着是纷乱的拔刀声，叮叮当当响了一气，二三十个身着旧皮甲的军人不知从哪里钻出来，又把十余名飞鱼营的士兵逼在一起。

"你们的统领没有教过你们礼貌吗？"啪的一声，那飞鱼营的军校脸上挨了一记耳光。

飞鱼营的士兵们箭在弦上，自忖没人赶来招惹，突然被这群人近距离发难，一个个来不及反应，都被制住，脸色十分难看。

"这女子和要犯道逸舟奔逃，想要从鸿蒙海偷渡到朱雀，我们飞鱼营的红船就毁在他们手里。"飞鱼营都尉话说得咬牙切齿。

"你说谁是要犯？说话注意点！"适才说话的紫衣女子尚未开口，那鹅黄春衫的少女已忍不住发怒。

"呸！你们今天惹了飞鱼营，以后休想高枕安眠！好大胆子敢来挑衅，就不要怕血溅五步！"

"道逸舟的名字也是你叫的！"

"道家满门都是叛逆，我如何说不得！上面心软，剩这一个心狠手辣的余孽未能根除，好在飞鱼营已经把他射死在鸿蒙海上，也算是领得大功一件！"

"你！"黄衫少女为之气结，而那个紫衣女子则脸色苍白。

"这么说，是关声闻没有教过你们什么是礼貌了？！"一个略带沙哑的低沉声音响起。那飞鱼营的校尉脖子上架着刀，脸

指间错　　165

颊被人死死捏住，只听咯噔声响，竟脱落了几颗牙齿，和着鲜血落了下来。

他也算强悍，死挺着不哼一声。

扬归梦回头，身后一个高大的人伫立在耀眼的阳光里，日光正足，一时间眼睛发花，看不清对方的脸庞。

"参、参见侯爷。"刚才还十分骄傲的十几个飞鱼营的士兵跪拜了下去。

不知为什么，虽然有日光为他的轮廓镀上一层金边，这个人的声音里还是有一股平淡的寒意，语速不紧不慢，天然一股威严。

已经封侯？扬归梦饶有兴致地打量着这个阳光中一团阴影的人。扬归梦对南渚的官制名将知之甚少，但在吴宁边，能够封侯的人却是少之又少。除了世袭，须在沙场中有绝大功绩才有可能，而扬觉动主政的这二十几年中，吴宁边的侯爵不但没有增多，反而越来越少了，他们大多都出于各种原因被扬觉动杀掉了。

"陈可儿参见平武侯。"那鹅黄春衫的少女盈盈下拜。

"婉夫人！可儿郡主！"那高大男子还礼。

"道、道婉婷？！"那满嘴是血的士兵一脸惊恐，从牙缝中挤出了几个字。

五

她姓道？扬归梦心下一片茫然。道逸舟说过，道家早在八年前就已经被赤研家族灭族，昔日的南渚权贵早已化作青烟缕缕，所有和道家扯上关系的大族纷纷更名改姓，避之唯恐不及，怎么会还有一个姓道的年轻女子在，看样子，她在南渚的地位还不低。

道婉婷走上一步，道："李侯别来无恙。"

"少夫人安好，秀奇见礼了。"平武侯李秀奇走前两步，微微拱手。扬归梦终于看到了他的脸庞，这个高大的军人已经不再年轻，身子微微发福，一张四方脸庞，额头和右脸各有一道伤痕，虽然此刻语气平和，但由于伤痕的缘故，一张脸看起来有些狰狞。

"这位姑娘是可儿郡主的玩伴，前几天才从宁州来，正好李侯也在，就和在场诸位说明，这就和我们回去了吧。"道婉婷说着，目光投向了扬归梦，脸上一抹淡淡的笑意。

"既是如此，那姑娘就请吧。"李秀奇说话毫不拖泥带水，一个手势，士兵们让开一条道路，扬归梦的眼前突然空阔起来，所有的目光都集中在了她的身上。

扬归梦沉吟片刻，刚要迈步，哗啦铠甲声响，对面这一条道路正中却闪出了几个身影。

"飞鱼营不成器，倒让侯爷见笑了。"一身精工打造的油亮青铠反射着太阳的光芒，白色飞鱼旗下，坨坨走来的，是一个留着短短髭须的军官。

这人身材不高，脚步沉稳，一步步走来，却带着一股戾气。

"赤铁军副都统关声闻，见过李侯！"这关声闻声音清朗，随着他来的，只有两匹骏马，看身上配饰，总是校尉一级的将领。听他说自己是"赤铁军副都统"，人人都知道赤铁军是南渚府兵的专属称谓，此人的地位当真不低。

"冠军侯此刻正在离城的队伍中礼送扬觉动大公出城，这里的赤铁军便由我调遣，今日威锐公爵和冠军侯都在礼送队伍中，因此戒备森严了些，冲撞了李侯实在是抱歉得紧。"这关声闻说话有条不紊，李秀奇摇手，抵在飞鱼营士兵背后的刀也都收了起来。

关声闻回过身来，上上下下打量了陈可儿和道婉婷一番。

"你们两个，是谁的部下，怎么敢冒犯可儿郡主。"

"这、这，启禀将军，我们是礼宾司的赤铁，这位姑娘她、她……"适才还耀武扬威的一高一胖两个赤铁军早就被大家遗忘了，这时候又被关声闻问起，磕磕巴巴说不出个所以然。

"慢慢说。"关声闻一副鼓励的样子。

"是这位姑娘的、的、的朋友，拿了礼宾司通行青华坊的戒指，"他慌乱之中，指着那个小孩，"她、她就是她。"

众人愕然。

扬归梦对这几句话完全没有听进去，因为这时候，那一曲《指间错》远远地传过来了。

荒烟蔓草冰霜雪，一曲肠断谁人听？

当年的大安城中春雨楼，富家子弟甲卓航的笛子，弯弯绕绕缠住了多少少女心。扬归梦在城中四处寻找豪麻，劈手夺下甲卓航的笛子时，他吹的也是这一曲。只是那时候，他的曲调里没有金戈铁马的肃杀之气，甲卓航也笑嘻嘻的，从不在喜乐时扫人兴致，因此这长长曲子的最后一段，扬归梦竟一次都没听过。

"令牌呢？"关声闻的声音割开了悠扬的乐曲。

"将军。"高个子赤铁忙把戒指双手递给了关声闻。

关声闻把那戒指打量了一刻,道:"不错,凭此信物,可在青华坊通行无碍。"他手里掂了掂,道:"不知道这戒指为什么到了姑娘这里?"

戒指?吴宁边的女孩子,出嫁前,不会戴戒指。

扬归梦伸出了自己的右手,明亮的阳光穿过指缝,给细细的绒毛镀上一层金色的光芒,那五根手指白皙纤长,上面空空荡荡。

《指间错》,扬一依,你和豪麻终究是错过了。

强敌环伺、丝竹喧嚣、市声鼎沸,扬归梦知道父亲就近在咫尺,却不敢转头去望,本来心心念念要刺杀赤研瑞谦,此刻全都忘了个干干净净,只想着能和豪麻并骑笑闹,亲亲密密一起回到吴宁边。但是二姐呢?她做梦也想不到有一天,她竟会如此害怕面对这两个最为亲近的人。

本来一切还好,生死由命,既然已成今天的局面,再做什么都于事无补。但偏偏耳边又响起了这一曲骊歌,笛声撩人,她想到十几日的工夫,她就由一个万人宠爱、前呼后拥的梦公主,变成街边一个孤独无依的异乡人,心中着实酸楚。她不知扬觉动心中在想些什么,也不敢去想扬一依在想些什么,但浮明光是从小抱她长大的,不知道现在有多担心。

扬一依有个常讲的笑话,扬归梦五岁的时候,浮明光的胡子还没白,她最喜欢拉着那一把胡子不撒手,浮明光实在无法,只好刮光了下巴。此时这件小事从脑海中慢慢浮起,真是好没来由。

甲卓航笛声悠悠,亲切的过往随着那曲中故事就此一去不返,不知道什么时候,泪水就盈满了眼眶。

扬归梦心中自问,若是我嫁了那个劳什子世子,是不是道先生就不用死、二姐就不用和豪麻分开,是不是一切就皆大欢喜?那我又不想嫁人,这一走到底对是不对?

"是那边的大胡子扔给我的,我刚才给了这个姐姐,换包子吃!"那个小女孩适才被打了一巴掌,半边脸高高肿了起来,说话也有些含混,但依旧一脸倔强。

扬归梦莞尔一笑,仿佛从这个小姑娘身上看到了幼年的自己。

她走上前去,摸着她的头发:"是呀是呀,是你送我的礼物,你叫什么名字?"她伸指摸摸她哭花的脸蛋,道:"疼不疼?"

小姑娘咧嘴一笑,露出两排细碎的小牙,道:"我叫越传箭,我哥哥叫越系船。"

"好,越传箭,姐姐要和你交个朋友,你敢不敢?"

"姐姐是姐姐!"传箭笑了起来。

她放开越传箭,伸手在她腰间一揽一抽,越传箭就飞了起来,落入一旁人群。回过身来,她对关声闻伸出了手,道:"明白了吗?这个戒指是我的。"

"是姑娘的,那就还给姑娘好了。"关声闻把戒指在空中一抛,扬归梦伸手去接,这一瞬间,关声闻身旁的一名军官当啷一声长刀出鞘,直指扬归梦的咽喉。

就在他半空挥刀的同时,一名黑衣护卫和一位俊朗公子也同时出刀,三把刀在空中交错在了一起,当当连声,擦出无数火花,待到落地,三把刀彼此交错,用力卡在一起,距离扬归梦的咽喉不过寸许。

"戴承宗,不要太过分!"陈振戈逼住那出刀的飞鱼营校尉。

"这丫头是谁,大家都知道,也不知道你们是真正认不得,还是有意认不得。"那军官毫不退让。

"侯爷没发话,你们谁也别想动她一根汗毛。"那黑衣护卫的一把长刀压在了两把刀上。

关声闻道:"姑娘,你在鸿蒙海上毁了我两艘红船,今天就想这么轻轻松松走了吗?"

陈振戈则立眉怒斥:"关声闻,你知道你在做什么吗?你是要在这阳坊街上,故意和陈家挑衅吗?"

李秀奇则上前一步,皱眉凝视着扬归梦道:"你究竟是谁?"

"这整个八荒神州,对权力有野望的人,哪个不想得到你?"陈振戈的话还在耳边回响。

是啊,猛虎跑出了笼子,却又掉进了陷阱。也许从离开吴宁边的那一刻起,自己就再也不是那个可以随心所欲的梦公主了,她扬归梦不想嫁人,不想成为八荒权力舞台上的棋子,可说到底,这些事,今天她已经说了不算了。

这些事天不怕地不怕的扬归梦说了不算,温柔娴静的扬一依说了不算,骁勇善战的豪麻显然说了也不算,那么纵横八荒的扬觉动呢?他说了算吗?

无论谁得到吴宁边大公扬觉动的小女儿,对吴宁边来说,都可能是场灾难。

扬归梦看了看喧闹人群簇拥的方向,今天,扬归梦的人生应该就到此为止了。

"有了我就可以要挟吴宁边?你们都错了,除了二姐,没有人会真正在乎我。"扬归梦的声音不高,仿佛带着一点骄傲,

"我呀，我叫扬归梦。"

扬归梦一句话出口，亮银小刀已经滑到袖口，脚在廊柱上一蹬，整个人飞身而起，直刺陈可儿。

这一下飞扑迅疾，事出突然，陈振戈措手不及，哎哟一声忙撤刀去救，那戴承宗却下意识把他拦了一拦。这一边李秀奇和关声闻的人不约而同都迎面扑上，想在半空把扬归梦截下。

谁知扬归梦这一次看似急峻，却中途卸力，一个团身，十余只弩箭全部射了个空，噗噗噗扎得满地都是。扬归梦足上踏着刀尖，又反身鱼一样滑了回来，竟将几乎所有人抛在了身后。这一来一回之间，一声惨叫，两声响，刚才来抢夺戒指的两名赤铁军，一名被扬归梦利刃割喉，一声未吭，血雨喷溅，另一名则被她一刀从双眼划过，捂着眼睛跪倒在地，长声惨嚎。

她对这两名素不相识的赤铁军痛下杀手，一是恨两个人刚才举止轻薄，二是知道两个人将来一定会去寻越氏兄妹的晦气，因此在生死关头，宁可放弃逃跑机会，也不甘放过这两个兵士。扬归梦跟随道逸舟习武多年，又在马背上长大，本就有丰富的实战经验，眼下四面八方都是南渚的兵士，如果不制造一点混乱惊悚的效果，自己绝难有逃出生天的机会。

这两刀划出，果然场面瞬间混乱，已经被隔绝在外的百姓们自是惊呼，道婉婷和陈可儿被吓倒在地，就连场内的兵士们也被喷了满脸鲜血，一时茫然。

陈可儿遇袭，陈振戈关心则乱，已经顾不上她，而场内还有两个人不为所动，一直注视着她的变化。

扬归梦在心中极快地权衡了一瞬，错步向包子铺外窜去。这个方位离李秀奇很近，她在赌这个南渚侯爷位高权重，不会冒险亲自去拦她。然而她算错了。

李秀奇转身迈步，一个虎跃已到面前，一把劈风快刀兜头而下，动作之敏捷远远不像一个发福的中年男人。这一刀朴实无华，大开大合，凝重似山雨欲来，如果正面迎击，仿佛一切都会被这犀利的气势劈成两半。

扬归梦意识到自己做出了错误的选择的时候，已经晚了，只能用手中小刀去硬抗这一击。

和料想的并没有不同，她虎口被这一刀震裂，小刀也脱手而去，她被这惊涛骇浪般的一刀冲起，像一片风中秋叶，翻腾而起。

她被这一刀击得心中气血翻涌，鼓荡不息，眼前一黑，一口鲜血就喷了出来。还好她身体轻盈，人在半空还能足点屋瓦，凌空而起。

然而一箭破风，在一旁静候多时的关声闻飞鱼弩弓弦炸裂，一股尖锐的疼痛刺入内心同时，一只熟悉的响箭也呼啸而起。扬归梦睁大了眼睛，看一枚闪亮的银色箭镞从自己的胸中穿了出来。

她来不及思考更多，整个人从空中坠下。

死了也好，眼皮有千斤重，嘈杂的世界变成了一道细细的缝隙，一时万籁俱寂。

有一双手臂接住了她。"我这个人，一向说到做到的。"那个声音轻轻地在耳边说。

阳光炽热，她最后的意识，是许多街面上的浮尘在那一瞬间飞腾了起来。

指间错

第六章 阳宪

酒肆大门上的风铃哗啦作响,走进几个红缨黑盔的军士,门外战马嘶鸣,脚步杂沓,来人数量颇为不少,这进门的几人微微气喘,显然刚刚走过一段不短的路途。盛夏时节,夜半投宿,这群兵士依旧全副武装。这陆陆续续进来的十余人,几乎把客栈一角坐满。那军官把佩刀解下,压在桌上,目不转睛地盯着豪麻。

一

马蹄踏在褐色的泥土上,草籽随风卷起。甲卓航策马行在整个队伍之前,转过这个小垭口,前面就是南渚重镇阳宪了。他幼年时跟随行商八荒,这南渚也是常来常往,如今一晃十几年过去,人事几经变迁,风物倒是依稀如昨。

说阳宪是重镇,首先还是它的地理位置。它在灞桥城外东北方向,清澈的淡流河从四马原一路南下,在小莽山口打了一个旋,转向西南,冲济山奔腾而去,在济山脚下,同北上的小杏河一起,汇入济山深峡内的浩荡青水,穿过灞桥,奔流入海。这阳宪正在淡流河下游的小山渡右近,左邻淡流河、右扼小莽山,自古以来就是灞桥的门户。

淡流河和平明古道自古相互缠绕,它和小杏河流域的丰饶,共同奠定了南渚强盛富裕的根基。过了阳宪,便有两条返回吴宁边的道路可走,一是数百年前开辟的平明古道,从小山渡和鲤鱼渡两穿淡流河,直接通向吴宁边的重镇毛民。二是向东南进入小莽山,经由鹧鸪谷穿过天弪百鸟关,可以直接到达南渚和吴宁边交界的紫丘镇,这第二条不太好走,却比平明古道近了三日路程。

盟约已成,扬觉动一行一路轻装简行,很快就到了阳宪地界。

六月的淡流河畔,稻叶青青,农人在田间耕作,平明古道

指问错

上通向北方吴宁诸州的商旅络绎不绝。

"这一路景色倒是真好。"伍平策马赶上甲卓航搭伴骑行。伍平来自风旅河畔的南津镇，那里的景致一马平川，单调乏味，二十年来大半时间沦为诸侯攻伐的战场，南渚这一派宁静平和，对他来说甚是稀罕。

甲卓航笑了起来："好景致在前面，过了这片稻田，小山渡向鹇鸪谷那一段，景致更好。"

前插的斥候还没有回报，甲卓航一边和伍平有一搭没一搭地聊天，一边打量着苍翠的小莽山。这里自古以来林木深幽、百鸟会集，缓慢升高的地势驱使着淡流河远离大海，形成了若干祥和宁静的村落，星星点点分布在缓慢爬升的山脊上。过了阳宪不远，便是进入鹇鸪谷的小路了，再向前，出了谷口，北面就是荒凉沉静的安水，小路在安水之南折而向西，和平明古道又复相接，再有一日路程，就到吴宁边与南渚交界的毛民镇了。

马蹄声声，尚未到达阳宪，甲卓航的心中已然勾画出一条回到大安的小路。

出发之前，他早已探查清楚，鹇鸪谷一路虽然远比平明古道崎岖，但一路山环海抱，景色之美难以言喻，南渚一地的珍禽异兽，大多在这路两侧的群山中出没。最最重要的是，这条俗称百鸟道的偏僻官路能够让他们在最短的时间内回到吴宁边。

南渚盟约既成，扬觉动一行便归心似箭。两州定盟的消息既已四散，徐昊原在灞桥的耳目想必也已经动身，澜青说不好就会先发制人。纵然扬觉动在临走之前做了再周密的安排，也难保意外发生。

夕阳慢慢落下,鹧鸪山口亮起盏盏灯火,阳宪照例喧哗起来了。不知道为什么,甲卓航心里惴惴的,左右不安稳。

阳宪的驿站在镇子临山的道旁,掌柜唐震在这里开酒肆少说也有十余年,甲卓航少年时来南渚悠游,他还是个三十出头的壮汉,如今却已经双鬓染霜了。

老唐早已经不记得甲卓航,抹了一把头上的汗水,就迎上前来。

"客官,好马呀!"老唐接过甲卓航手里的缰绳,抚摸着马额,口中啧啧有声。

"我们是往毛民去的粮商。"甲卓航飞身下马,不拿灞桥发的通关文书,却摸出了一张丰收商会的商票,晃了晃。

"尚先生的客人,一定照顾周到!一定照顾周到!小二,快来招呼贵客。"老唐年纪虽老,但是中气十足,喊起来声振屋瓦。

"这老头似乎看出来什么了。"伍平挤到甲卓航身边,挠了挠鼻子。

"老店家眼睛最尖,我们二三十人,骑乘的都是圆腹健蹄、百里挑一的良驹,穿着打扮再像,粮尺斗斛再齐全,也瞒不过他的眼睛。"甲卓航随口应了伍平,耸起鼻子去闻厨房飘过来的阵阵香气。

"也是!"伍平嘿嘿一笑,抬手就摸出一锭散银,拍给小二道:"给马吃点好的!"

甲卓航眉头一皱,想要阻拦已经来不及,只得拍了拍目瞪

指间错 179

口呆的小二,道:"给咱们安排上好的房间,饭菜也要备好。"

"这一晚要让咱们住得舒服!"伍平看到甲卓航额外吩咐小二,伸手又要去怀里摸银子,被甲卓航一手按住!

"早就说了打尖付费我来嘛。"

"咦,你这是啥意思?"伍平性子耿直,声音略大了些。

"你这一锭散银,就算用最上等的豆料,也够我们这二十余匹健马吃上月余。我们是粮商,粮商懂吗?天天在钱袋子上打滚的人,打尖住店,这草料好坏多少,差一两一钱都是要计较的,哪有你这么阔绰!"

果不其然,甲卓航的话音未落,老唐就从堂内转了出来,道:"客官,您这个银子太多了,不敢要,不敢要。"

"给你拿着就好,我们不是土匪强盗。"豪麻打理好马匹,陪着扬觉动也走了进来,闷头路过时说了一句。

"那是那是,"老唐冲着豪麻的背影点头,转过身来又对甲卓航说,"看几位大爷的眉眼也是好人,只是风尘劳顿,疲惫了些!当是常年在外行走,小店哪有怕客人钱多的道理!"

"你倒会说。"甲卓航一笑。

"不怕就快给马儿吃好!你尽把最好的房间给我们腾出来,再加上我们晚上的吃食,可也差不多吧?"伍平忍不住,要弥补一下自己的过失。

老唐道:"您这样的大商户来到小店,一定尽心接待,客房自是最好的,晚上吃食但凭您吩咐,只要小店能办到,总让客官满意就是,只是……"

伍平眉头一皱,道:"银子不够,还可以加,只是什么?"

老唐堆笑道:"客官莫折煞了小人,我的意思是,只是这银子还是太多了。"

甲卓航不耐烦听他们两个这里胡扯,道:"你倒厚道,这多了的银子,你便收起来,余下的,给店里再添上些家什也是好的。"

老唐见推辞不得,便将银子收入囊中,唯唯退出,招呼全店上下殷勤伺候。

豪麻、浮明光和扬觉动已经坐定,为了避免招摇,这整支队伍散了斥候,便分头休息,驿站客少,这外面剩下的七八个人,就坐了两桌。

扬觉动坐如山岳自是不必提,吴宁边这些马上将士,一个个腰板笔直,怎么看也不像粮商的样子,甲卓航叹了一口气,老唐是什么人,为了保平安,估计还是要亲自出马来照顾。

果然,计议了片刻,老唐又走到桌前,躬身见礼,自我介绍了一番,道:"小店虽离灞桥稍远,但有青水支流漫过,又有小荞山在侧,因此山珍河鲜还真是不少,尤以獐鹿肉和青水蜜蟹最为美味,就是在灞桥也算难得,不知道诸位客官是否要尝上一尝?"

甲卓航口中生津,连日里风餐露宿,他嘴里早淡出个鸟来,正待说话,旁边浮明光却道:"我家先生口味清淡,这些鱼肉,你且给旁边那桌端了去,但来两壶酒,捡些清淡小菜上来就好。"

甲卓航暗自翻了个白眼,话终究慢了半句,看来这一顿只能接着吃青菜豆腐了。

他不插科打诨,这一桌气氛便有些尴尬:浮明光看着窗外青石路上往来的客商,扬觉动在闭目养神,豪麻则一路板着脸，神情早已僵死在朱鲸醉的那一晚。甲卓航只觉胸中气闷，恰好后厨的香气催得甲卓航坐也坐不住，便起身去后面摇晃。

正当饭口，灶火熊熊，掌勺的大师傅汗如雨下，一条搭布能拧出水来。

"看那管家意思，只捡些清淡之物来上，想必那少爷不会满意，这人可是金主，万一不满起来，恐怕要出麻烦。"老唐正和掌灶师傅四目相对，愁眉苦脸。甲卓航心中好笑，他们口中的少爷，想必就是自己了。

左右闲来无事，他正想进去胡扯几句，聊解寂寞，内里却响起了一个脆脆的声音，道："什么少爷管家，还不都是要吃饭！依我说，先捡这几日新送来的青豌豆，用清水略煮一过，只七分熟，入口微苦，味道清香，便是一味。再取今春小莽山春笋几枚，切成细丝，用调过的麻油一淋，鲜香爽脆，岂不又是一味？另外济山豆腐还存两块，先将獐鹿肉煨好，上小锅蒸得一刻，豆腐破开，用盐及葱白封住气孔，肉味尽入豆腐之中，也是好味。最后加上我昨日舂米顺便打成的白米糕几枚，这一桌的吃食，岂不是就完成了？"

甲卓航耳力颇健，在这边听得摇头晃脑，里面老唐显然也听得一愣一愣，道："别的也就罢了，富贵人未必尝过，兴许新鲜，你那白米糕也是能拿得出手的吗？"

那女声道："还别说，我就是要这白米糕压阵。"

老唐大感奇怪，拿起一块来尝，看他咬得用力，神色古怪，半晌没了动静，咕噜一声咽了下去，方才连连点头。

那姑娘笑道："我今次又试了新法子，在新米中加了黄稻，和月橘花瓣一同打碎，是试过了好味，才敢说出来的。"

不说吃到口里，甲卓航单听这姑娘一说，不禁食指大动，那姑娘说话声越来越近，他怕被看到尴尬，三步并作两步窜回桌前，满脸兴奋，道："这地方不俗，味道应该不错。"

不一会儿，一个小厮便将四碟小菜和两壶青柠酒端上桌来。扬觉动和浮明光起手之后，甲卓航的筷子第一个向那再普通不过的米糕夹了去！这米糕看起来软糯，实则颇为劲道，入口一片淡淡清爽，米香醇厚，可算味道不俗，却也不十分惊艳。

"来来来，尝尝这个。"甲卓航挽起袖子，夹了一片米糕给豪麻。又去试其他几样。

豪麻脸上本来就少表情，最近这一段因为扬一依的事，更是铁板一块，他接过甲卓航的米糕纳入口中。而甲卓航的注意力却又被那碟微黄的济山豆腐吸引过去了。

最近不是行商旺季，月朗星稀，夜风穿堂而过，颇有几分凉意，扬觉动诸人就着青柠酒，把几味小菜慢慢吃起，缓缓闲聊。也不过一刻钟工夫，小菜便所剩无几。甲卓航要店家来添，这时走来的，却不是适才那个粗布小厮，换了一位黑衣蓝襟的圆脸少女。

青柠酒虽不辣，却有后劲，甲卓航此时喝了几杯，指着桌中几味菜道："你家店里小菜好吃，且都再上一盘，尤以这豆腐鲜香滑嫩，我最爱吃。"

这少女看他当真喜欢，便笑道："诸位客官喜欢，我这就再添菜来，这豆腐好吃，但要稍候，总让客官满意，只是这白米糕却是只此一盘，再也没有了。"

甲卓航本也不在乎那白米糕，便道："那就烦劳姑娘费心再斟酌一味，一同送上来吧。"

这少女答应得干脆,却不动步子,眼睛上上下下打量豪麻,甲卓航顺着她的眼神望过去,只见豪麻眉头深锁,守着那剩下几枚米糕发愣,心中暗暗奇怪。

"姑娘怎么称呼?"甲卓航笑嘻嘻的。

"唐笑语给诸位大人问好。"那少女似乎意识到了自己的失态,笑着给扬觉动诸人轻轻一礼,便快步离开。

二

甲卓航笑道:"这一拜倒看起来不像寻常女子了,想不到乡间小店,也有如此养眼的姑娘。"

"公子有眼力!不看衣裳,这礼数周到得丝毫不差,连颔首都是大家气度啊!"隔壁桌的一个红脸胖子插了一嘴。

由于对方总是探头探脑,甲卓航早就把邻桌这一对商人模样的客人打量了一番,刚才这红脸的还在大声抱怨生意不好做,甲乙丙丁早已说了一通,想必就是要引起自己这桌的注意,八成就是专跑这一路的捎客了。

"二位见多识广,不知道是在灞桥做什么生意。"甲卓航和浮明光对了一下眼色,上来搭话。

"诸位请了,我们两个平日拉点小生意,平日里跑平明古道,近来才转到百鸟关来,在灞桥进进出出是家常便饭,多了没有,百十个来回还是有的,倒是几位,看起来面生得很。"红脸旁边的八字胡说了话。

"两位,难不成就是咱们灞桥的价官?"甲卓航拱手,"久仰,久仰。"

这价官是南渚对掮客的文雅说法，甲卓航早有耳闻，就拿来一试。

"哪里，哪里！赚口稀饭钱！"对方两个人拱手还礼。

猜得果然没错，甲卓航心道，都说南渚行商遍天下，处处都是生意场，果然就在这驿站之中，也有人瞄着机会。

"我们从东边来，首次来灞桥，也是做些小生意。"浮明光加入了谈话。

那红脸掮客眼神一亮，两个人不约而同挺直了腰杆，像商量好似的，开始你一言我一语攀谈起来。

红脸先做扼腕叹息状，道："唉，这年头，一大半收益都被官方抽走，世道变了，老大公在的时候，没有这么盘剥商人。"

八字胡跟着说："老大公的时候海上还没有那么多船嘛，远了不说，十年前，生意能做到五千担的有多少？今天你倒是抱怨，却不说灞桥港吃货能力大增，买卖的规模也大了数倍不止！"

红脸的脸越发红了，骂道："妈的，一年五千担又能怎样，钱还不是都给了官家，现在规模大了，匆匆忙忙奔走四州，挣得却不比以前多多少，不是坑人么！"

"就是就是。"

两个人说是套话，官家官家说了半天，也不避讳，不知道是想要做什么法外生意，连扬觉动也转过来，道："这话说得奇怪，赤研大公不是已经革故鼎新，将行商税收限定在收益的一成二了么，比我们吴地少得多。二位何出此言呀？"

红脸的商人当时就恼了，嚷道："老哥，你是远道而来不知道，咱们这些小买卖，除了南渚公税，还有赤铁兵税一成，木莲税百三成，行商费还有一成，海商行船又加税半成，还有些说不清道不明的费用，你算算，扣除这一路的车马人工，我们还能剩多少。"

扬觉动奇道："真不少，如此这般，哪里还有行商敢往南渚来？"

八字胡得意一笑，道："哎，老哥你这话就问到了关键，你有所不知，这些税呢都是摊在桌面上的，是明税，按实扣缴，扣得你吐血，不过要是有门路能缴上暗税，这明税大半就可免了。大家还是很有得赚的！"

浮明光道："哦，还有这个说法？我家主人这次来，也听闻有暗税的说法，在灞桥也有人为我家拉生意，只是咱们不得门路，怕是遇到了骗子，没有应承。"

八字胡频频点头，道："那是自然，老先生做得对，小心驶得万年船嘛，老主人的年华，真是历练！确实，如今这世道，想在南渚撑一家字号，没有不投机钻营的，这些家伙贪财重利，看到你们这些外地客商，不狠狠敲上一笔，心中怎能舒坦！老先生谨慎，实在是有道理得紧！不过嘛，今天我们兄弟可是素来以诚待人，几位大可以放心，生意场上的朋友，只有我们瞧不上他人，还没有谁不认我们邵氏兄弟的！"

红脸帮腔续道："正是正是，譬如这暗税，可不是想缴就能缴纳上的，告诉诸位也无妨，如果行商规模不到年五千担，可是连缴税的门都摸不到的！"

甲卓航撇嘴，南渚行商家大业大，这些价官们竞争也激烈，这两个家伙在阳宪不知道等了多久，才赶上这一波看起来的肥肉，当然不能轻易放过。他眼睛一转，道："两位兄弟说得有理,我们千里迢迢而来,就是为了赚钱,也不想被这门槛挡住了嘛!只是在灞桥遇到的价官,都说难办!"说到这里,他顿了顿,续道:"不过我们雇用的那朋友也确实厉害,只两千金,便安排我们见到了二大公。"

他有意说得神神秘秘,声音压得很低。一边说着,一遍看着对面两个家伙的眼睛越瞪越圆。

八字胡一脸惊愕,道:"面见二大公?敢问老兄们做的是什么生意?"

甲卓航有意道:"你看我们是做什么的?"

红脸商人把众人细细打量一过,越看神色越不对,悄悄捅捅八字胡,他的目光停留在豪麻的刀上。

甲卓航明白他们看到了什么,豪麻已换了便装,他的赤心,长度只有普通长刀的一半,既非挎在腰间,也不背在颈后,而是倒缚在背上,刀鞘半开,用机括将刀卡住,刀刃向下,这种背刀的方式极其少见。

刀在颈后,是上手刀,由上自下,可劈可砍,刀在腰间,是斜抽刀,可挥可挡,都是便于用力,使关节趋于自然的起刀姿势。如此佩刀,起势是身后刀,出刀时必要先翻转手腕,与前两种佩刀方式相比没有速度的优势,同时若面对前方敌人,更是倚重提前预判。如此佩刀之人,必是临战经验丰富且极度灵活,才可以以极快的速度出刀。至于半开的刀鞘,也是专门设计,这样便没有了抽刀的过程,只需使力轻轻一震,刀便可瞬间出鞘。

甲卓航见两人直直看着豪麻握在刀柄上的手,心下了然,毕竟是走南闯北的生意人,见多识广。这样佩刀的只有一种人，因为手上还有其他兵器，佩刀不过是作为万般无奈情况下备用选择。什么人要用两套兵器？自然是马上骑士，短兵刃马上毫无优势，是用作肉搏的。

吴宁边轻骑善使反手刀名声在外，豪麻这把赤心又太过夺目，也不怪两个人大惊小怪。

甲卓航跟随豪麻也已经历经十余战，每战豪麻必冲锋在前。甲卓航见过不少长兵脱手，又不及挥刀拔剑的兵士，就此饮恨，只有豪麻，反手刀游鱼一般，锋芒盛而身形缥缈，竟从未伤重坠马。

浮明光曾经和他道出豪麻反手刀的奥秘，由于姿势所限，反手刀出刀之初，只能自保，而战场上比杀死敌人更高的目的，正是自己要活下来。摆不清自己的位置，压不下热血狂暴，早晚难免中招。豪麻自小戾气太重，藏不住锋芒，必得用武技招式磨损他的个性，才能保全他成为一代名将。

浮明光说的都是明白道理，甲卓航胸中了然，这样的技能，自己是用不上的，藏锋的战法，只能用在锋芒毕露的人身上。骑兵作战，万马奔腾，距离和速度就是生死之间的分界线。在正面冲撞中，一旦长兵脱手，所有人下意识都是以短兵代替长兵，继续力量的撞击。可刀也好剑也罢，都无法和沉重的长兵器抗衡，稍有差池，不及变化，人就被斩杀当场。这么多次战阵，自己都是掠阵，不是不敢冲锋，是豪麻惊雷一般的几轮冲杀过后，不但敌人，连自己的后队的气势都快没了。

豪麻狂暴有余，血勇太盛，苦练反手刀，上阵厮杀，偶有长兵脱手，生死只在一瞬，这种藏锋的意识，也大大帮助了他。有了这反手刀，在豪麻刚猛的气势中，就藏住了随形就势、浑圆游走的一点去意。浮明光所谓的以进为退，说起来容易，做起来难，战场上有万夫不当之勇的，往往死得七七八八，而今天的豪麻，还好端端地在身旁坐着呢。

"怎样？"豪麻也转过头来。

他在青华坊一场大恸，大概也是全靠生死之间的这一点修为，才堪堪挺了过来吧。

红脸咳了几声，众人神色各异。

甲卓航在内心叹了一口气。

对扬一依的归宿，扬觉动始终没有再提，这样的态度让甲卓航悚然心惊，豪麻是他一手培养起来的大将，此事事前他没有和豪麻有过半点沟通，事后更无消息。大公一贯觉得，千万人中，最终可以站在自己身边的极少数，并不需要安抚慰藉，只要如臂使指一般去贯彻执行自己的意图就行了。

当日宴上，也许扬觉动压根没有考虑豪麻的感受，更没想过如果他当场情绪失控会带来什么后果，只是毫不犹豫把他也当作赌注压在了一场豪饮之中，他不喜欢输，而豪麻没有让他失望。

那两个客商打量了半晌，互相看了看，八字胡终于开口，话音中明显带了点焦灼："老哥可是从云间来贩卖兵器的宗主？"

此言一出，几人不禁哑然失笑，南渚和云间一个在南，一个在北，相隔何止千里，原来两个人打量了半天，只是在看兵器质地形状，其实对此中隐藏的骑战、格斗、历练、修为完全没有概念，倒是自己一干人等觉得处处是高人，过于紧张了。

"嗯，"扬觉动煞有介事地点了点头，道，"二位好眼光，虽然没猜对,但是也差不多了。"

二人被吊起了兴趣,追问:"老哥到底是做什么的。"

扬觉动笑眯眯对着甲卓航使了个眼色,甲卓航会意,小声说:"不瞒二位,其实我们是贩马的。"

八字胡一脸的不以为然,道:"老哥哥开什么玩笑,诸位不是粮商,这个大家心知肚明。扶木原的库粮几个月来北上宁州,便是经我们兄弟的手,小农见有高价,口粮都拿了出来,哪里还有余粮给你们贩卖?不过嘛,贩马贩来南渚?"

红脸倒是若有所思,道:"哎,话也不能这么说,前阵子刚有一批坦提草原的骏马进了平武呢,不知道可是诸位的手笔?"话音刚落,他又道:"不对不对,你们是东边来的,这个十分不对。"

甲卓航这话本来是开两个人的玩笑,听到红脸商人的话,几人不禁都是一愣。

坦提草原的骏马速度快,冲劲足,一日可高速奔驰二百余里,非常适合平原地带作战,但若在南渚,多水多丘,地貌不平,还以其惯常习惯奔驰,便难以发挥速度,甚至失蹄受伤,其威力就会大打折扣。因此南渚的陆路货运多采用耐力极好但速度不佳的矮脚马,贩马客商来南渚,本就是个笑话,所以八字胡才会觉得甲卓航在胡说八道。

但红脸商人的信息却不能不让人警醒。由于运输原因,坦提风马价格不菲,在南渚这样的地区引进西方良马,唯一可能的解释就是,南渚打算将用兵平原了。

"不知这马是哪位大人收过来的?"扬觉动追问。

红脸商人意识到失言,不肯再说,场上一时无话。

正聊到关键时刻，浮明光自要打破冷场，道："二位不必多虑，我们的马也是坦提风马，不过要秋天才到，去的是箭炉城关大山将军帐中。现在看来，是遇到对手了，"他话头一转，"这笔生意对我们来说极为重要，二位觉得我们靠上二大公，来做这笔生意可好？"

八字胡将信将疑，道："平武野熊的路子咱们弟兄没接过，不知他们如何操作，军马军械都是杀身的买卖，我们不便多言。诸位已经见了二大公，这样的大生意，如果二大公接不了，全南渚也没人能接下。这次是我们打扰了。"

八字胡说罢，扯了扯红脸的衣袖。那红脸却不死心，又道："诸位金主常来常往，也不单单做这马匹生意吧，若是还有其他生意，不妨大家互通有无，有时候，只怕朱里染朱会长的作用比二大公还要大些！"

"哦？此话怎讲？"

红脸一边说，一边按住了八字胡，示意他少安毋躁。那八字胡皱着眉头思忖片刻，终于还是点了点头，道："也罢，诸位有所不知，朱会长的鸿蒙商会掌控着南渚的海上贸易。随着这些年来咱们和朱雀的航道渐通，买卖也多，南渚四港吞吐的，都是我们这陆路的商货，没有了海路，大家的货物再紧俏，也是没有销路的。"

红脸商人接话道："刚才我兄弟想给各位介绍的东家，不是二大公的门庭，而是朱会长这里！过来人都知道，二大公虽权柄无双，但毕竟不懂经营，贪利过甚，还是差了那么点意思。对咱们这些商人来说，着实不够体恤。朱会长这里又是不同。灞桥城有三家字号可以挂牌免税，一是大公赤研家，一是青石陈家，这第三家就是咱们的鸿蒙商会了。这三家中，咱家最为低调，承接的买卖也最广，除了什一税免不了，再加上半成的南渚公税，其他的，顶着鸿蒙商会的招牌，都好商量！"

扬觉动微一沉吟，道："适才两位说，鸿蒙商会连扶木原的府粮都运走了？"

"不错，这正是咱们鸿蒙商会的手段，除了咱们，谁能动得了紫丘和林口的官仓？"

甲卓航一脸似信非信的表情："朱会长就不怕掉脑袋？"

"咳，有什么打紧，扶木原连年丰收，这粮食都在库里白白烂掉，岂不可惜？很快夏粮又下来，照例还是一个放不下，农户们粮多卖不上价，也是一个苦。听说宁州大旱，咱们稍加调度，不也是善举一件？"八字胡偷瞄四围一眼，小声道："这府粮，又不是咱们商会自己想卖就拿得出来，有人啊，更想卖！"

他一脸神神秘秘，众人会意，都笑了起来。想是南渚这些高官小吏，想多些油水，便可想出无数钻营的招数来。

红脸道："哎，就是这个道理，别人也做粮食，也卖库粮，但谁能拿下十余万金的大单，还是咱们鸿蒙商会嘛！诸位合作，找我们，准没错，二大公的门路，端的是不好走！"

八字胡见扬觉动和浮明光对这句话都极为在意，便比出了五根手指，道："咱们家商会背靠世子，安全，绝对无虞，眼下朱会长这里的行商牌子也不是说挂就挂的，只怕还是要有人有面子，经营有规模才好办事。"

"五千金？"扬觉动皱了皱眉头。

八字胡道："正是！"他二人铺垫了半天，为的正是最后这两句话。

想是他听闻扬觉动几人舍得拿出两千金去走赤研瑞谦的门路，定不会吝惜五千金去走走朱里染的门路，至于为引荐牌子出得起五千金的客商，自然每年的买卖规模不成问题。

扬觉动哈哈一笑，道："二位一语惊醒梦中人，这次出来看来拜错了山头，容我们老少几个商议一番。"说罢，几个人回到座位。

两位价官一脸失望，加上酒劲上涌，也就偃旗息鼓。

三

入夜之前，浮明光和扬觉动之间发生了一场争执，关于要不要继续走鹧鸪谷通过百鸟关。

百鸟关作为南渚险隘，一方面扼守着通往林口的官路，另一方面折向东南，则可以通向南渚最东边的一镇白安。

十几年前，南渚前世子赤研洪烈在世的时候，曾驻军白安，试图联络白吴，共谋吴宁边。是赤研洪烈的突然死亡终结了这场尚未开始的战争。如今十几年过去了，扬觉动很想走一走当年无缘攻入的百鸟关。但是包括浮明光、豪麻在内的吴宁边将领，都觉得百鸟关太险，如果发生意外没有回旋的余地，不如向西北折向小山渡，宁可多花一些时间，重返平明古道，一路大河长路，有什么危机，也方便反应。

而晚上派出前往鹧鸪谷探路的斥候，到亥时将尽还没回来。

但扬觉动说一不二，众人无法，只得照办。

吴宁边军中习惯，主将就寝，副将值更。浮明光今夜守在扬觉动身旁，豪麻便带着五名武士守夜警戒，甲卓航对豪麻的恶劣心绪放心不下，也来陪他。

此刻夜深，店中人却渐渐多了起来，自此往吴宁边方向，下一镇需穿过鹧鸪谷，约有六七十里路程，过往客商大多在这里打尖，既是行商，跑得辛苦，也就不分早晚，专有那赶时间星夜兼程的，一般跟随着三五护卫，一路风尘仆仆，大都来这里喝上一碗酒。

甲卓航和豪麻换过桌来，留意着来往人等，继续小酌。

这桌得浮明光吩咐，有酒有肉，当地美味一应俱全。甲卓航此时已有了三分醉意，吃那蜜蟹，觉得鲜味太过，尝那凉下来的獐鹿肉，又觉得浓膻得难以入口，心中便开始怀念那几道小菜，刚才那唐笑语姑娘答应得好好的，把几道菜再上一过，不知怎么就没了踪影。

他正吃得不爽，抬眼见豪麻把那桌剩下的两块米糕端了过来，便伸筷去夹，却被豪麻一抬手，封住了去路。

甲卓航愕然，不知这米糕到底有什么稀奇，惹得豪麻回护。为掩饰尴尬，他放下筷子，回手举起了面前酒杯，道："来来来，小酒解忧、大酒浇愁，归程在前，我们一起喝一杯。"

众人知道甲卓航意思，于是都闹哄哄举起了杯子。倒是甲卓航见豪麻手里扔捏着那白米糕，一动不动，不知这杯酒到底是能缓解尴尬，还是更加尴尬。

他心中打鼓，豪麻性情过于严肃端正，搞得平日里下属见了他，一个个都屏息肃立。不是他有多不近人情，实在是他就是这个性子。你和他开玩笑，他旋即当了真；你和他聊风月花柳，他充耳不闻；你和他说说市井园圃之乐，他闷葫芦一样无话可说；只是提到阵势兵法、山川河流、格斗技击，他的话便开始滔滔不绝起来。

若是谈这些谈得高兴也罢，偏偏豪麻生来缺少幽默感，思维和众人不在一个层面上，人家刚说一个山势苍茫，他就来一句伏兵妙地，人家说一句溪水清浅，他就来一句乱石太多恐伤马蹄，最是大煞风景。刚才几个人七嘴八舌聊得正欢，豪麻一过来，马上鸦雀无声，各自吃起菜来。

这时大家一起举杯，十只眼睛齐刷刷落在豪麻身上。豪麻倒是嘴角向上一弯，道："兄弟们辛苦了！"一扬手，一杯青柠酒直入肚中。甲卓航看他饮了这杯，心中一松。一边和众人逗趣闲聊，一边顺手把自己和豪麻的杯子都给满上。

众人举筷落杯，却见桌面微微震动，两杯刚满上的酒也现出一圈一圈的波纹，一缕若有若无的米香便从杯中溢出。

酒入愁肠，豪麻又在望着这酒杯出神。

甲卓航曾和豪麻大醉一场，知道豪麻并非不能喝酒，相反，他酒量颇佳。他平时绝少饮酒，是因为他律己极严，他从一个马童成长为一州大将，全凭个人努力，他没有背景，下层出身，自然有无数的把柄可抓，他只有比其他人都更为凶悍凌厉，才有生存下去的可能。因此，无论在军中还是营外，豪麻不容许自己出现半点疏漏。他的苛刻不仅对人，也对自己，大家有目共睹。

豪麻绝少饮酒的另外一个原因，来自他在木莲勤王的经历。

豪麻十七岁时做前锋都尉，在与澜青的战斗中军功卓著，被扬觉动选为勤王之将，送到日光城接受历练。他甫一报到，便被编入王族嫡系部队磐石卫。当时木莲名将周半尺任磐石卫统军大将，作为扬觉动的生死之交，将豪麻带在身边两年，悉心调教,直到霰雪原浮氏家族率众反叛,周半尺终于在无定河畔折戟沉沙。

这个故事,消息灵通的甲卓航分别从不同的人嘴里听到了好几个不同的版本,但主要的脉络却是一样的。

当年周半尺率八千铁骑追击浮千乘的三千乌合之众,将对方逼退至无定河边。决战前夜,周半尺不知什么缘由,小酌变成了痛饮,喝得酩酊大醉。中军无将,轻率出击,终于中了浮千乘的埋伏,惨败而归,葬送了一世英名。木莲不得不派出固原公李慎为亲自率队,经过艰苦作战,才最终平定了叛乱。

按照豪麻后来的描述,当日的生死之战,他亲见八千骑兵陷入霰雪部的分段阻击,丘陵地带无法发挥重甲骑兵的长处,本以为孱弱的三千叛军却越战越勇,周半尺脸色铁青,一直催动大军挺进,生生贯穿了霰雪的狙击线,但损失惨重,陷入绝地无法后撤。这一战极为惨烈,待到四日后李慎为大军开到,八千磐石卫所余已经不足两千。

"不知道那个雪夜,木莲来的使者和周半尺到底说了些什么,"豪麻的声音有些嘶哑,"他痛饮到夜半时分,睁着血红的眼睛走出了中军大帐,发出了进军指令。即便是那时候,我们依然觉得,这一战必会全胜。"

"所以?"

"后来你都知道了,我有幸生还,而他则由于恃众轻敌、招致大败,被打入光明狱,"豪麻叹了口气,"我今天还能记得他那张面无表情的脸。"

甲卓航之所以对这件事情印象格外深刻,是因为回到吴宁边后,扬觉动曾专门让豪麻将此事前后细细描述,只是对周半尺的遭遇却没有发表任何评论。自此之后，扬觉动加紧了吴宁边军备的整饬。

看着豪麻心绪恶劣，甲卓航也无从劝慰，只有试探着拍了拍他的肩膀，再次举起了酒杯。

豪麻叹了一口气，也把杯子一举，众人以为他要说话，马上停住话头，却见他扬手又是一杯酒灌下肚去。

看众人屏息以待，豪麻竟笑道："我今日才知，原来我不是那么容易喝倒的。"

他这话一出，甲卓航心里大为宽慰，众人都知扬觉动许婚一事实在太过分，而豪麻自己又讳莫如深，从不提及，越是这样，众人对他越是小心翼翼，气氛也愈加尴尬。众人也知他朱鲸醉一宴被一杯烈酒喝出内伤，此刻见他自我开解，想是已经挨过了此事，便闹哄哄纷纷举杯劝酒，还待再饮。

正在此时，酒肆大门上的风铃哗啦作响，走进几个红缨黑盔的军士，门外战马嘶鸣，脚步杂沓，显然来人数量颇为不少，这进门的几人气息不匀，大概刚刚走过一段不短的路途。

盛夏时节，夜半投宿，这群兵士依旧全副武装，是战时状态。

进得店来，他们显然发现了甲卓航等这一桌的特别，一个身形瘦长的军官目不转睛地盯着豪麻，直到落座，还选了一个正对豪麻的位置。

陆陆续续进来的兵士有十余人，几乎把客栈一角坐满。

那军官把佩刀解下，压在桌上，便喊掌柜上酒。

豪麻却似没有注意这大群拥入的军士，只是把左手在桌上

指间错　197

一按，甲卓航会意，面色不变，几人继续吃菜饮酒。

四

小小的客栈喧哗热闹起来。

小二召唤的声音明显不同，老唐提着水壶从后厨匆匆而来，对着为首的军官见礼道："军爷们远道而来辛苦了，且先歇歇脚，喝口茶，牛肉正在切，酒也马上就来，有什么需要，吩咐就是。"

那军官居然先看了豪麻一眼，然后才道："有劳店家。"说着，把手伸进衣内，摸出一个空瘪的皮囊，放在手里掂了掂，有些犹豫。

甲卓航看老唐笑得敦厚，心想，这袋子分量不轻，还掂个什么劲，但凡想吃的，只管要就是了。

这军官想了想，把皮囊解开，往桌上一倒，只听噼里啪啦一阵乱响，在桌上堆的竟都是些铜板，半两银子也无。

老唐这下子忍不住脸上变色。

甲卓航倒是觉得有趣，就这些磨得锃亮的废铜烂铁，怕是不够这几个士兵今晚的酒钱。

那军官注意力在桌上的散钱上，并未留意老唐的脸色，倒在哪里三个一拨两个一组地数了起来。他查得认真，却不知整个驿站内都在看稀奇，如何财大气粗的南渚也有如此破落的兵士。

这军官点完，把铜板收作一处，推到桌前，道："店家，这里只有五十四文，请你看着来些吃食好了。"

老唐适才容光焕发的脸不知什么时候干瘪了下去，一脸作难的神情，顿了一顿，忽然冲外喊道："虎子，外面诸位大人的马可要好生照料！"

他这一喊，甲卓航噗嗤一声笑了出来，这老唐十分精明，却免不了小本经营的势利，生怕小二没有深浅，先拿上好的豆料喂了马。

甲卓航一笑，已经落座的七八个兵士都一脸尴尬，互相看看，有几个兵士又从衣内摸出些钱来叮当掷在桌上，但也都是些铜板，对这一餐也殊无助益。

那军官显得颇为无奈，道："好了，好了，不必再找了，明日便到灞桥，今晚对付一下便是。"

倒是其中有个长脸，按捺不住，将佩刀解下，砰地扔到桌面，道："这铜板是钱不是，还买不了你一个殷勤招待！"他这一抬手，露出了黑布衣肘下的补丁，看起来颇为陈旧破烂。

老唐干笑两声，道："有的，有的，军爷别急。"收了铜板，快步向后厨而去。

那红脸捐客适才又在别桌交际，此刻，看甲卓航看得专注，便凑过来小声说道："哎呀，真是惨，这就是南渚的野熊兵了，灞桥的赤铁军一个个飞扬跋扈不可一世，这些兄弟呦！"他嘴里啧啧有声，无限感慨。

甲卓航仔细看这群士兵，穿的是陈旧的牛皮甲，上面道道白痕裂隙，可见平时养护得十分马虎，穿过环眼的甲绳颜色各异，有皮的，有麻的，显然这些甲胄已经过不少年头、这老旧破烂的样子，倒也符合这一群人的风尘劳顿。这些士兵和南渚赤铁军们一样，护心铜镜上照例镌刻着海兽犬颔，但这些铜镜大多斑斑驳驳，凹凸不平，上面的花纹已磨损殆尽，更有的兵士皮甲上只有一个圆圈凹陷、几个铆钉，那铜镜已经消失不见。单看这装束打扮，确实和在灞桥见到的赤铁军相差太多，简直让人无法相信他们竟是同一州的军队。

"这野熊兵是什么来头？"甲卓航一脸迷茫，明知故问。

"这野熊兵嘛，是南渚边兵的别称，"红脸看来在别桌搭讪也不顺利，索性又坐到了甲卓航这一桌，"咱们都知道，济山西侧就是大片森林，森林外就是四处蔓延的青沼，是鸟不拉屎的地方，而更蛮荒的就是旁边的浮玉了。在上三代，老王赤研享那时候，和浮玉野人们打了好几场大仗，还因此专门兴建了平武城。而那些由平武城派驻青沼的守边士兵，就是南渚最初的边兵了！"

甲卓航听他跑题，一翻白眼。

红脸会意，嘿嘿一笑，道："公子别急，这就来了。那青沼畔森林茂密，多有壮硕野熊出没，日光木莲建国那会儿，天下大乱，都说三泽水里面有稀世的珍宝，有了这笔横财，不难平定八荒！因此老王赤研享建城征兵、对浮玉就开了战。那时候的平武军都是各地精锐抽调，征战攻伐、所向披靡，很快就扫平了大半个浮玉泽，人们都说平武军又粗野又凶暴，便跟这青沼森林的野熊一般蛮横，因此他们又自号野熊兵。"

红脸讲得口干舌燥，甲卓航便把桌上的青柠酒推了过去，红脸也不客气，咕咚咕咚就是几口，抹抹嘴角，继续道："不过嘛，后来木莲先君朝崇智自阳处起兵、争霸中原，各处都打得一塌糊涂。赤研享趁乱把浮玉的巫城长葛攻了下来，结果屁也没找到，郁闷而死，到了现今大公的爷爷赤研夺的手中，就将这平武边兵裁撤，并入赤铁，只象征性地留下部分部队，长守人迹罕至的关隘，这时候嘛，边兵们就不是野熊一般勇猛的精锐之师了，都变成在林子里打野熊的野兵了。"他一口气说完，嘿嘿笑了起来。

"这赤研家为何不向东向北发展，却去攻打西侧人迹罕至的浮玉泽？"

浮玉州被青沼、浮玉、泥麟三湖围绕，大部都是沼泽地带，对于南渚并无实际战略价值，倒是平明古道这一段易于纵马驰骋，是兵家要地，豪麻听得稀奇，忍不住插话。

这回轮到红脸翻白眼，他终于找到炫耀机会，长江大河一般说了起来："哎呀，兄弟你呀，看来就是太年轻，当年南渚海禁初开，财力尚弱，木莲争霸中原，前青王朝死而不僵，两家打得不可开交，南渚哪有胆子去碰？再说东边，吴国和宁国也是打得一团火热，南渚哪个都惹不起。有人说……"他放低了声音，"老头子赤研享是个有雄心大志的国王，他是想打通千百年来没有通航的三泽水系，三泽若通，南渚的航船便可逆流而上，直到坦提草原！这计划就是今天想想，也是石破天惊！坦提草原的风马不必绕行千里才能到达南渚，而没有坦提风马，南渚的兵士难道要骑着矮脚马去争霸中原么？"

吴宁边这几人都是刀尖上滚出来的，见他对地形地势分析入微，便格外用心，不断点头。

这南渚能保百年繁盛，实是因为地理条件的特殊，西侧和南侧是大沼深泽、蛮荒之地，东临大海，三侧均是隔绝兵灾的自然屏障，唯有东北侧和澜青及吴宁边接壤，却又有号称八荒第一军事要塞的箭炉城，易守难攻，确实是割据一方、拥兵自重的风水宝地。但也正像这红脸捎客所言,这些天然的地理屏障敌人难以跨越,但也阻碍了野心勃勃的南渚向丰饶的中原大地的发展。

想当年南渚王赤研享为了争霸,建城发兵、攻城略地、吞并浮玉,不知耗费了多少金帛,战死几多勇士,终于还是功亏一篑。甲卓航心中暗自叹息,这也就是人们常说的霸业天定吧。

伍平此刻好奇起来,道:"但这些兵士一看就是往灞桥去的,这里明明在南渚东北,为何也叫野熊兵?"

红脸击掌道:"这位老哥问得清楚,今日便索性给你说个明白,当年这赤研享亲建的野熊兵天下闻名,是王族的直系部队,在赤研享逝世后,虽逐步削弱,也大部蜕化成了边兵,但习惯上一直编在大公和世子的直系亲军之内,所以嘛……"

红脸商人话说到这里,甲卓航猛地明白了,既然野熊兵一直是大公、世子统管,那么野熊兵的境遇必定和大公、世子的命运紧密相连,南渚上一任世子正是赤研瑞谦兄弟的大哥赤研洪烈,本来如果没有意外,赤研洪烈应该是今日的南渚大公,当年他三十出头,雄心勃勃亲自整顿这支只属于他的军队,在白安与扬觉动隔水陈兵。

那时甲卓航只有十岁,尚不知道一州大公是何等人物,只隐约记得当年大安城一片兵荒马乱,为了南渚精兵压境而紧张万分的情景。看来正是这位突然死去的南渚世子,带来了野熊兵的衰落。

眼前这些疲惫窘迫的士兵,竟是十几年前那支精甲振振的精锐之师!世事的变化真是难以预料。

"此一时,彼一时也!"红脸的手指在桌上嗒嗒扣动。

他话音犹在,吴宁边一行都往那些兵士们看去,发现那些兵士们也在看着他们。

那军官犹豫了一下,还是站起,向豪麻这桌走来。

不知来人意欲何为,豪麻等人放下筷子,看着那军官来到桌前。

众人多少有些紧张,只有甲卓航笑嘻嘻的,冲着那军官一抱拳,道:"兄弟远来辛苦了,但坐无妨,我们共同小酌一杯。"

那军官倒有些不好意思,道:"多谢诸位,那就恭敬不如从命了。"说着坐下,恰好挨着那邵老大,两人一对视,红脸此刻已经换上一脸笑容,然而目光多少有点躲闪,刚才他兴高采烈拿对方开心,也不知他们到底听到没有。

甲卓航招呼店家多拿碗筷,这军官讪讪一笑,道:"在下姓吴,单名一个亭字,长驻白安镇。敢问诸位大人可是从灞桥来?不知城内境况如何?"

他这话一出口,众人一愣。

甲卓航心中也是奇怪,境况如何?什么意思?口中却道:"哎,你才是大人,我们几个不过去灞桥讨口饭吃,哪有什么近况远况嘛。"

五

吴亭道:"诸位切莫见外了,我等虽是边镇的鄙陋之人,但这点眼光还是有的,哪有如此精干轩昂的粮商。"说着侧头看坐在甲卓航旁边的伍平:"这位兄弟的双手拇指内侧肤色不同它指,指肚糙而有茧,必是驰骋疆场、双手开弓的好射手吧。"

说着,吴亭伸出自己的右手,掌心向上,众人看到他拇指指肚的厚茧和手上的竹扳指,不由得都会意笑了起来。

甲卓航道:"吴兄果然好眼力,那咱们就别见外了。"

伍平是豪麻帐下的神射手,善马上骑射,左右开弓,他见这吴亭是个内行,便道:"兄弟,看你的手掌肩腰,想来是开步弓的好手,倒是很想见识一下你的硬弓。"

什么样的人拉什么样的弓,这吴亭宽肩阔背、胸肌厚实、手掌粗大,适才走过来的几步路,神气内敛、脚步稳重,看起来是个能拉步弓的好手,想来他开的弓也必定不俗。

吴亭听了,却面露尴尬之色,道:"不瞒兄弟们说,我的那把弓日前已经被我卖了个好价钱。"

这话一出,众人大感诧异,作为军人,刀、马、弓、甲,都是一等一重要的家什,不仅是吃饭的家伙,更是荣誉尊严所在,哪有说卖就卖的道理。不知这吴亭一众人到底是怎么混的,怎么会搞得如此凄惨。

众人都看着吴亭,他似乎也觉得颇难开口,咽了一口唾沫,道:"说来话长,这也是没有办法的事,白安镇紧邻白吴,自从吴宁边与白吴交恶,就封锁了安水水道,而赤研大公则禁绝了白吴和南渚的商旅,白安镇往日还算过得去,这就一下子破败下来。"

他抬头望了望窗外,夜色中鸣蝉声声,一片静谧安详。

吴亭的眼神在夜色中停留了一瞬,续道:"当年洪烈世子死后,野熊兵频被征调重组,残余部队不得入关,只好困守白安。白安贫瘠,本就难以支持大军驻扎,如今两州贸易一绝,又没有稻田良港可以依傍，日子很快就过不下去。遇到灾年，百姓便四处逃散，白安南面是茫茫大海，往北的，进入了毛民；往西的，进入了白吴；而往东的，唉，竟被赤铁军截在鹧鸪谷口，不准进入阳宪！"

他讲到此处，脸上愤然作色，手上握紧了拳头。甲卓航发现豪麻眉头一蹙，心中警觉，顺着豪麻眼神的余光，忽地发现吴亭皮甲覆盖不到之处的黑衣上，星星点点，都是深褐色的血迹。

他眼神扫过几位同伴，大家都提高了警惕。

扬觉动一行来到灞桥时，走的是小莽山西北的平明古道，虽然两渡淡流河，但一路人烟稠密，所见之处，一派太平景象。他们也知阳宪、白安一路颇不安稳，但近数月来，也没有什么大的异常。

由于小莽山的存在，幽深的鹧鸪谷便成了灞桥西北的一堵屏障，鹧鸪谷的小路沿山盘行，曲折回绕、极为险峻，只消少许驻军、几座工事，便可抵挡百万雄兵，但由于小莽山侧有四通八达的平明古道，这鹧鸪谷在军事战略上的意义就大大降低。

此次南渚一行，众人早已研究过南渚的山川地理，扬觉动今次坚持取道鹧鸪谷，也是不愿放弃亲自探查的机会。

吴亭口中的这个白安，说重要十分重要，说不重要大概也说得通。它在阳宪远东偏北，安水和小莽山余脉之间，周遭的环境极是恶劣，却是吴宁边、白吴和南渚三州交界之地的唯一市镇，因此曾经在诸王争霸时代成为大家争夺的对象，吴国和南渚针锋相对的年代，无论哪一方取得白安，都可作为继续挺进对方腹地的踏板。当岁月变迁，王国纷争已成陈年往事，吴宁边忙着和木莲澜青争霸中原，要求助南渚的支持的时候，便根本无暇顾及边境极南的这弹丸之地，而旧吴自从分裂成为白吴和李吴之后，内乱不止，死了一个意图联合两吴共伐吴宁边的赤研洪烈后，诸雄对白安便更是视而不见了。

吴亭平抑了一下自己的情绪，叹了口气道："鹧鸪谷天堑的守军一向由威锐公控制，他既掌握了平明古道的商路，自是不想再横生另外一条财路，因此，把鹧鸪谷锁了个严严实实，就算商旅通行，也均课以重税。当年洪烈世子重兵布防白安城，本已打通自白吴远上宁州的商路，就这样生生被截断。这也就罢了，去年雨水丰沛，安水大涨，河道更易，白安镇遇到大灾之年，苦无救济，扶木原上紫丘、林口两仓大门紧闭，拒不发粮，飞报灞桥的文书不见回音，我们野熊兵一旅护送两千饥民想要穿过鹧鸪谷进入阳宪，不料竟被赤铁军阻拦。"

甲卓航见他说得辛苦，自己也听得心情沉重，不自觉给吴亭斟满了酒杯。

吴亭端起酒杯又是一饮而尽，续道："后面的事情，大家想来也有所耳闻。"

红脸忍不住接话，道："是了，这就是去年的鹧鸪之乱。但是我们身在灞桥，得到的消息是白安的野熊兵不能自安，借安水泛滥，鼓动民众，要挟大公拨配军粮兵刃，意欲谋反。因此……"

吴亭又喝下一杯青柠酒，冷笑道："因此就出动甲胄精良的赤铁，驱赶饥民，并屠杀野熊兵一旅二百余人。"

此话一出，众人大为震惊，这事件他们在吴宁边也约略了解，只道是兵匪作乱，却不知竟是南渚正规军系之间的公然对抗，而且背后还有如此复杂的背景。

"只是、只是……"红脸掮客有点结巴，"大灾之年，求粮也就罢了，为何野熊兵们还要甲胄兵器？"

吴亭摇了摇头，道："想必诸位应该听过，大灾之年必有大乱。白安本是三州交界地带，多水多山，百姓活不下去，自然会占山为王、凭水为寇。白安虽号称聚集了野熊兵主力，但一师五旅，没有四散为民为寇的，只余下不到七百人，怎能控制纵横二百余里的广袤范围。我们的兵器武备诸位也都眼见了。"

说着，他自嘲地笑笑，抬手敲了敲满是凹痕的肩甲："这已经是我们最好的装备，如果兵和匪的实力相去不远，甚至匪强于兵，那么，会是怎样的结局呢？"

伍平道："我虽未去过白安，但也是边地出来的，如果乱象至此，大概就会兵匪一家了。"

此话一出，桌上沉默了片刻，这伍平快人快语，说的话听起来可不怎么好听。

甲卓航忍不住道："白安混乱至此，赤研大公就不管嘛？自己的地方乱起来，对南渚有什么好处？"

吴亭道："说句杀头的话，那赤研瑞谦守住鹧鸪谷，就可独吞平明古道的商旅之利，白安再乱，只要扼住百鸟关，也犯不着南渚半根汗毛。传闻两年前井田大公曾有意派星驰公子前来治理，我们都是极为盼望的，但不知什么缘故，又把他派往吴宁边与澜青军作战，真是可惜。"

"他进得酒店，分明一直在关注我们，过来后不问身份姓名，却为何与我们说这些故事？"豪麻的细语传入甲卓航耳中，

指间错　207

众人越听心下越是不安，又去看那几桌兵士，发现旅社外战马嘶鸣，又陆陆续续有兵士来到，驿站里面进来的皮甲战士越来越多，此时老唐正从后厨端了十数张大饼出来，不料迎面看到如此多的兵士，不由得张大了嘴，喃喃道："这哪里来的这许多人？"

这些后进门的兵士并不像吴亭一众气定神闲，身上汗水淋淋，显然都是纵马疾驰而来，神色也渐带狞厉，有个士兵推门进屋，门上风铃叮当轻响，他竟伸手用力一扯，把一串风铃扯断，顺手抛出了窗外。

豪麻用脚轻轻踢了甲卓航一下，甲卓航则伸手又夹了一块济山豆腐，他也已注意到场面不对。

豪麻生就一张没有表情的脸，看人越来越多，但脸上全无变化，继续问："不知后来兵变的事情如何处理了？"

吴亭叹了一口气，道："赤研大公派了远侄赤研野统军穿过鹧鸪谷，进击白安，白安的野熊兵已经饿得前心贴后背，而且并未存反叛心思，便开门迎军。哪知这赤研野接掌白安后，竟绞死野熊兵留守军官二十二人，一百余兵士被断掌黥面、流徙垦荒。"说到这里，他忽地收声，眼圈竟然微微泛红。

红脸此刻喝多了酒，杯子往桌上砰地一落，道："竟然如此，也真是人间惨剧，我只知道白安城守卫中宵老大人，自老大公在位时就统领野熊兵，又曾进入灞桥辅佐洪烈世子，镇守边关三十余年，功不可没、深孚众望，但……唉！"

吴亭悠悠接道："却被赤研野诱至帐中擒获，借以胁迫我们放弃抵抗。随后连长公子卫水一起押送灞桥，囚禁数月，就在十余日前，在阳坊街枭首示众。"

他的声音没有起伏，仿佛在说一件极其遥远的和自己毫无瓜葛的事情："在此之前，凡是追随卫大人留在白安迎军的弟兄，卫官以上都被绞死，二十二人的尸首悬挂腐烂，只有部分提前撤到小莽山中的弟兄幸免于难。"

夜色渐浓，阳宪镇上远处隐隐传来喧哗，不一刻便有火光腾起，众人脸上变色，甲卓航抬头，发现浮明光已陪着扬觉动出来，正在二楼栏杆后遥望。

豪麻更沉得住气，身形不见一丝晃动。甲卓航见房中戒备的两名兄弟并未跟在扬觉动身边，显然大公已有防备，心下稍安。

"这、这外面不知道发生了什么变故。"红脸捐客的声音微颤。

"哦，也许是镇中赤铁军正在操演防卫吧。"吴亭淡淡地说。

豪麻的兴致却似乎都在这吴亭讲述的故事中，复道："之后呢？白安镇的野熊兵们后事如何？"

夜黑如漆，此刻阳宪火光四起，喊杀声和惨叫不绝于耳，吴亭见豪麻依旧关心故事，嘴角不由得挂上一抹意味深长的笑意。

"后来嘛，赤研野大将军出了三十金的赏格，求取伴随卫中宵大人三十年的霹雳弓。数月之后，终于有一个深受卫中宵大人恩典的小小都尉，带领所部三十人投诚，向赤研野大将军献上良弓。然后嘛，"他站起身来，缓缓道，"他就用这把弓把赤研野大将军射了个对穿，并取得了那三十金的赏格。"

他话音刚落，酒店大门砰的一声被撞开，扑进来三个脚步踉跄的赤铁军士兵，其中一个双眼流出长长两道鲜血，双手不断挥舞，惹得众人纷纷躲避，那血色殷红，在他胡子拉碴的脸庞上凝结碎裂。紧跟着进来的，是更多的皮甲兵士。

一位身材魁梧的大汉手中拎着一个血淋淋的首级，砰地掷在当中桌上，杯盘乱响，汤汁飞溅。

店内一片惊呼，那大汉先看看已经在窗口坐定的那些兵士，又看了看坐在这一桌的吴亭，嘶哑着大声说："阳宪是我们的了。"

第七章 鹧鸪谷

"我说让他们过去!"这男子张嘴暴喝,如虎啸山林,震得众人耳膜嗡嗡直响,他猛地回头,一刀劈下,那军官横刀来挡,当地一声轻响,上好的精钢刀被从中劈断,他的头盔亦裂为两半,一道血线从他的额头笔直划过鼻尖、一直延伸至锁骨正中。

所有人都猝不及防,那将领的尸身直挺挺倒在大雨之中,泥浆四溅。

一

鹧鸪之乱。

豪麻饮了不少青柠酒，微微有些眩晕。

浮明光和扬觉动争执的，正是这件事。近年来往来南渚的行商巨贾越来越多，一条从未断绝的平明古道上，七十多年前战乱摧毁的市镇也渐渐恢复了生机，扬觉动有攫取天下的野心，对各州权力人物了如指掌。

吴宁边驻扎毛民镇的大将李精诚曾和驻扎白安的卫中宵有密切往来。半年之前，鹧鸪之乱前夕，还遵从扬觉动的指示，为卫中宵提供过粮草军械，只是南渚大公赤研井田刻薄多疑，卫中宵又憨直中正，虽然急需这些物品，还是不敢收受，并派二子卫曜将粮草军械全数返还。

这是关于卫中宵最后的消息，此后不久，鹧鸪之乱爆发，又被迅速平定，赤研野坐镇白安，百鸟关一路倒也十分太平，有逃到毛民的卫氏旧部，大都不知卫中宵生死。

再次见到卫中宵，正是入城那一日，在野非门下悬挂的木笼中，装着卫中宵及其长子卫水的首级。而另一个空落落的笼子，是留给卫中宵的次子卫曜的。

差不多就在扬觉动一行启程前往南渚的同时，赤研家族将卫氏一族斩杀于灞桥。

在灞桥城中，扬觉动方才将这次事件的脉络理清，南渚内部近年斗争激烈，扬觉动执意行走鹧鸪谷一线，一是平明古道

指问错　213

上淡流河已开始涨水滋蔓，两个渡口又都是赤研瑞谦控制，是为安全计；除此之外，走小莽山、穿百鸟关，时间上更可节省数日，能够及时回到吴宁边，是为时间计；然而更重要的，是扬觉动早决心攫取八荒，有意沿路查探民意地理，以备将来发兵南渚，这是为天下计的意思。

但是今天晚上这样的情况，绝对出乎所有人的意料。

百鸟关一直在赤研野的手中，这些卫氏旧部、白安的野熊兵们是怎么突破这道天堑，进入阳宪的？

"野熊兵谋反，杀了赤研将军！"

适才被逼入驿站的赤铁军在惊惶地嘶喊，这人腿上受伤，一跳一跳、踉跄着扑到刚刚还在把盏言欢的人群中，人们惊慌失措，像躲避瘟疫一般退散，瞬间把他所在的位置空了出来。

噗噗两声闷响，一支箭射穿了他的后脑，从喉咙伸了出来，另一支箭贯穿了他的胸腹，他嗓间呼噜作响，拉风箱一般竭力喘着气，瞪大眼睛看着这些相貌各异、高矮不同的人们，慢慢倒了下去。

老唐脸色苍白，看着那颗在桌上盘中歪斜的头颅，面目狰狞。口中颤声道："李、李都尉。"他只看了一眼，就回身向后厨走去。

豪麻眯起眼睛，看着老唐被一只沾着血污的手扯住了衣服。

"掌柜的到哪里去？"这兵士身上铠甲齐整簇新，并不像吴亭一行人狼狈。

"诸位辛苦了一日，应该好好吃些东西，我这就去后面亲自张罗。"老唐话音打颤，但方寸还在。

"十几年前我见过他，"甲卓航叹了口气，"他也不容易。"

甲卓航话音未落，那士兵已掏出匕首，在老唐的脖颈软骨间缓缓推了进去。血从老唐的口中鼻中一起涌出来，这士兵松开了手，老唐在客人的咒骂喊叫声中倒地。

在这山中小镇夜来饮酒的客人，大多也经过风波险恶，并非等闲之辈。

此刻一屋子人挤在通向二楼的一角，眼看屋内至少拥入了十余名野熊兵士，都抽刀戒备，但没有人迈步逃窜，想来谁也不想先成为被攻击的目标。

这叛兵已经公开袭击驻军，想必更不会在乎多擒杀几个过客，那颗头颅已经宣告了阳宪赤铁军的处境，也宣告了秩序和律法的溃败。

在二楼高处，已经歇息的客人也纷纷惊起。野熊兵抢占了门口和窗旁，堵死了出去的路。

浮明光的手牢牢握在刀柄上，对扬觉动说着什么。

扬觉动则仔细观察着楼下的人们。

豪麻注意到这些野熊兵分做两群，先进来的那些，聚在一处，安静沉默，都望向吴亭，似乎在看他的态度，较有纪律。而后进来的一群，则恣意妄为，应该是刚刚厮杀下来，情绪激动亢奋、目露凶光，用挑衅的目光扫视着屋内众人。

一支是受过严格训练的兵士，另一支是临时招募的乌合之众。而他们中最有战斗力的那部分，并没有投入今夜的战斗。

豪麻动了一下略显僵直的手腕，赤心并没有不安跃动，看来他的刀认为场面并没有什么大不了。每次都是，只要赤心兴奋出鞘，他就控制不住杀人的欲念，这把刀不饮血到饱，是不甘心的。

指间错　215

今晚，恐怕赤心会如愿以偿了。

周半尺对他说过，嗜杀是心魔，有魔性的人，才属于战场。一路拼杀，他是踩着敌人的尸体走上这个位置的，整个八荒，能让他安然入眠的，只有扬一侬的笑容。她是他豪麻和尘世欢愉之间的一条细细的纽带。如今，这条纽带断了，不知道赤心再次出鞘，又会如何。

他此刻心思空灵，周身的骨骼细密轻响，只有自己听得到，这是狂暴来临前的惬意舒展。

与浮千乘战后，无定河畔的大帐中，周半尺曾与豪麻对坐饮酒，他说，杀人不是一件好事情，战场上杀人多了，人就有戾气盘绕，戾气太多，就会变成死气，人也就和行尸走肉再无分别。

彼时这个叫作豪麻的少年正在沙场拼命斩首建功，周半尺这种醉话，他不认同，更听不懂，便默然不语。

周半尺酒杯不停，道："我也是少时从军，一生戎马，杀人无数。老来才觉得戾气压身，实在太重，你看我饮酒无度，实在是此时才觉得自己还是个活人。"

豪麻正色道："将军，我并不相信杀人养气之说，亦不敬鬼神。"

周半尺却拍拍他的肩膀，道："你若不死，慢慢就体会到了。"

豪麻正年轻气盛，习惯了长枪快马，以身先士卒、奋不顾身著称。那日面对骤然老去的前辈，他信心满满，道："将军今日之败，不在命，在酒。豪麻这一生，必滴酒不沾。"

周半尺却笑："良弓开满，利箭固然逐月追星，但弓弦太紧,一样容易弦断弓折。酒这东西嘛,有时为旁人喝,有时为自己喝,有时为生喝,有时却是为了死喝。想你以后喝酒是少不了的。"

豪麻想要反驳,但又不忍,于是按刀正坐,不发一言。

周半尺那天又一次酩酊大醉,那醉眼蒙眬的狼狈样子,没有半丝名将风采,却被豪麻牢牢记在心底。

谁承想,数年之后,他的人生果然被周半尺说中,扬觉动将扬一依许给他,他抑制不住内心的喜悦,淋漓尽致地痛饮一场,狂喜、放浪、轻松;朱鲸醉宴上,扬觉动再次许婚,他又是一场大醉;这次,种种痛苦、郁结、生死来去,更在他脑中盘旋不去。

这两场酒,都是既为别人,也为自己而喝,后一场酒,更是为生死而喝。他渐渐领悟了周半尺的说法,却不知他那一夜惨败后的一场酒,又有什么特殊的缘由。

自当日一别,他已大醉了两次,这次在阳宪,又是微醺,想是以后漫漫长路,这杯中之物,也不会寂寞,却不知今晚的酒,是为谁喝。

至于那玄而又玄的戾气之说,来灞桥前,豪麻对此毫无感觉,而朱鲸醉一宴下来,终于觉得世事如刀。不仅相伴两年的战马见了自己长嘶奋蹄,有惊恐之状,连素来亲密的甲卓航也不大敢在自己面前开玩笑。

譬如此刻。

"他们似乎不是为了大公来的。"甲卓航对豪麻耳语。

"史都尉,这里似乎是吴某布防之处。"吴亭站了起来。

"口渴了，来喝些酒！"那抛甩头颅的男子把一个空酒壶丢在桌子上，当的一声，"诸位，多说无益，请把武器和金钱都交出来吧，我们野熊兵最守信义，保证诸位毫发无损。"他带着白安地方口音的宣告带点滑稽，但此刻谁也笑不出来。

店内静悄悄的，没有人行动。窗外火光远处，有呐喊声隐约传来。

"野熊兵什么时候还有信义了？"那名自进来还没说过话的赤铁军开了口，他身材不高，稍显瘦弱，看年纪，也就十六七岁的样子。

众人都诧异地看着他，史都尉更是眯起了眼睛。

"你们集兵白安城，诱杀赤研野大人，骗开百鸟关，夜袭阳宪镇，有什么信义可言！"这兵士颤声斥责，众人都不说话，默默听着。

"信义！路上被砍杀的那些行商百姓和你们有什么过节？那些用马拖在路上的女人呢？和你们有什么过节？"

"他跟你们有什么过节！"这少年指着倒在地上的老唐，激动之下，嗓音愈发尖利起来。

老唐从此以后只能保持沉默，他身下是一摊渐渐扩大的暗褐色血迹。

二

"你说得对，咱们和诸位都没有什么过节，不过，总要有些人来承担后果不是？"他缓缓举起一只左手，手腕光秃秃的，上面镶嵌着一个黝黑铁托，皮绳穿过铁环，将它和残缺的小臂牢牢捆绑在一起，上面接一根布满血污的枪刺，在烛光下闪着诡异的光芒，血迹从铁托下面的粗布中渗了出来。

这句话起码比他口中的信义真诚得多，他话音一落，店内的人立刻乱作一团，纷纷刀剑出鞘。

吴亭看了看史都尉，又意味深长地看着豪麻和甲卓航，道："我说不过他，只好告辞了，诸位保重。"说罢，他起身便走了出去，跟他一起前来的十余名士兵也随他鱼贯而出。

史都尉用阴沉的目光追随着吴亭的脚步。"好痒，"他把左手的刺尖举到面前，蹭了蹭脸颊，"这只断了的手总是痒。"

仿佛得到了什么命令，士兵们大叫着跃过那些听天由命的人们，直奔试图抵抗的客商。

那姓史的站在野熊兵中大喝一声，迈步向前，左手枪刺先把那双目已盲的兵士砰地钉在堂柱之上，右手又出钢刀，却扫了个空，那少年兵士反应极为机敏，只是头盔被刀扫掉，滚落在地。

那少年机敏，不去寻旁人，却对着豪麻大喊："救我！"

豪麻稍一犹豫，甲卓航已一把拉住他的手臂，道："走！"

此时厅堂内已经大乱，吴宁边五人久经战阵，不下反上，形成一个倒楔形，抢上二楼，将浮明光和扬觉动护在中间，甲卓航右手举刀平挥，拨落了飞来的流矢，众人迅速退向窗边。

此时窗外夜色已深，星星点点燃起的火把越来越多，远处金铁交鸣，惨叫声、马嘶声不绝于耳，这些黑暗中的声响让店内众人更如发了疯一般，都想夺路而逃，奈何楼下人数太多，还有新到来的兵士抢进，所有人都挥刀拔剑的结果，就是无尽的混乱。

指间错

豪麻顾不得风险,抢先将头向窗外探出,火把燃起,是自己人的脸。

浮明光早已将余下武士分成两组,一组清扫外围、探路前行,一组掩袭马厩、抢出铠甲兵刃,准备突围。

堂中刀光剑影,野熊兵们注意到了楼上诸人的脱困企图,纷纷撞开人群,向他们奔来,豪麻则深吸了一口气,居高固守,不动如山,随着赤心长鸣出鞘,想要登楼的武士一一被砍翻楼下。他一番致命的砍杀,遏制住了众人的攻势,此时扬觉动诸人已撤,他逼退众人,纵身翻出店外。适才打斗的激烈此刻才反应过来,他一口气喘不上来,在空中抓住身旁的水围栏杆,身形尚未稳住,眼前已一片白亮。

自己的呼吸已经盖过了呐喊和风声,汗水滑过额头流入眼中,刺痛不已。

他此刻离后厨只有尺寸之遥,黝黑的纸窗半开,黑暗中传来杯盘碎裂的声响,一个瘦小的身影正双手抱膝,在炉灶的火光掩映中露出一双明亮的眼睛。即使在浓重的血腥中,他依然隐隐闻到了米糕的香气。

是那个叫唐笑语的女孩,她没有说话,身子紧紧贴着墙壁。

甲卓航的呼喝一声接着一声,充满焦灼,豪麻咬了咬牙,闭上眼睛,从围栏翻身而下。

此刻的甲卓航重铠套了一半,正接住豪麻,戒备一旁尚山谷则牵过了他的黑马,这马跟随豪麻已有五年,同样身经百战,此刻奋蹄跃动,兴奋不已。

"该死!怎么只有这几匹!"豪麻低声咒骂,只需一眼便知，扬觉动、浮明光和伍平已经上马，此外还有五六匹马在侧，他们一行有二十多人，马的数量远远不够。

尚山谷苦笑："只抢出这几匹马已经不容易，已经倒了五个兄弟，只是抢出我们的羽箭重铠，已经折了三个。"他回头，夜色中，满眼都是火把。"这帮狗娘养的不是突袭！他们已经围住了整个阳宪！"

顾不得多说，豪麻略带僵硬地套上铠甲，道："我们现在向哪个方向走？"

"探路的一组斥候只回来两人，没法等了，"尚山谷道，"南边大路已先被封锁，至少有百十人在布防，已经架好连弩，竖起尖桩；北进鹧鸪谷的山口处，野熊兵源源不断地加入战场，向北，便要正面遭遇；东西两侧是小莽山的坡脊，阳宪镇有上千把火把，只怕向东西前行，等于把自己变成箭靶子。这里就像一口大锅，我们被扣在里面了！"

尚山谷语速很快，豪麻听得毫无重点，头痛欲裂，觉得口中发苦，往地上啐了一口，却有半口是血，原来适才打斗中他脸颊被冷箭划过，嘴角破开，牙齿松动，却全然不觉。

仿佛为了映衬地面杀戮的残酷，此刻天上浓云泛起，遮住了月光，显得四处影影绰绰，仿佛森罗地狱。

"先上马。"浮明光暴喝。这阳宪镇内此刻密布着千余兵士，没有马匹，无论如何也难以逃出升天。

战马长嘶，豪麻翻身上马的一瞬间，耳畔响起一声惊叫，是那个女孩子。

"傻了吗？快走啊！"扬觉动等人已经打马飞奔，只有甲卓航在焦急等待着豪麻跟上。

指间错　221

火光把酒肆内的人影拉扯得千奇百怪,仿佛妖魔狂舞,世界充满了火焰燃烧的噼啪声和金铁交鸣,偏生唐笑语的细细呼喊能够准确无误地传入他的耳朵。

豪麻戴上头盔,甩去脸上的汗水,嘴角的伤口血流不止。

此刻他已披上重铠,钢铁沉甸甸的重量让人心安。

唐笑语的呼喊萦绕在他的耳畔。"不要反抗。"他默默低语,随后转身打马,黑马长嘶一声,闪电般奔进夜幕中。

马蹄先是踏在青石板铺就的街面上,发出鼓点般的响声,众人调转马头,护着扬觉动奔上了土路之后,又发出沉闷的噗噗声。视线不好,马匹自动放缓了速度。

豪麻擦去额上的汗水,意识到这是在向西前行。这一边靠近鹧鸪谷的入口,不断有骑行的野熊兵在火光的映照下远远驰过。

扬觉动勒马,众人停在了一片高大建筑的阴影中,这里是一座海神寺,在南渚的每座城镇尽头,必定有这样一座木石结构的高大建筑。隔着一堵高墙,零零星星地火把光亮在游荡。

"必须要有方向。"扬觉动说。

"从这里绕下去,便是可以纵马奔驰的大路,鹧鸪谷下来的兵士们,就从这里跑进阳宪。"甲卓航好不容易喘匀了一口气,开始介绍。

此处地势较高,极目望去,可以看到阳宪镇中四处流动的人马。

"火光起处,应该是阳宪赤铁的驻地,看样子商栈和市场都已经烧起来了。"尚山谷持重,进入阳宪镇前,就仔细研究过南渚的舆图。

浮明光点头:"火把在逐渐向南集中,可能是有赤铁在突围。照常理,这里是从鹧鸪谷下来后首先被控制的地区,可是这里并没有布防。"

甲卓航拍拍残破的墙壁,道:"这寺只剩了一个空壳子,也没什么可防的。"

"百鸟关已失,反向上行,死路一条。他们在这里燃了一组火把,就下去劫掠了。"斥候伍扬是伍平的弟弟,浮明光派出的斥候一组五人,回来的只有他和"羚羊"安顺。

一组火把是指五名士兵,野熊兵和所有军队一样,用火把来进行夜间沟通,但正如豪麻所料,这些叛兵不过是一群乌合之众,他们也许勇猛善战,不乏仇恨和欲望,但他们缺乏起码的纪律。

"燃起火把,"扬觉动抬头,夜幕中黑黢黢的小莽山愈发高大,"把走散的人找回来,再找一个向导。"

"也是,火把都这么多了,也不差我们几个。"甲卓航的坐骑不安地扒着草皮,无论在什么情况下,他都能随口乱说一气。

阳宪的火光映红了天际,月亮先是被浓烟遮蔽,又被浮云覆盖,空气中弥漫着潮湿腥甜的气息。众人沉默,这时候,上哪里找熟悉地形的向导去?何况要找人,意味着必须有人重返阳宪,也许大公的意思是,需要有人去吸引野熊兵的注意,创造机会……

空中零散飘落几滴雨水,甲卓航伸了伸舌头。

"最多还有半个时辰,下雨时我们必须离开。伍平、安顺……咱们走一趟吧？"

"你留下，我去。"豪麻打断了甲卓航的话。

"你去？"甲卓航惊讶地看向扬觉动。但扬觉动和浮明光都没有说话。

"你在想什么，是不是要回酒肆！"甲卓航一把抓住豪麻的小臂，低声问道。

豪麻没有回答，紧了紧自己的臂带，对伍平和安顺做了一个出发的手势，三人打马，向来时的方向疾驰而回。

起风了，带着海的咸腥，他们踏过草地，先转了一个弯，又过了片刻，在与众人完全相反的方向，安顺的响箭冲天而起。

三

马背颠簸，视线也变得模糊起来，这一刻，扬觉动、浮明光、甲卓航，还有所有的兄弟应该都在望着红色的天际。他们当然希望自己回来，但肯定不希望自己带着大批追兵一起回来。

时间有限，不管自己这三个人能否顺利回归，豪麻可以明确的是，驻扎阳宪的赤铁军已经失去了抵抗能力，正在被野熊兵肆意屠戮。这里的混乱很快就会平定，来时的道路不能走了，下雨是最后的机会，大公一行必须逆行，冒险通过鹧鸪谷。

安顺在前，伍平的身影则隐藏在街角和屋檐下的暗影中，豪麻脚下的草皮被来往的马蹄掀起，踏成了烂泥，马上的重甲在步行时变成了累赘。酒肆没有被点燃,但里面已经不再喧哗。

提到向导,他首先想到的,是那个求救的少年赤铁,他能在一屋不相干的陌生人中独独向自己呼救,足够机警,也足够灵巧。

不过,他更想知道那个叫唐笑语的女孩子究竟怎样了。征战中的劫掠通常都十分潦草,如果能躲过士兵们在混乱中兽性大发的一刻,也许就会平安。

当然,这时的幸存者不必被乱刀砍死,他们会被人从各个角落里驱赶到广场上、拷问后勒死。

有两名失散的兵士听到响箭后赶来会合,两人身上都有伤,有了这五个人,可以勉强组成一个突击阵型。

离客栈还有一段距离,众人便远远下马,走得非常小心,如果不幸被野熊兵发现,他们只能选择与海神寺相反的方向突围,以引开注意,但这意味着死亡。

破碎的窗栏下躺着沉默的尸体,大门洞开,酒肆内依然烛光摇曳,却异常安静。豪麻远远见到那个赤铁军少年面色苍白地站立着,他被一只长枪扎穿,钉在了大堂的木柱上。

豪麻心里一沉,向导没有了。

犹豫了片刻,他还是走了进去。

紧接着他看到了唐笑语,她仰天躺倒在地上,身上趴着一个赤铁军士兵,裤子脱了一半,这赤铁军士兵的背后则插着一支羽箭。她的脸上有血迹,紧闭双眼,但眼珠却缓缓在眼皮下滚动。

豪麻也不知道为什么自己变得如此急切,他大步向前,掀

指间错 225

开这个士兵，赤心忽然跃起，他反手一滑，赤心上溅起一串火花，有什么东西滑过刀身。

手法很地道，这小姑娘手里有刀。

他一把把那匕首握在手甲之中，扭了下来。她反身就跑。

"别走！"他一把抓住她的后襟，唐笑语一挣，刺啦一声，竟把她本就破烂外衣扯了下来，露出整个赤裸的脊背。

牛油残烛的灯芯噼啪作响，唐笑语咬着嘴唇慢慢转了过来，蓦地瞪大了眼睛，豪麻的半边脸都在胀痛，烛光在自己的乌油油的黑甲上跃动，自己的脸上有一道长长的伤口，一定会显得非常狰狞吧。

唐笑语哇的一声哭了出来。

豪麻缓缓吐出一口气，伸出手来，道："跟我走！"

唐笑语神色不对，她眼中瞳仁里有一点白芒闪烁，尖利的呼啸声划破空气。

几乎没有思考的时间，唐笑语就在身后，他不能躲。

豪麻听声辨位，回身横刀胸前，当的一声大响，一支羽箭正中赤心，火星四溅，震得他后退了一步，好刚猛的力量。

如果他躲闪不及，这一箭必定将他和唐笑语穿在一起，羽箭被他刀背所挡，滑开一旁，余势不歇，插入梁柱，犹自不住震颤。

豪麻抬眼寻找射手，箭来的方向一团漆黑。箭手如不是飞快跑开，便至少在百步开外。豪麻这一惊非同小可，这箭长三尺有余，绝非弩箭，他深在酒肆之内，酒肆的门梁不过丈许，这么远的距离，羽箭必须近乎直射方能不被门梁阻挡，如此强劲的力量，真是骇人听闻。

他回身把唐笑语推到柱后,远处隐约有亮光一闪,屋上戒备的伍平显然发现了目标,发箭回射,黑暗中又是两箭穿出,第一箭竟将伍平的箭从中射断,第二箭跟着激射伍平,豪麻只听得格楞楞瓦片碎裂之声和一声咒骂,是伍平跌下房来。他踉跄站住,一只羽箭赫然插在他的弓背之上。

　　"他妈的,好厉害,"伍平显然也是在生死之间走了一趟,将那箭拔出在自己弓上一比,"怎么会有如此强横的弓?"

　　"二位好身手,在下佩服!"夜色中远远走来了一个人影,正是和几人同坐把酒的吴亭,此刻,他的手中擎着一把和夜色一般漆黑的长弓。

　　"哈哈哈,他妈的,果然好弓,只是我在屋上,无从借力,再来一箭看看!"伍平不赞人先赞弓,十分不服,又是一箭拉满,直指吴亭。

　　吴亭摊开双手,道:"几位果然不是凡夫俗子,我奉命早早来驿站布置,本来应该把诸位都射死在这门口。"他笑了笑。"开始我还只道是诸位运气好,竟从后窗直接撤离,现在一试,却是我自大了,这当面背后地射,也奈何不得两位呀!"

　　伍平看了看店中倒下的野熊兵,大都背后插着一支箭,疑道:"这是怎么回事,你怎么射起自己人来了?"

　　吴亭越走越近,道:"我是卫中宵大人的家将,不是野熊兵们的斥候。而且,我不喜欢没有规矩的人,也不太喜欢没脑子的士兵。我不觉得把歇脚聊天的地方变成屠场有多么有趣。"

　　伍平看了豪麻一眼,道:"你这人有点意思,就有规矩这件事儿,和我们家大人还真有点儿像。"

　　"你想做什么?"豪麻问。话一出口,他便禁不住开始思念

指间错　　227

甲卓航，若是有他在，对话一定不会变得如此突兀无趣、笨拙不堪。

其实此刻吴亭什么都不用做，只消发出响箭，把野熊兵们都召集过来就是了。

"实在抱歉，我恐怕还是得把你们交给小卫伯爵，你们知道，这里全都被野熊圈住了。"

"但你现在只有自己。"伍平皱着眉头，他的箭尖微光闪烁。

"你们有五个，是不是？哦，不，六个，"他看了一眼唐笑语，伸出手指，指着她，"这个尤其危险。"

"没错，你们有七个，也许你再说一句类似的话之后，就只有六个了。"安顺从暗影里走出来，手中的匕首架在一个野熊兵的脖子上。

吴亭侧着身子打量了安顺一眼，对伍平道："建议老兄把弓先收起来，喏，像我一样，"他举手示意，"任何人满弦如时间如此之长，都会非常辛苦。作为一名弓手，我不希望被人射死，尤其不希望被射死的原因，只是由于手抖。"

豪麻看看吴亭，道："放人。"

如果野熊兵里再多出一两个如此强劲的对手，今晚，注定无处可逃，和他们对峙，是在浪费宝贵的时间。如果扬觉动和浮明光在，一定早就明白他引而不发，一定是有什么目的，只是自己还是更善于用刀剑说话。

唐笑语转身跑开，但他此刻无暇去看顾："吴都尉，你有什么考虑，可以说出来大家听听。"

"我越来越喜欢这小子了，"伍平缓缓松了弓弦，嘿嘿笑起来，"他妈的，手臂还真是有点儿酸哪。"

"不瞒诸位，我今天抢到阳宪客栈，得到的密令，就是要把所有投宿的客商全部处决。走了一人，白安伯便要我的项上人头。"漆黑如墨的长弓被他挂在身后，红色的弓弦在烛光下若隐若现。"虽然他不一定这么做，但他确实是这样跟我说的。"

他的话里寒气弥漫，此刻海风猎猎，天空既无星也无月，云层渐厚，雷声隐隐，一场大雨即将来到。

这句话听得豪麻心中发紧，如果这吴亭带领数十名射手预先埋伏妥当，在扬觉动等逃奔的时刻，万箭齐发，想必就算有诸人拼死救护，众人也难逃一死。他和伍平对视一眼，暗觉庆幸。

"所以干吗放我们走？我们又不熟！"伍平憋不住心中的疑惑。

"是，我是故意的，我没有背后放箭。不但没有这么做，还看着你们疾驰而去，想到你们也许会回来，我还顺便清理了他们。"吴亭手指划过客栈中那些尸体，口中的他们，显然就是不肯离开，依旧在客栈中施暴的那几名赤铁军。

"为什么？"豪麻觉得自己问不出更好的问题。

"因为我的疑问，也许只有你们能够解答，"吴亭慢悠悠地说，"是谁要你们死？你们不是南渚的世家豪族，也不是追腥逐利的行商旅人。"

"你不知道？难道不是你的白安伯让我们死吗？"伍平大声接话。

"的确是他下的命令，"吴亭纠正道，"但说你们是携带重金的宁州富商，八成连他自己也不相信。"

豪麻沉默了片刻，道："我们都是无足轻重的小人物，白

指间错　　229

安也好，阳宪也罢，都太过渺小。今晚，一百个平民丧生，也许会让一千个人悲叹；一千名野熊兵哗变，也许会让一万名赤铁军登上战场；但今晚若有一个人遭遇不幸，燃起的连绵战火会席卷八荒。"他停了停，又道："你前所未见的、猛烈燃烧的战火。"

吴亭道："那看来我真的找对人了。我实在想不出，怎样的人才能让你们这些久经沙场的精兵投效。"

四

"除非他经营的不是财货，而是天下。"

他的声音低沉下去，再抬起头来，眼神复杂。"我不知道你们从哪儿来，但我很想知道，在过去的这段时间，是不是你们武装了野熊兵！"

这话一出，在场的几人都大为震惊，难道白安的叛乱并非简单的举义起事？野熊兵本来就被赤研家族釜底抽薪，赤铁野先扫荡了最为棘手的卫中宵部，随后又强行占领白安，以赤铁军的军备和兵力，加之白安的贫瘠，星散的野熊兵余部本应绝难再有东山再起的机会。

如果吴亭此言不虚，这次白安野熊兵突然起事，强攻阳宪，定是大大出乎青华坊的意料。背后没有强有力的支撑，实是难以想象。

"绝无此事，"豪麻眉头紧皱，"我们和此毫无干系。"

"否则怎么会自陷绝地。"伍平补充。

风从空荡的客栈内穿堂而过，老旧木窗发出吱呀的声响，门楣上，半截紫色的细绳在风中飘荡，那里原来有一串风铃。

"那么，我还是没有答案。"吴亭神情冷漠地看着桌上摇摆的烛火。

豪麻沉默着，等他继续。

吴亭叹了口气："从鹋鹕之乱到白安之变，老伯爵、我、我的弟兄们都在其中，但始终找不到方向，就像一颗颗棋子，被一只无形的巨手摆弄前行。赤研野大兵压境，我护送二公子卫曜逃离白安；昔日的兄弟被绞死、黥面、断腕，我来重组野熊兵；白安镇我带领三十死士箭杀赤研野，鹋鹕山口我们飞夺百鸟关，但我不知是谁让这一切发生！"

他转过身去，对着漆黑的夜色。"我不知是谁在背后支持了鹋鹕之乱，谁促使赤研井田将卫大人枭首示众，谁又暗中帮助野熊兵兴兵白安，我只知道，这个人，想要你们的项上人头。"

吴亭声音渐渐嘶哑："我活着，不过就是为卫中宵大人复仇，这决心锋如箭矢！老伯爵的霹雳弓还在，我以为终将得偿所愿。赤研野死去的时候，我也开心了片刻，但今日见到了你们，我又开始怀疑。我们只是这张大棋盘上的一颗小小棋子，而我连下棋的人是谁，都不知道。"

他这一番话说得豪麻头晕目眩，心中闪过无数可能，阳宪遇袭，真的是随机事件么？

一瞬间，他的心里已经闪过了千百个念头，其中一个就是，为何他们要行经阳宪，是谁帮助扬觉动做出了这个决定。

吴亭回身，似乎已经有了决断："想必你的主公，也是一位了不起的人物。但如今，也不过是这棋盘中的另一颗棋子罢了。我不知道谁在下这盘棋，但是我讨厌做棋子的感觉。"

指间错　231

如果扬觉动死在阳宪……如果赤研井田认为白安之乱吴宁边做了幕后推手……豪麻不敢再想下去。

"我也不喜欢做棋子,"豪麻的声音涩涩的,"下雨是最后的机会,如果我们再不离开阳宪,你的疑问,就会变成永远的秘密。"

吴亭的双眼中有火光跃动:"我幼年得卫大人知遇之恩,只知矢勇向前,从未想过退路。而且,敌人的敌人,就是我的朋友。"

吴亭声音很轻,但是斩钉截铁:"我很想看看你们能走多远,看看那个操纵棋盘的人究竟是什么模样!"他回身招手,另外五名弓手从四围的掩体中走出,远远地站在店外的黑暗中。

伍平长出了一口气,吴亭的话道出了所有人心中的疑问。他当然不愿意面对吴亭这个对手,因为他的弓真的很硬。他咳嗽了一声,道:"兄弟,杀谁我都没有意见,我们再不走,就来不及了。"

"向东是死路,我从那边来,我们没有办法通过百鸟关。"吴亭叹了口气。

天空划过第一道闪电,雷声隆隆。

"必须向东,我们可以从谷底穿过去,只是需要一个向导。"豪麻嘴角的疼痛牵引着他的神经。

"鹧鸪谷底?"

雨点流星般坠落下,落在吴亭面前的土地上,激起浅浅的浮尘。

"在南渚的歌谣中,电光是海神的利剑,而雨水是它的长鞭。我吴亭不敬鬼神,如果鹧鸪谷底真的能绕开百鸟关,千百年来,也没人要在悬崖上凿出一条路了。"

"我可以带你们走出去。"一个清脆的声音在众人耳旁响起。

唐笑语再次出现,她已经洗去面上的血迹,换上了一身蓝布紧身的服装,神情带着几分憔悴,眼睛却异常明亮。

大雨的喧嚣压盖了漫天的火光和士兵的咒骂,隐隐约约中,远方依然有人在搏命厮杀。通往海神寺的路途上,奔驰一些黑色的影子。伍平和安顺带着两名士兵,从满地狼藉的马厩中拖出了粮食和军械,而吴亭则牵来了备用的马匹。

通过商栈旁的道路时,马儿的嘶鸣惊动了一队正在路旁劫掠的士兵,他们护着将要熄灭的火把,拦在路中大声招呼,吴亭按住了伍平的马弓,冲那些士兵含含糊糊大喊了几句,雨声浩大,震耳欲聋,对方赶在泥水溅上衣服前闪到了路边,只是把火把晃了几晃,并没有跟上来。

"这些是你征召的士兵吗?"伍平扯着嗓子喊,一张口,带着咸腥的风雨一起灌进了口中。

吴亭拉下兜帽,脸埋在高领大氅之中:"如是我征召的,现在和你对话的,就是我的鬼魂了。"

伍平咧嘴,暴雨制止了他的哈哈大笑。

雨声太大,听不到响箭,豪麻想。他控制着黑马想要狂奔的欲望,黑夜中,必须把控方向。他的身边是一匹枣红色的母马,即使已经把身子压得很低,但暴雨和风依然让她在马上晃来晃去,但她一直没有掉下来。

片刻之前,当豪麻准备让唐笑语与安顺同骑的时候,还在

指间错 233

担心两人的重量和湿滑的路面会影响到大队前进的速度，但是唐笑语对他说，她可以骑马。

"这是战马，一般人很难驾驭，"他诧异起来，"雨天奔驰也很危险，和日常的骑行不一样。"

她只是小声说："我可以。"

于是现在，她就在他的身旁纵马奔驰。豪麻看着她跳上马鞍，敏捷得就像一只山猫，恐怕连扬归梦也不能将马骑得这样好。雨水很大，从每个人的脸上流下来，唐笑语一直紧咬着牙根，她在哭吗？

在出发前，唐笑语拉住了他的马缰，递给他一包东西，道："你爱吃那白米糕是不是？"豪麻愣住了，没有回答。

直到她上马远去，他的声音才在心中回响："是的，因为这白米糕中，有月橘花的香气。"

风雨吞没了所有的声音，大雨滂沱的时刻，他反而想起了这句话。

前方就是海神寺了，黑暗中，几支火把在哔哔剥剥地燃烧。

地上有尸体，豪麻心中怦怦直跳，抽刀在手、打马上前，火把映亮了他的脸庞，是伍扬。

"不碍事，几个野熊兵，应该是过来补防的，已经被解决掉了。"伍扬看着马上几张陌生的面孔，神情警惕。

"我们找到向导了！"伍平抹着雨水喊起来。

打马上前，扬觉动的右臂殷红，被简单捆扎在胸前，豪麻心中一惊，他受伤了！

甲卓航越过浮明光和扬觉动，穿上前来，虽有雨水冲刷，他的甲内白衣却都是星星点点的鲜血，像宣纸上点染的桃花。

显然刚才的战斗并非伍扬说的那样简单。

他却没有离开，豪麻望着那个有着钢铁般线条的老人。

"吴兄，"甲卓航笑嘻嘻地迎向吴亭，"你能来带路真是太好了。"

豪麻等准备下马，被扬觉动手势阻住。

他对着吴亭的眼睛看了一刻，又看了看他身后跟着的沉默的兵士，清晰地道："诸位好，我是吴宁边大公扬觉动。"

夜雨中的小莽山高峻幽深，盘山路通向阳宪的这一侧，断断续续的火光在黑暗中闪烁。

风雨如磐，豪麻小心地护着手中的火把，摇摆不定的光亮照亮了队伍前行的道路。积水从铁盔的缝隙中渗入，浸湿了内衬，整个人都因为潮湿紧绷了起来，寒意渗入肌肤，说不出地难受。

鹧鸪山口快到了，伍平忽地自言自语起来，当地敲了一下自己的头盔："戴着这劳什子玩意儿，一会儿就闷死人。"这一路，他都在诅咒着雨水和小莽山。

"山脊上不能走。"唐笑语仰头看着雨中黑黝黝的高崖。马儿踏到路两侧的泥土，低矮的植物拢不住松脆的岩层，细小的石块簌窣而下。

她说得没错，冒险上山，就算混杂着碎石的泥浆没有淹没这支小小的队伍，等到雨停，天光大亮，人们也多半会发现，他们已经被晾晒在光秃秃的山脊上了。

浮明光也一样抻着脖子看了半晌，才叹了一口气，道："小心些，跟着走吧。"

此时，通过小莽山口进入鹧鸪谷是他们唯一的选择，这意味着必须通过已在野熊兵手中的山隘口。

五

队伍沉默地行进着，只有甲卓航和吴亭有一搭没一搭地冒雨闲聊。天像漏了一样，众人都穿上披风，不管有没有头盔，都拉下了兜帽。只有伍平肝火大动，一直梗着脖子。

小莽山虽然带着一个"小"字，但在黑暗的雨夜中却是连绵不绝的庞然大物，随着地势渐渐升高，两侧的山脊逐渐陡峭，崖壁上的树木伸出枝桠，如伫立在半空的妖魔，山口的断崖有两块巨石高高悬挂，像两颗尖锐的獠牙，队伍的正前方，有一座近乎方正的石头堡垒，居高临下建在狭窄的盘山路入口，草草堆建的外墙顶端，巨大的圆木顶着飞翘的檐角，青草从堡垒的石缝间隙生长出来，火光下，在雨水中摇摆倒伏，像巨兽身上柔软的绒毛。

豪麻的心情和大雨一样沉重，一路上，他们都必须仰视这座粗糙的堡垒，虽然盘旋上升的道路很难觉察到山坡的陡峭，但这里狭窄的地势决定了旅人的命运，越靠近堡垒，越危险。哪怕是在视线模糊的雨夜，这支队伍也会在避无可避的情况下被射成刺猬。

一路上，不断有加入战场的野熊兵擦身而过，他们已经走入了敌人中间，如果吴亭在说谎……

"他娘的，这样陡，你们怎么打下来的。"伍平喘着粗气，黑夜和暴雨压得他愈加烦躁，"这鸟头盔勒死我了，我很快就要脑浆迸裂了!"

"翻过去就好了,其实隘口后面坡度不大,这要塞只是在这一面比较可怖。"吴亭看了看眼前这座小小的要塞,耐心地解释,"这不算什么,如果谁能正面攻下百鸟关,那才是真正的奇迹。"

"你们是怎么做到的?"浑身湿冷,脸上的伤口更是阵阵刺痛,豪麻也需要说说话,来分散自己的注意力。

"我们拿着赤研野的令牌,从正门走进去,然后占领了它。"

经过白安之乱,这种破关的方式可能永远无法复制了,豪麻想。

"那么背面呢?我们也可以从背面突破百鸟关?"

"没可能,百鸟关是真正的雄关,抵达那里的最后一段山路,由石梁悬架在半空,马匹经过时,都要蒙上眼睛。石路上不要说拔刀战斗,稍不留神,就会被风吹落深谷。"

"这么凶恶?"

"是啊,所以它才被称作百鸟关,因为只有长翅膀的鸟儿,才可以排队飞过。"

"什么?鸟还要排队?"伍平忽地转向唐笑语,"喂,小姑娘,我可不会飞,你说能绕开那个见鬼的地方,不是在开我们的玩笑吧?"

雨声太大,唐笑语瘦弱的身子在马上一起一伏,没有说话,很可能她根本就没有听到。

"我认为她现在没有心情和我们开玩笑。"豪麻说。

"妈的。"伍平小声嘟囔了一句,还是闭上了嘴。

这段路还要绕两个弯,马儿也在夜雨中疾驰了不短的时间,汗水和雨水混合在一起,牲畜的体表有一层蒸腾的水汽,众人放缓了速度,粗糙的巨大石条映入眼帘,隘口到了。

火光越来越近,一路上和谐亲切的气氛突然消失,队伍还在前进,但是人们彼此之间的关系似乎发生了微妙的变化。

雨水连成一条条细线,从天上坠下。吴亭和他的士兵走在先头,擦肩而过的野熊兵们全副武装。

擎着火把的士兵拦住了他们的去路:"白安伯有令,隘口只能出不能进。"

火光中,吴亭这一队人马显得十分古怪,有的穿着质地精良的重铠,有的则套着野熊兵的皮甲,有的则连铠甲都没有,他们大都裹在黑色的披风中,还有的披着简陋的蓑衣。

隘口的野熊兵们则身着鱼鳞甲,手持纹路黝黑的长刀。豪麻见雨水流过刀刃,化作滚珠滑落,这些簇新的刀刚开刃不久,与吴亭的旧皮甲和青钢刀相比,这些野熊兵的装备明显好得多。

吴亭道:"白安伯在哪里?"

"卫大人坐镇百鸟关,前方战场由辛都尉、史都尉、李校尉和吴都尉指挥。"

这是他们一路遇到的第一位尽忠职守的士兵。

"很好,让开,我就是吴亭。"

士兵迟疑着,没有挪动脚步。所有人都堵在路口,迎面走来的兵士也停了下来。

豪麻仰头看去,雨水打在岩石上,激起了浓重的雾气,隘口上方,影子晃动,有人从堡垒上下来了。

黑马不安地嘶鸣,鼻孔的热气在冷雨中变成了白雾,豪麻浑身紧绷,握刀的手滑腻腻的。

一名军官来到了众人面前:"你就是吴亭?你和你的斥候不是去灞桥了吗?"

"我有要事,现在要过隘口,面见白安伯。"

那军官把这队古怪的人马打量了一番,后退两步,道:"谁能证明你是吴亭?"

吴亭从背负的箭筒中拔出一根长箭,搭在弓上,抬手满弦,利箭穿破雨幕,发出呜呜声响,堡垒高墙上、屋檐下的那只火把被利箭分成了两半,翻滚着落下深渊。

"算了,大雨天的,哪有那么多真假。"几名骑兵分开众人,他们身后走出一匹枣骝马,马上是名魁梧男子。

"这些人形迹可疑,不能轻易放过。"那军官坚持。

"他们是去百鸟关,又不是要去灞桥,"那男子的马不安地在原地兜着圈子,"这里好冷,要是我,应该去有鸿蒙酒、女人和火堆的地方更好一点。"说着,他从怀中掏出一个银酒壶,咕咚咕咚灌了两口,一张口,一股辛辣的酒气。他头上绑着一根赤色头带,并没有戴头盔。两腮铁青,满是没有刮干净的胡子茬,身上穿的,是和吴亭一般的旧皮甲。

"你又是谁?"意识到情形不对,那守关的军官刷地拔出了佩刀,叫道,"有白安伯严令,今晚谁也别想从这里过去。"

那高大男子跳下马背,大踏步走到那军官眼前,足足比那个军官高了一个头,他贴着那军官的耳朵,道:"你得相信,有些人的话其实就是随便说说,当不得真的。"

紧接着他回过身来,走到这群骑马的人之中,把众人扫视了一遍,最后目光停留在了唐笑语身上,耸耸肩膀:"我再在这

指间错 239

里站下去，恐怕就要锈在这里了。"

这人身上气场强大，豪麻和他近在咫尺，立刻感到一种无形的压迫感。去看吴亭，发现自从这人出现以来，吴亭仿佛变成了一尊雕像，僵硬在马上，再没有说过一句话。

"让他们过去，他是吴亭。"那高大男子拍了拍吴亭的坐骑。

"不行！"那军官大吼一声，"出刀！"只听得铮铮连响，他身后的士兵和那男子的随从几乎同时钢刀出鞘。

"我说让他们过去！"这男子张嘴暴喝，如虎啸山林，震得众人耳膜嗡嗡直响，他猛地回头，一刀劈了下去，那军官横刀来挡，当的一声轻响，守关将领上好的精钢刀被从中劈断，他的头盔裂为两半，一道血线从他的额头笔直划过鼻尖，一直延伸至锁骨正中。

所有人都猝不及防，那将领的尸身直挺挺倒在大雨之中，泥浆四溅。

豪麻的战马长嘶退后，也只是这一瞬间，他已赤心在手，定身再看身旁，除了扬觉动仍旧一手牵缰、一手吊在胸前，其余的人等纷纷亮出了兵刃。

"你不认识吴亭就罢了！你连他妈的连霹雳弓也不认识！"这男子大吼，面目狰狞，他抹去溅到脸上的鲜血，从皮甲中掏出酒壶，咕咚咕咚又灌两口，翻身上马。

"你们过去吧，坐镇百鸟关的不是白安伯，好自为之。"他对吴亭努了努嘴，张口去接天空下落的雨水。

吴亭对那男子看了一刻，双腿打马，引导众人鱼贯而行。

唐笑语走过那男子身边时，他伸手拉住了她的马缰，抬手褪去了她的兜帽，唐笑语的几缕发丝荡了出来，湿漉漉贴在脸上。她颤抖着，说不清是由于恐惧或是寒冷，他的手滑过她的嘴唇，嘴唇薄薄的，没有血色。

他解下身上大氅，披在唐笑语身上，慢慢系好，道："小姑娘骑马，小心着凉。"接着转身，被一众人马簇拥着往阳宪而去。

一行人惊魂未定，马匹前后相贯，小心地踏着湿滑的路面，通过了狭窄的隘口。

在山口之北回望那堡垒，果然是又平又矮，毫不起眼的一座小工事，不知为何从下面看起来竟是如此壮观狰狞。远处的山脚下，蜿蜒的火把又开始流动。

"刚才那人是？"豪麻抑制住依然强烈的心跳，终于忍不住问道。

雨势不歇，夜色漆黑，吴亭的眼睛望向面前被火把映照的一小块光亮。

"白安伯卫曜。"

他的声音轻轻的。

六

大雨转成小雨，夜色也逐渐清朗，鹧鸪谷中水声沥沥，他们进入了两山间的天然裂隙，两侧悬崖高耸，地貌奇伟。

"传说小莽山中有九十九道裂隙，但绝大多数裂隙中不是有绝地天坑，就是有怪兽蛰居，也有人说，这谷中裂隙，道道相通，回环往复，只要一道走错，就会陷入海神的迷宫，永远不得脱身，"吴亭看了一眼唐笑语，"只有这一道裂隙将天堑变为通途，一千三百年前，突然被海神挥鞭劈开，引来百鸟群集飞翔。"

"若是海神所为，他一定相当手巧，这盘山栈道确是难得的神迹，"浮明光望着在他们头上依山盘旋的商路，忍不住感叹，"如果没有这条路，南渚和吴州宁州的通商就要晚上数百年，没有南渚今天的繁华，白安更可能不复存在。"

浮明光提到的传说每个人都耳熟能详，千年之前，海潮奔涌，平明古道尚在淡流河下。

"浮先生说得不错，但如果没有见过百鸟关前那三里的悬空石道，便不能说见到了真正的神迹。二十年前，我和家父争论海神是否存在，是这条悬空石道说服了我。"吴亭的目光随半山上的商路消失在云雾深处。

暴雨初歇，月亮散发着朦胧的光芒，过了隘口，唐笑语带领众人离开大路，下到深谷之中。谷底巨石耸立，崎岖不平，漫溢的溪流在乱石间流淌，众人只得下马缓行。

"我们要不要试试，万一百鸟关防备空虚？"伍平眼巴巴望向头顶那条宽阔平坦的大路。眼下他们在巨石的罅隙中穿行，在黑魆魆的树丛和暴涨的溪水间跋涉，这些地方根本就不能被称之为路。

"走上面，没可能出去，"吴亭打断了他，"卫曜暴躁嗜酒，但一点都不糊涂，他说百鸟关有人在等着我们，那就是有人在等着我们。就算那里只有十个弓箭手，只要事先撤掉栈道的木板，也足以把我们都射死在关前。"

扬觉动也在注意聆听："刚才那些兵士居然不认识你和白安

伯？"他的右手被简单包扎在胸前，棉布中隐隐渗出血迹。

"大公也看出了，他们不是来自白安的军队。卫中宵大人当日身死，我们在东躲西藏中聚拢野熊兵残部，一共不到二百人。二公子是个狂放的猛士，却不是优秀的统帅。"他叹了口气。

"没有胜算，白安弃兵想要打下去的并不多，附近几州的流民和散兵我们又没钱粮招募，所以白安野熊兵的规模一直很小，直到卫曜不知怎么忽然有了钱。"吴亭的表情十分困惑，"那些日子，通过鹧鸪谷和安水，有源源不断的钱粮和军械运到，越来越多的外州兵士加入。二公子无所谓，任何人，只要能和他一同走上战场，他都来者不拒。"

"所以你并没有参加野熊兵后来的招募？"

"我没兴趣，我正带着老弟兄们去算计赤研野，"吴亭小心避开树丛和脚下的石块，"这新来的千把人，我压根不认得。"

"就像昨天那个士兵？"

"嗯，不仅我不认得，卫曜也不认得，我从没见过这么混乱的军队，杀猪的、种地的、地痞、流人、黥面断腕的刑人，来历不明的外州士兵，不过他一点都不在乎。连这个白安伯都是他为自己册封的。对，卫大人死后，赤研井田褫夺了卫氏的一切封号。"

"我了解这种人，有些人就是对自己的生命没什么所谓。"豪麻接口，在这七八年的军旅生涯中，那些没有未来的兵士才是主流。

吴亭叹了口气："二公子聪明，但是只限于他不喝酒的时候。老伯爵被诱捕的那一天，他没中招，是因为正在李吴的妓院里喝得烂醉如泥。"

"李吴？"

"对，大公你封疆裂土，几乎统治了吴国和宁国的一半，却是最麻烦的那一半。而吴国就算分裂成为白吴和李吴，还是蛮繁华的。"

扬觉动笑了："你说得对，我父亲挣来的这一大片土地，除了使我必须枕戈待旦，也找不出第二个优点。"

鹧鸪谷内果然有数不清的天然缝隙，唐笑语带着众人穿过了一丛茂密的金缕梅，水声也渐渐远去，这时天空已经变成了一条细细的线，盘旋的商道再也见不到踪影，隐约的光线从空中点点滴滴漏下来，众人走进了一条布满碎石的狭长通道，更前方，天空的那一线光芒完全被合拢的山峰挤压，众人决定在这里过夜。

虽经过大雨的冲刷，鲸脂火把依然很容易点燃，聚拢枯枝，山腹中升起了温暖的火焰。篝火旁，人们分吃着不多的食物，经过一夜的奔波疲累，更多人直接进入了梦乡。

唐笑语在燃起的火堆旁蹲下，抱着膝盖，她没有更换的衣服，只能反复在火焰旁挪动身子，希望能尽快把衣服烘干。

豪麻看甲卓航翻遍背囊，最后从鞍袋里翻出了一块压扁的红枣糕，向唐笑语走去。

林中幽静，他半闭眼睛倚在二人下风不远处，甲卓航和唐笑语的谈话断断续续传入耳中。

"小姑娘，来尝尝，看比你的白米糕如何！兼味斋的，八荒驰名。"甲卓航笑嘻嘻地，挑了一个靠近篝火的位置，把自己靠在一块干燥平整的石头上，嘴里嘟囔着："一天也没吃上安生饭。"

唐笑语并没转头，嗯了一声，权做回答。

"你是唐震的女儿？"

"不是，他是我远房大伯，"唐笑语的声音很低，"父亲死了后，他一直照顾我。"

豪麻半眯着眼，看甲卓航挠了挠头，不知为什么抬眼看了看自己。

"听说走出鹧鸪谷要花七八天时间？这是不是也太长了点儿？"

甲卓航问的，也是豪麻心里想的，大家心里清楚，如今对时间最敏感的，当是扬觉动，一切风平浪静还好，万一南渚生变，他们又没能在预定时间到达毛民，各种流言和猜测就会迅速传遍八荒，那时候会发生什么事，不可想象。

"其实路也并不远，也许一天就可以走出去，也许十天半月我们也出不去。"唐笑语闷声说。

她回过头来，火光照在她的脸上，眼眶泛红。不知道为什么，这小姑娘长得和扬归梦有一丝相像，那个顽皮的小姑娘不知道怎么样了。想到扬归梦，豪麻的心思沉重了起来，他把赤心慢慢抽出，轻轻擦拭，手指从赤心背上凹槽掠过，仿佛这把刀是他最亲密的爱人。

"吓，可不要吓唬我，我和大安城的红杏姑娘有约在先，如果我三天还到不了，她恐怕就要另觅新欢了。"甲卓航叹气。

"甲、甲将军，你们定了亲？"甲卓航成功地吸引了唐笑语的注意力。

指间错　245

"什么真将军假将军，"甲卓航一脸严肃，"我这个姓氏本来就吃亏，聪明的从来不这样叫我。"

唐笑语道："我只知道你姓甲。"

甲卓航歪着头，道："叫我甲卓航，你识字么？对，甲乙丙丁的甲，对，就是这三个字。"火光旁唐笑语在地面上划来划去。

"这年头，识字的姑娘可不多。"甲卓航的嘴总是甜，唐笑语的脸微微有点儿红。

"会骑马、会识字又会做一手好菜的姑娘，我觉得这世上绝不会超过两个。"

唐笑语的脸更红了："哪两个？甲……甲卓航。"

甲卓航笑嘻嘻地道："一个嘛，不用说，就是你；另一个，自然是我老婆啦，虽然还不知道她在哪里，但今天见了姑娘你，我对她也就大概有个谱儿了！"

唐笑语的脸红到了脖子根："你这人怎么油嘴滑舌的，你不是有了红杏姑娘了吗！"

甲卓航笑道："红杏不爱我，我留给她的银子不够多。到了吴宁边，我介绍你们认识啊？"

"啊，她嫌弃你没有钱？"唐笑语没听懂。

"这话怎么说呢？"甲卓航眉头微蹙，"我有钱的时候她更爱我！"

豪麻摇了摇头，红杏是大安城中春雨楼的头牌，甲卓航常去找她，一笛一筝寻个开心，也说不上有什么特别的亲近，这会儿又拿出来逗这个不谙世事的小姑娘了。

唐笑语好像也忽地明白了过来，咬着嘴唇，不安地挪了挪位置，正对着豪麻。

"他的脸……受伤了？"豪麻及时闭上眼睛。

"他？"甲卓航的声音混在柴火的燃烧的哔哔剥剥声中，悠悠传了过来。

"他叫什么名字？"

"你是说，这个刚卸了甲、坐得特别直、假装闭眼的男人吗？"甲卓航的声音顿了顿，"他叫豪麻。"

深夜的密林中，泛起波波凉意，豪麻知道甲卓航又要开始胡说八道了，拍拍身上的草秆飞灰，准备起身离开。

人一站起，他便看到了火堆对面的甲卓航，正翘起一边嘴角，对着唐笑语介绍："对，豪麻将军，一个严肃的男人，"甲卓航用碎石在地面上写下自己的名字，拍了拍手上的灰尘，转过头来，"他很喜欢吃你做的白米糕。"

看他起身，唐笑语也飞快地站了起来，笑了笑，道："原来你真的喜欢呀！"

这不是在战场上，豪麻讪讪地，无从分辨唐笑语的意图，他张了张嘴唇，也不知道要说些什么，犹豫了一刻，还是转身要走。

"大人留步。"

"笑语姑娘，我还要值夜。"豪麻的话说得有些僵硬，他一张嘴，脸上就火辣辣地疼起来，然而他依然把每个字都说得非常清晰。

"我的名字只在桌前说了一遍，你就记住了呀！"她笑吟吟的。

是啊，什么时候记住的这名字，豪麻脸上伤口愈加疼了

指间错　247

起来。

"伤口必须处理，"唐笑语认真地说，"在鹧鸪谷中，不能见血。"她把每个字，也说得清脆清晰。

豪麻一愣，停住了脚步。

夜风吹拂，火焰静静地烧着，飞溅出细小的火星，火堆旁的唐笑语抱起臂膀缩了缩身子。她很瘦弱，却有着曼妙的轮廓。

七

她拿了贴身的药囊，伸出手来探伤口，豪麻浑身一紧，下意识伸手捉住了这只纤细的手腕。甲卓航却打着哈欠从后面拍了拍他的肩膀，道："我去睡了。"

不知道为什么，有一丝紧张。

一时间忘了松手，唐笑语却不急，慢慢等。

等到他觉得突兀，松开了手，她才从药囊中摸出淡粉色油脂来，涂在他脸上的伤口上。灼热的辛辣一点点蔓延，接下来，伤口的疼痛低了下去，心里的鼓点却快了起来，像在脸上反复扯着一根细细的红线。

"鹧鸪谷中不能见血。"唐笑语收起了药囊，又重复了一遍。

"有什么说法吗？"

"一些古旧的传说。"

"那大公怎么办？"豪麻忽地皱起眉头，扬觉动也受伤了。

"浮大人不让我碰扬大公的伤口。"

"哦。"是了，浮明光一向谨慎，怎么会让一个小姑娘去给大公治疗，话说回来，自己怎么从没想过这来历不明的姑娘可能害了自己。

治了伤就走，好像不大好，豪麻想了想，还是坐下，和唐笑语保持着一臂的距离，空气安静了一刻，忽道："那白米糕中，是不是放了月橘花？"

"是呀大人，你怎么知道？"

豪麻望着眼前跃动的火焰，道："我熟悉这香气。"

是啊，这是怎么也忘不掉的气息。他的心隐隐作痛，火焰中，隐约出现了一位身材窈窕的少女，她蓦地回过头来，面容却模糊不清。

"吴宁边的娴公主身上，常带着这种香气。"他的声音并无起伏，仿佛扬一依是一个和自己毫无关系的陌生人。

唐笑语有些惊讶："这位公主好雅致呀，南渚的小姐们是从来不用这七里香的，她们更喜欢用名贵而浓郁的苏合香，除此以外，龙脑、甘松、迷迭等香料也很受欢迎的。"

豪麻摇了摇头，他并不懂得香料这样繁复精致的东西，但月橘香气不需要他去特别学习。这月橘虽然带一个橘字，但和水果的"橘"字毫无关系。这是一种白色小花，花开仅得三五瓣，由于花朵过于纤细伶仃，因此常一簇一簇聚集开放。月橘花朵纤弱，但香气淡远，在山野和路边都极为常见，各州的百姓们就叫这小花七里香。

"是，这月橘花虽香味沁人心脾，不易飘散，但实在太过平凡，不像富贵人家应当采用的香料，她身上有这香气，只是因为爱这小花罢了。"豪麻对着唐笑语笑了一笑，脸上的伤口被牵动，倒是没有适才那么痛了。

指问错 249

吴宁边没有南渚的金玉繁华,从大公到民众,生活相对简单朴素。这小小的花儿在吴宁边的山阴水畔常有,豪麻小的时候,曾千百次从这小花上踩踏而过,也不觉有什么异样。然而在吴宁边扬府中,身上带有这七里香味道的,却只有扬一依一人。

她远虽在关山之外,这白米糕的香气却将她带回了他的身边。

"娴公主,她很漂亮么?"唐笑语侧着脑袋发问。

"天底下,她最漂亮。"豪麻语调缓慢,用手中的树枝去拨弄面前的野火,话中充满柔情。

"想必这月橘花和大人还有一段故事吧。"唐笑语抱膝而坐,火焰将她的脸孔映得红红的。

豪麻看了一眼唐笑语,不知道该说些什么。

所有的故事,都成为过去的事。

她小时候贪玩,浮明光时常带她出去踏青,她偏喜欢洁白纤细的月橘花,采了又采,衣上常带月橘的芬芳。浮明光见她喜欢,便告诉她,这月橘花果可散瘀止痛、行气活血、解毒消肿。她便牢牢记在心里。

那时自己为扬觉动驯马,常被马儿踢得鼻青脸肿。恰逢月橘花期已过,扬一依便采月橘花果来捣碎,跑来身边,一定要他来试上一试。浮明光的经验自是对的,她好奇试过,转头就忘了。但那柔腻温软的掌心在豪麻额头轻轻搓揉的一刻,他再难忘记。

此后扬一依年岁渐长,早不记得年幼时有过这样的故事,也是豪麻提起来,扬一依才笑着想起。只是豪麻心爱这女子,只把扬一依的一举一动,都记得清清楚楚。

自此以后他征战归来,见到路旁风中这摇曳着的小小花朵,总觉清丽脱俗、温柔解语,便如扬一依一个模样。

眨眼之间,那些曾经带着月橘清香的甜蜜感受,如今都已变得万分苦涩。回忆,真的是最最无用的东西。

"哪里有什么故事呢?"豪麻回答得僵硬,他本就不是一个善于言辞的人。

"我不知道这米糕蒸起来,那么多的热气,不会坏了花香吗?"他岔开了话题。

"新米米香正浓,上屉就蒸,定会淡了花味。所以呀,要用陈年黄稻将花瓣先行搅拌,外层再包上糯米,如是反复蒸上几回,就会留下这香气了。"唐笑语故作认真地解释着,分明不信豪麻刚才的回答。

她的眉眼有些扬归梦的影子,声音柔软温婉,又和扬一依有几分相似。

"黄稻不吸香气,这做法真的妙。"

唐笑语便抬头轻轻说出"正是"两个字来。

"大人若是喜欢,有空的时候,我可以多做些。"

"这白米糕很好,我吃了不少。"豪麻讷讷的,忽然之间,他不知道如何把话题继续下去。然而甲卓航已经沉沉睡去,伍平在外守夜,不知什么时候,这火堆之侧,只剩下他们两个人。

"怕还不只是不少,刚才那位甲卓航说,他想吃一块,也没夹到呢。娴公主一定温柔又漂亮,才劳大人这样挂心。"

她的眼睛清亮,几缕发丝垂下了额头,手指白皙纤长,仍带着半指的手套。适才就是这双手,控制着战马狂奔,游刃有余。

她别过脸去拨弄篝火时的背影,仿佛扬一侬的样子,然而她回过头来说笑的时候,却有着扬一侬没有的开朗。

此刻,她若有所思,豪麻心中也在想着一个问题,当甲卓航请命返回的时候,他为什么阻止了甲卓航?

确实,在酒肆饮酒时,他爱吃这米糕。当时微风拂过,那小小的瓷碟中一缕淡香让他凝固当场,这香气如此熟悉,以至于让他魂梦相系。他将这白米糕看了良久,一片入口,清香淡雅、不正是春天在吴宁边开了漫野的七里香么!

等唐笑语出来殷勤招呼,谈笑风生,他便生直觉,这米糕大概就是眼前这个女子的手笔吧。唐笑语生得一双剑眉,稚气中又有几分英气,和扬一侬和顺温婉的样子并不相像,倒有一丝扬归梦的影子,不知为何,他心中竟会有几分空落落的失望。

是为了这淡淡的月橘香气,还是为了关山之外的扬一侬?

他护着扬觉动突围而出时,竟少有地产生了犹豫,而他这个见惯了杀戮和尸体的战士,回到酒肆踏进门槛的那一刻,心里却颤得厉害。

是的,一直以来,他只能用本能来应对一次又一次的激变,没有半点犹豫思考的时间,但此刻,那个小姑娘就坐在自己身边,同在一堆深夜燃起的篝火旁细语,过去的事便一下子被拉得很长,他开始困惑,还有一点不知所措。

这个漫长的夜晚到底意味着什么?

"不早了,歇息吧,明日还要辛苦你带路。"豪麻觉出了自己口气中的生硬。

"多谢将军的关心,大人也早些歇息。"唐笑语嫣然一笑,这一问一答,一下子让两个人的关系变得生涩疏远起来。

豪麻犹豫了一下,最终站起,大步走出篝火的热力,脸上的辛辣已经转为清凉,血止住了,肿胀也在消退。

赤心归鞘,异常安静。

他总觉得有一双眼睛一直在背后望着他。

这不是真的,就和亲爱的扬一依一样,不是真的,火光闪烁,他能感觉到那些隐约晃动的影子。

第八章 海兽之血

离开小湖,顺着溪流的方向,前方是一条溅出彩虹光影的瀑布。"穿过瀑布,下方的山腹温暖又干燥,再翻越双石峰,就会看到平明古道了。"唐笑语从没有走过这条路,但此刻,她身上仿佛负载了千年的记忆,而一千年里,这条路她已经走了无数遍。巨木之下、重晶之上,那条流萤的长河,也在深夜流淌了一千年。

一

额间一点冰凉，唐笑语从梦中惊醒，昨晚的篝火早已熄灭，垒砌的石灶尚有余温，而清晨的露水已打湿了身下的柴草。

坐起身来，天光未明，那滴露水顺着脸颊滑到嘴角，痒痒的，伸出手指抹到口中，带着一点腥甜。她试着活动了一下身子，散了架一般酸痛，已经太久没有骑过马了，昨日在大雨中马背颠簸，又在鹧鸪谷中冒雨行进，耗尽了她所有的力气。

甲卓航抱着他的刀，斜倚在树旁，众人零落地散在周围，都还在睡梦之中。

那个男人呢？唐笑语揉揉肩膀，站起身来，发现了趺坐在扬觉动身侧的豪麻。火光是神界的灵媒。昨天篝火熊熊，驱散了雨水的潮湿，也驱散了黑暗，闪烁光亮中，那张写满隐忧的脸有着鲜明的棱角。然而在这个清冷的清晨看去，她才发现，其实他很瘦削，是火焰和影子带给了他魁伟的身姿。那道细细的伤口从一侧嘴角蜿蜒到他的耳根，留下一道深紫色的疤痕。

哪怕在睡眠中，豪麻依旧正襟危坐，身子微微弓起，豹子一样，一只手还是搭在他的刀柄上。

这究竟是一个怎样的男人？

太阳渐渐升起，谷底腾起了薄薄的雾气，若隐若现的水流声大了起来。唐笑语平心静气，闭上眼睛，一条模糊不清的黝黑道路上，银色的蹄印在闪闪发光，那是一条充满未知的曲折小路,她努力捕捉着它的影子,但随着日光渐渐暖了身子,它的方向越来越模糊了。

蝉鸣四起,众人醒来,整马备鞍,五彩斑斓的鹧鸪隐在密林深处,在一片"行不得也哥哥"的纷乱声中,众人打起精神,继续上路。

"小姑娘,你说这鹧鸪谷下的裂隙有近百条,我数了一下,从昨晚到现在,说不得也已经穿过了八九条,至多再走个不到九十条就能找到正确的路啦,是也不是?"这个叫伍平的射手毛发旺盛,两腮铁青,几根髭须已经万般不服地在他唇上探头探脑。昨日这人手痒,试图射猎,被她屡次制止,不知道这些人到底信上几分,鹧鸪谷底是见不得鲜血的。

"伍兄,千百年来,不知道有多少人想要绕过百鸟关,都失败了,你说这是为什么?"

"我怎么知道,你和她一起装神弄鬼!"

吴亭哈哈笑道:"你看这谷底裂隙,像不像蛛网?"

伍平举目四望,看不出个所以然。

"老哥,这是急不得的,走错一步,就是深渊。"

"我看吴兄说得对!自从海神劈开小莽山以来,入过这谷底的人不知多少,能出来的人嘛,大概两只手就数得过来。"甲卓航一本正经。

"你这家伙真是张口就来,"伍平眼睛一瞪,"姓吴的是白安人,他真真假假地胡扯也就罢了,你一个迎城出生的家伙,也来凑什么热闹。"

唐笑语被这几个以拌嘴为乐的人逗笑了,道:"甲卓航大哥说得太过夸张了些,数千年来,在这谷底失去音讯的的确不计其数，但一代一代传下来，走出来的，怕是也有百十人吧。"

这句话一下子驱散了刚刚快活的空气，唐笑语自知失言，若是有史以来，能走出鹧鸪谷的人屈指可数，眼前这许多人，能够走出去的机会又有多大呢？

也正是此刻，豪麻转过头来，看着唐笑语，好像要问什么，终究又没有说话。他毫无表情的脸上，笼着一层说不清道不明的阴郁。

唐笑语明白，豪麻的沉默代表他有太多的问题，可这十几个人的小小队伍中，每个人的问题都不会比豪麻少。

"唐姑娘，还有多久我们能穿过鹧鸪谷？"浮明光开口了，血腥而漫长的一夜过后，所有人关心的，都是如何能够尽快回到平明古道。

"浮先生，也许一两天，也许十余天。"唐笑语牵马在前，那些细微的艾草香气和脚下的溪流，告诉她前进的方向。

"要么一两天、要么十余天？哪里有忽长忽短的道理！我是个急性子，受不了这短短长长！这里没有路，深一脚浅一脚，湿雾缭绕，又连个风都没有，再走下去，还没出去，就要被蒸熟了！"伍平大眉毛真的皱了起来。

甲卓航瞪了伍平一眼，道："你若有翅膀，恐怕就是一个时辰飞回大安城，也还嫌太长，唐姑娘说时间不定，自然有时间不定的道理！"他转头笑嘻嘻地望着唐笑语，道："唐姑娘，是也不是？"

甲卓航话虽这样说，但看他狡黠的眼神，分明就是要她给出一个交代。

"两天回去便正好！我怎么会嫌一个时辰还长！"伍平说话

指间错　259

抓不住重点,大家便都哈哈大笑。

唐笑语摇摇头,道:"伍平大哥不要急,若想通过这谷底,必须找到路才行。"

"什么叫找到路?你没有走过?!"伍平的两道眉毛几乎立了起来,"这地方古怪得很,万一我们出不去怎么办!"他实在热得难受,此刻已经脱了甲搭在马上,他的花马也热,和他一起摆出一副勉为其难的样子。

唐笑语这句话说得众人都是一愣,一时无人说话。

"要是没有把握,我们还是回到山腰走商路好了。"豪麻终于开口。

"是啊,这一行干系重大,知道你小姑娘家家怕我们不带上你,你要是在情急之下胡编了这谎话,也该及早挑明才是!"连尚山谷也忍不住开了口。

众人不约而同勒马,停止前进。所有人的眼睛都看着唐笑语。

唐笑语在心中叹了口气,他们怎么知道海神的心思呢?他们深一脚浅一脚跋涉而来的道路,此刻已处处杂花生树、草长莺飞,被若有若无的雾气吞没了。

"路,怎么没有了?"甲卓航心思灵动,回马顺着唐笑语的目光看去,这声疑问便再也忍不住。

"唐姑娘,你怎么说?"吴亭的马兜兜转转,尽量语气和缓,"冲过百鸟关是绝不可能的,如果不走谷底,我们就只能原路返回,去阳宪碰碰运气。"

"太古怪了,"斥候安顺举起了手中的匕首,上面还沾着淡棕色的汁液,"一路来,我都在水松上做了标记。"他顿了顿。

"但是，这里的树是会自己愈合的。"他的话慢吞吞的，显得颇为犹豫。

"一共才几个人，有什么说不得！"尚山谷跳下马来，接过安顺手中的匕首，在旁边树上用力一划，树皮翻卷落下，树干上出现了一个深红色的口子，慢慢渗出汁液来，然后众人眼睁睁看那树皮慢慢地结痂收缩，渐渐合拢创口，不消片刻，刀刻处又复平滑光洁，不留半点痕迹。

这样的情况太过违反常识，每个人都目瞪口呆。

"这地方有古怪，我们走丢了。"尚山谷这句话说了等于没说。

气氛一时十分微妙。

"我相信她。"豪麻闷声说，转过脸来，看着唐笑语。

唐笑语心里一暖，适才一群人七嘴八舌，说到底，都是怀疑她能不能将大伙带出深谷。信任这件事，并没有那么容易。

"是的，这谷底的一切都和外面不一样，我第一次进来时，也是一样的感觉。"

她举目四望，手指在空中滑过，仿佛在抚摸什么。"这里的一切草木都如初生，刀砍斧斫、雷劈电击都无法留下任何痕迹，这里四季快速轮回，每一株植物都生机勃勃、清爽如新，连蜕落的松枝、凋零的落叶都没有疤痕、断口。"

"所以这是个什么鬼地方？"安顺皱着眉头用手指轻轻擦了一下刀口，一滴鲜血涌了出来，他看了半天，自己的伤口毫无变化。

"你做什么！唐姑娘说，这里不能见血。"甲卓航捉住了安顺的手臂。

唐笑语则飞快地在药囊内挖出一指的药脂，替安顺把伤口仔细盖上："不要再试了，我们不属于这里。"

"如果见了血，又会怎样？"豪麻难得再次开口。唐笑语知道，他在担心扬觉动的伤口。

"跟着我，就可以走出鹀鸪谷。"她没有回答。

唐笑语牵马带头，队伍终于又开始缓缓前行。

"人们说鹀鸪谷底是海神的寓所，"吴亭忽然道，"这几十年来，灵师们的势力衰微，这里变成了鬼怪聚集之地，已经不大有人提及这个传说了。"

"是，扶木原和小莽山一带，人们叫这谷底的林子白鹿深林，下有多如牛毛的天然裂隙，上面是云雾缭绕的万丈悬崖，巨石峭壁的暗影中终年不见日光。"

"想必是阳光太远了。"甲卓航拨开挡路的粗大血藤。

"是太远了，"唐笑语耐心解释着，"林子深处阴暗潮湿，藤蔓和青苔覆盖一切，没有了太阳，连东南西北也无从分辨。人迹不到，便是神的居所了。"

"这海神，是个什么东西？"

甲卓航用胳膊肘点点伍平，道："你在人家的地盘，要说人家不是？"

"什么劳什子海神鸟神，真的没听过嘛！"

甲卓航道："海神你不知道，灵师总知道吧？"

他不去理伍平的胡搅蛮缠，转过头对着唐笑语："不是说上古时有五神兽统治八荒？这五神兽之一的犬颉就是海神吧？"

"何以见得？"伍平并不想退出话题。

"昨天海神庙前面你没见到雕像？"

"没头没脑的,谁知道是个什么东西。"

"那赤铁军护心铜镜上的纹样,南渚的青兽旗你总见过!"

"哦,原来是那些玩意儿。"

浮明光道:"你们还小,在我小的时候,柴城还有南渚贩来的草编小兽,就叫作海神。孩子们为抢一只海神还会打得头破血流。那时候大家都觉得花花绿绿,新奇可爱。不过中州的孩子们连海是什么都不知道,更别提海神了。这些蛊惑人心的奇谈,近些年来,的确再没听过了。"

"犬颉是海神的神兽变,真正的海神是水灵重晶。"本地人吴亭加入了聊天。

"重晶又是什么玩意儿?"

"这,怎么说呢?"吴亭看向了唐笑语。

唐笑语也摸摸额头,道:"一些……水吧。"

"一些水?"

"是,就是一些水,很不一样的水。没有见过重晶的人,都很难相信它的存在。传说中重晶幻化为五神兽,曾经统御四海八荒。其中,最著名的两种神兽变,一种是犬颉,狮身龙首,是一只鳞甲光耀的烈焰巨兽,它代表了重晶勇武凶暴的一面,是历代南渚王朝的图腾,而另一种著名的神兽变,是性情温和的带翅白鹿,也叫蕉鹿。"

"我知道了,人们没法供奉一碗水。"

吴亭哈哈笑了起来,道:"你这样说,也不能说全无道理,总之呢,我们现在的所在,就是海神寓所了。"

"老兄,为客之道,还是要有的,不要大声喧哗。"甲卓航嫌弃伍平声高。

唐笑语看向伍平，这心直口快的武士显然对这一切不以为然，正歪着脑袋，深深叹了一口气。

"白安民间自古祭祀犬颉，也差不多有千把年的历史了。不过此一时彼一时，木莲建立后，海神的信徒们一日日缩减下去，灵师们死的死，散的散。七八年前，南渚最大的也是唯一还有灵师主持的海神寺，也被赤研家下令拆毁了。"

二

说话间，众人已走上一条狭窄的石梯，这阶梯平滑黝黑，晶莹如玉，映出了每个人的影子，有了树木再生的经历，大伙儿倒也不觉得有什么讶异。只是战马到此都惊恐嘶鸣，不肯靠近，众人不断安抚、生拉硬拽，这才能勉强通过。

"不是还有一头鹿？你们没有祭拜那个鹿吗？"

"伍平大哥，蕉鹿翅白若雪，冬死夏生，泽润万物，疗救众生，承载了海神的生机与善意，再温柔不过，怎么会没有人拜祭呢？凡信仰海神的地方，也都会拜祭蕉鹿的。"

"行吧，我真希望蕉鹿立即出现，我此刻真是要闷死了。"

唐笑语笑道："我就是在海神寺长大的，如果我说这些传说都是真的，你信不信？"

"阳宪的海神寺吗？"众人此刻唯一坐在马上的，是扬觉动，他一直没有下马，一是坐骑神骏，二是虽然经过浮明光的精心照料，他臂上的伤势却一直不见好转，过了一晚，身体更加虚弱了。

唐笑语道："回大公，是灞桥的海神寺。"

"灞桥？灵师们卷入朝堂之乱之后，灞桥的海神寺不是已经化作废墟了吗？"

"大公对于八荒故事，一定比我熟悉得多。我那时候还小，我只知道隐约知道发生了什么大事，赤研大公便要拆毁海神寺。不过很久以后，人们都说，最重要的，还是因为道家曾经支持赤研洪烈世子吧。"

"哦，"扬觉动和浮明光对望了一眼，"都说海神寺是重晶侍者的修行之地，你和他们有什么特别渊源吗？"

"你是灵师？"豪麻也看着唐笑语。

唐笑语脸色微微泛红，道："你们说笑了，我哪里够灵师的资格，我只是一个采珠人罢了。"

唐笑语此话一出，众人纷纷重新打量起这个身材瘦弱、总是两眼弯弯的小姑娘。

扬觉动点头："世人都道没有南山珠这种东西，但我当年在木莲见过一颗，只是采珠之人，今日才见到第一个。"

吴亭抱拳，道："南渚立国千年，南山珠也不过只出了六颗，大公见过南山珠，在南渚，就是受海神庇佑的确幸之人。"

"吴大人所言不虚，这南山珠对采珠人来说，也是几世方得一遇，我其实也并没有见过。"听到扬觉动说到曾见过南山珠，唐笑语的心跳都漏了一拍。千年来，南山珠现世，一直被当作山海巨变、重晶再临的标志，自上一颗南山珠出现到现在已经十余年了，那时候这世上却还没有掀起风暴，而那珠子，唐笑语不但见过，还抚摸过。

"大概三十年前，我在先王朝远寄的宫中，见过一颗正在沉睡的南山珠，时间仓促，未能见识其神奇之处。"

唐笑语道："大公说得极是，在太平岁月，南山珠并没有什么特别。"

甲卓航不耐寂寞，插话道："南渚的明珠，我也稍有了解，我来说说，姑娘看看有没有什么不对。"

夜行露宿，只有他把一身甲胄穿戴整齐，连领口和中衣接口处的铰链都细细擦过。

"南渚明珠名冠八荒，莹白如玉、绝无瑕疵的，称白珠，上佳白珠，一金一颗；幽蓝清透、暗夜流光的，称明珠，没有夜光的明珠，十金一颗，可以夜明的，千金一颗；还有一种，传说可以织云唤雨、应人悲喜，称南山珠，有市无价，有史以来记载，总不超过十颗。"

"甲大哥知识广博，对珠子的行情很是了解，说得一点都没错，人人都以为南渚明珠出自海上，确实，那白珠、明珠都是深海蚌类心血结成，但夜明珠和南山珠，都是和海神相关的宝物了。"

众人已经越过了狭窄的石阶，在林中，渐渐显出一条若隐若现的路来。

"明珠可以夜明，因为其是犬颉身上所披鳞甲被其愤怒产生的烈焰融化，掉落世间产生。犬颉本来就千年一遇，而它生性又喜怒无常，更困难的是，犬颉不怒，鳞甲不落，且没有其进行攻击产生的烈焰，鳞甲终究也无法变成夜明珠。最最困难的是，见过犬颉暴怒还能活下来的采珠人，并没有几个。"

"而南山珠，则和蕉鹿有关。南渚有传说，蕉鹿每生死一次，便会遗珠一颗。南山珠是弑神之珠。上古有传说，若是南山珠现世，必是重晶再临海神觉醒的时刻，而海神醒，火神墨羽也会同时临世，天下必然大乱一场。"

尚山谷道："唐姑娘，向你请教，这南山珠虽然稀少，但是存世也有几颗，咱们谁也没有听过这八荒乱了好几次。"

"尚大哥说的也没错，也许，这不过传说罢了，何况现在遗落在这世上的南山珠，根本没有人知道它们何时诞生，不过灵师们都说，千年前的青王朝立国那百余年的八荒混战，对应的就是其中一次了。"

"这样一说，我忽然想到，大概也是那个时候，海水退潮，才有了今天的平明古道吧？"

"对对，听说，箭炉城也是那个时候修建的。"

众人忍不住纷纷议论起来。

浮明光道："我有个朋友，叫作疾白文，是晴州来的羽客，他给我讲过，南渚的采珠人分两种，一种是善于海泳和捕捞的渔人；另一种人就神秘得多，世代和海中的神祇打交道，人数极少，他们的灵术，是晴州灵师之外的另一系传承。我问他，哪家的灵术更强一些，他说，优秀的采珠人，其能力是可与八荒最好的灵师相比肩的。"

疾姓，八荒最为顶级的灵师，大多都在这个姓氏的荫蔽之下，因此被誉为和神最接近的姓氏，但是也由于大灵师的归宿大都非常凄惨，也被称作被诅咒的姓氏。

在晴州灵师的位阶中，羽客是白冠、龙狮之后的第三等级，已经是灵师中高级别的大人物，以浮明光地位之尊，是不会随便编排故事的。

"是的，采珠人身份卑贱，无论乱世、盛世，只是些普通的手艺人，但是能采夜明珠的这一脉，确实也是蛮厉害的。"

指间错

至少，有一个采珠人，是很厉害的，这个人，就是唐简，唐笑语的父亲。

唐笑语四岁的时候，这个视她为掌上明珠的男人，曾带给他的小女儿一颗南山珠。

那是一个异常温暖的冬天，唐简在一个翠绿色的清晨敲响了柴屋的房门，他浑身都是雨水，脸色苍白，疲惫不堪。

关上门，他颤抖着从鲛皮口袋里面摸出了一颗滚圆的珠子，放在了桌上。唐笑语的眼睛瞪得圆圆的，完全被那珠子吸引住了。他对小女儿说，传说是真的，我见到蕉鹿了。

这颗红绿相间的珠子有着薄如烟雾的流光，伸手去摸它，温温的，仿佛有生命一般，让人心神宁静，舍不得放开。

不知道什么时候，屋顶上的雨水不会漏下来了，雨水落在空中，流转不去，形成了一个巨大的水泡，一层一层累积起来，团团围绕在小屋外。在唐笑语终于收回手的那一瞬间，这个已经累积得很厚的巨大水泡轰然炸裂，铺天盖地的水气扑面而来，淹没了这个好奇的小孩。

在漫天晶晶亮的水滴包裹中，唐笑语不哭不闹，咧开嘴笑了起来。

然后，唐简将南山珠收入背囊，带着四岁的唐笑语，踏上了去灞桥的路。

父亲把自己放在海神寺里，说去办一件极为重要的事，然后，这个男人就永远消失了。

她太小了，记忆的细节已经模糊，如果不是南渚青云坊里,那唯一的一颗南山珠还在陨星阁沉睡,她会觉得这一切真的只是个梦。

"家父是真正的采珠人,四岁起,我跟他去了灞桥,一直到九岁,我都在南渚道家长大。"

"南渚道家!怪不得姑娘会骑马、能识字,懂得这么多南渚古奥的传说轶事,"甲卓航拍手,"原来是在家学幼功,南渚的锦衣玉食,是真的养人!"

这甲卓航心思活络,对自己话中的细节分外敏感,反而是豪麻,毫无讶异,想到昨天火堆旁,自己一时忘形,把贵族们使用的高档香料报了那么三五样,如果对象换作甲卓航,可能这刨根问底从昨夜就开始了。

唐笑语把这些思绪排出脑海,笑道:"采珠人的女儿,哪有什么锦衣玉食的贵族生活,而且七年前,海神寺崩毁,扶木原的采珠人就算采得明珠也只能被商贾盘剥。以往采珠人每年都会结伴进入鹧鸪谷,那之后,几乎再没有人来了。"

"姑娘四岁进入灞桥?现在南渚唯一的南山珠,大概也是那时候现世吧?"浮明光看着唐笑语。

唐笑语抿着嘴唇,挤出笑意来,道:"我那时太小,不记得了。"

"哎,这就对了,近十余年,夜明珠的价格成倍上翻,越来越少,新入行的,大多没见过,原来是你们这些采珠人都转行了。"

幸亏甲卓航打岔。

"是的,传说只是传说,把夜明珠说成犬颔鳞甲,也无非是要多卖些金银罢了。夜明珠其实不过是重晶结晶,每过三五

指间错 269

年,总会结出那么一些,只是我年纪太小,没有学到采珠的本领,不能给大家细讲了。"

"诸位大人,接下来我们就要穿过谷底了,"唐笑语顿了顿,"这鹧鸪谷底,便是重晶之地。"

"我们会不会遇到,呃,你们的海神犬颉?"甲卓航有些犹豫。

"也许会,也许不会。"唐晓语在一片怀疑和犹豫的目光中,独独注视着豪麻的眼睛。

"我们走吧。"豪麻打马上前。

山中的路要一步一步走,快了,也并没有什么用处。这样长大到十七岁,唐笑语几乎已经忘记了南山珠的那一夜,忘记了在灞桥的十余年时光,是不是一个梦。

也不知道身侧的这个人,是不是一个梦。

三

重返阳宪,这是怎样的宿命?

阳宪初见,他便与众不同,一脸严肃、冰冷木讷,怎么看都不是讨人喜欢的脸孔。

谁能把他和昨夜火堆旁那个男人联系起来呢?那个男人,说起心爱的女人满眼的温柔和失落。她没想过,一个抽刀必要见血的武夫,竟也了解稻谷物性,知道灶火瓦釜蒸煮这些琐碎的事项。老唐要一桌清淡,她便做出四样小菜,而她最自得的那盘白米糕偏偏他最喜欢。

那围坐的四人,两个老者的注意力并不在吃食上,小菜可口，不过饱腹而已，甲卓航是个吃货，却品位不佳。单从味道上讲，济山豆腐也是极鲜的，可和这月橘糕相比，总是显得俗气了些。她想到使命，总想找个机会和他们接近，于是便从后厨转出来，看他们的反应。

甲卓航把豆腐一通猛夸，她在心底摇头，豪麻却把几片米糕翻来翻去，她竟忐忑起来。就算他更爱心中的女子，那精心做好的米糕，想必也是好味吧。

甲卓航要她再上小菜，冲着豪麻的这份珍重，她也愿意。

其他菜是好办的，只有这米糕颇费踌躇，那一刻，她是真想仔细再做上一屉了。她把新米和黄稻又舂将起来，加了今晨新采的月橘花，她慢慢细细地做，知道总会发生些什么。

酒肆生乱，险象环生，黑夜中，他的眼睛就在窗外看着，一个心跳的间隔，他就不见了。他会回来吗？他会回来吧。那几名佩刀而坐，对她小菜赞不绝口的客人，走了。椅倒桌翻、该留下的人总是杳无踪迹，只有噩梦无休无止。

有那么一刻，她甚至希望他们不要再回来，她觉得终老老阳宪或者死在这样一个夜里都并没有什么不好，她终于可以证明他们都错了。唐简的女儿，不一定是另一个唐简，她只想过最最普通的人生。

普通得像夜风吹过微弱的烛火，就这样无声无息地熄灭掉。

她闭上眼睛，直到吴亭利箭呼啸，周围陷入沉沉的寂静，只有她怦怦的心跳。

她心中一片空明，手里抽出了随身的匕首，等待最后的时刻降临。

然而，那个一脸冰霜的男人又一次在昏暗的灯光下出现，瞠目裂眦、身披重甲，带着浓重的血腥和杀气，为她挡住了致命的一箭。

她竟然没有意外的感觉，她实在很想问问他，在刚刚过去的那个充满欲望和血腥的夜晚，你，是为我回来的吗？

不过这是个傻念头，她小声对自己说，这只是一个采珠女孩见到英武男子后的狂想罢了。何况，他爱月橘糕，不过是因为另外一个姑娘，一个万人中央的、世上最美的姑娘。

"唐姑娘，唐姑娘，不顺着溪水走了吗？"唐笑语蓦然从沉思中惊醒，身后的一行人正在犹豫不决，自己和豪麻已经偏离了溪水，前方是一片繁花和杂乱无章的密林。

"我们要回去吗？"豪麻问。

"不要，"唐笑语嫣然一笑，"继续向前，只要穿越重晶之地，就能走出小莽山。"

蝴蝶在淡红色的野薄荷中翩翩来回，路旁缀满了白色、奶黄色的花朵，一路上，唐笑语都在跟着路旁零落的粉白色小花。

"这是蕉鹿的蹄印。"唐笑语小心翼翼地蹲下，伸出手去，触碰那七瓣叶子的小小花朵，她的指尖轻触，那花瓣竟慢慢变得透明，可以见到花瓣中蛛丝般的细细纹路，翠绿的花萼带着尖锐的芒刺藏在花瓣之下，同样依稀可见。

"好奇怪的花朵，"浮明光也蹲下来，当唐笑语的手指缓缓离开花朵，那花瓣的颜色又渐渐恢复粉白，"我也略通物性，却从未见过这样的花草。"

浮明光话说得平静，眼神里却满是焦灼。又行了大半日，众人的疲劳闷热都是小事，只是扬觉动的额头却渐渐烫起来，只半天的工夫，已经舌苔发白、眼神浑浊。

唐笑语早看到浮明光用紫苏叶和水线草来清热，但看起来收效甚微，这里谷深人杳，八荒医师们常用的草药十分稀少，加上环境湿热，为防瘴疠，浮明光对扬觉动的伤势极度小心。何况，他对重晶之地的凶险，全无概念。

不能说，说了只会徒增怀疑吧，可是，扬觉动若是殁在林中，他，又会怎么样呢？

不出所料，浮明光再次拒绝了唐笑语来医伤。

在这些久历沙场的武士们看来，扬觉动的伤势虽令人忧心，但也不甚意外，临阵受伤引起的高热，在战场上也是家常便饭。只是这伤口怎么看也不过是普通的箭伤，伤及扬觉动的也不过是一支普通的铜箭，甚至放箭人的目标并非扬觉动，是伍平一箭穿心，对方的箭失了准头，楔进扬觉动护腕的缝隙，擦出了半指深的伤口。这枚箭头浮明光一直保留，反复检视，也未发现什么异常。那箭头老旧，带着自然锈蚀的铜绿，或许有些许铜毒，但经浮明光清创包扎后，应该也无大碍。

这样的情况下，不知为什么走了半日，扬觉动竟然昏沉了起来。

那奇怪的小花在众人面前上下微摆，浮明光也学唐笑语，伸手去碰那花瓣，只轻轻一触，花瓣又生变化，呈现出淡淡的青褐颜色，他沉吟缩手，那小花的颜色又慢慢恢复。

"浮先生，你心中有很重的忧思呢。"

"这花可以体察心绪吗？"浮明光搓了搓自己的手指。

"我来看看。"伍平伸出他的拇指，按在那小小花朵之上，和唐笑语浮明光不同，他这指头由于常年控弦，已经骨节粗大，变形得厉害，这一按也颇有力道，看起来这小花就要经受不起，谁想在深深弯折后，这花瓣竟然又舒展，回复原状，花朵亦是慢慢透明，只不过带着些许红褐的颜色。

"这是什么意思？"甲卓航一边问，一边把自己的手指也触了上去。

唐笑语道："这红褐代表心中躁郁，伍平大哥的心中想必十分焦灼。"

正说着，甲卓航手触碰过后，那花儿颜色竟然变得也和伍平一般，甚至还要深上几分，他嚷道："坏掉了，这花坏掉了。"

唐笑语却笑："甲大哥，你的心境比伍平大哥还要焦灼呢。"

甲卓航火燎一般，慌忙收手，道："小姑娘，话不要乱讲，我为人最是光风霁月、坦荡清爽，怎么会和他一样！"

他这样一说，众人也懒得理他，只有伍平在一旁频频点头。

唐笑语却道："大家身陷险境，总有法子解决，你越散漫随意，想必心中越是放不下吧。我看伍平大哥、豪麻将军都有焦心之事，但想来，也就是一件两件，只有你，心里不知翻腾着多少件和自己全不相关的公案，就连我这个小小姑娘，你也要照顾周全，这样下来，心神就劳损太巨了。"

"我知道他，不管上一刻他在想些什么，只要他一刻不多嘴，总会马上想到下一件，"伍扬挤上前来，道，"我也来试试。"

唐笑语轻轻巧巧的一席话，让甲卓航的脸色变了数次，最终把自己想得愣在了一旁。

众人从未见过这样神奇的花朵，也都伸手去触碰，颜色浓淡各不相同，按唐笑语的解释，也大都不脱烦闷躁郁。

唐笑语走到豪麻身边，道："豪麻将军，要不你也试一试？"

豪麻迟疑了片刻，终于还是伸出手去，手指轻轻按下小花的叶片，却见一抹淡淡的黄色四散晕开。唐笑语道："没有想到，将军的心境却最是宁静平和呢。"

豪麻奇怪地看了唐笑语一眼，不出意料，这结论让所有人都觉得十分意外。

浮明光道："唐姑娘，这花特别，是什么来历？"

唐笑语道："这小花儿只有这鹠鸲谷中才有，采珠人们称其解语花，灵师们则叫它千忧解，都说是蕉鹿的蹄印幻化而成，不仅能感受人的七情六欲，还能显示人的气血精神、生命元气。"

"这花朵这样神奇，怎么从不见人提及？"

"天神们的四季和人间长短不同，传说五神兽以八百年为一季，而蕉鹿则冬死夏生，如今我们见到了这千忧解，大概蕉鹿已经复生世间，然而距离上一次它离去的神之冬季，已经过去太久了。"

吴亭道："也就是说，这中间已隔了一冬一春，整整一千六百年？"

"我们是这样口耳相传的，据说灵师们的典籍上也是这么写的，不过说到底，也没有人真能见证如此长的时间，大概夸张还是有的，不过这几百年来，确实再没有关于千忧解的记载。"

"反正你说什么就是什么了！"伍平道，"这些花儿虽然稀罕，但现在遍地都是，真正稀罕的，恐怕是你说的那条出去的路。"

"我也来试试。"在马上一直闭着眼睛的扬觉动突然说话。

浮明光和豪麻忙将他扶下马来，从清晨到上午的短短几个

指间错　275

时辰，扬觉动已经眼眶深陷，脚步虚浮，他在马上正襟危坐，不言不语，众人尚不知他的状况已经到了如此严重的程度。

四

和吴宁边的将士同行，自然少不得会聊到这个一地霸主，天下枭雄。

他也是唐笑语此行的主要对象。他们都说，这是个自制力极强的人物，青年征战沙场之时，曾经被羽箭射穿胸部，离心脏只有一指之遥，他硬是挺着拒不下马，直到敌人最后一面大旗倒在夕阳之中。陨星阁中，他只说要她跟住这一行人，将消息带往宁州，却没有说，自己要不要顾及这个人的死生。

如今的扬觉动，满头细细密密的汗珠，紧咬嘴唇、面色苍白，显然走出的每一步都用尽气力。

他的手指触碰到花瓣，花瓣上泛起了浓重的紫色，一丝一缕，凝聚不散，过了好半天，才慢慢褪去，然而被扬觉动碰过的那一瓣，竟然缓缓飘落。

浮明光看着唐笑语。

唐笑语咬紧嘴唇，没有说话。众人情不自禁都加快了脚步。

脚下的石子越来越细碎，慢慢转成丰厚的泥土，众人沿着千忧解零落生长的方向，一步步走进山谷深处。

吴亭和唐笑语行走在前，忽地抬手示意众人停止前行，众人顺着他的目光看去，晃动的蒿草中，有什么东西在阳光下闪闪发光。

众人都是战士，第一反应便是伏击者兵刃的反光。

伍平张弓,向那光亮之处连发三箭,对面却只有一只鹧鸪扑棱棱飞起,远远望去,除了巨石、古树、血藤,似乎又一切风平浪静。

等众人小心翼翼靠近之后,却发现有一具身材高大的骷髅,斜倚着一棵血藤,盘坐在地上。

他的身上零星挂着几片掉了釉的钢片,残甲上繁复的花纹显示出了精湛的工艺,这骨骼的大部分,都被绿色的青苔所覆盖,身体上的大部分关节都已经被蛀蚀殆尽,但露出血藤的一部分骨骼,却变得莹白如玉,非金非石。

"这家伙死去至少得有一千年了。"伍平走上前去,看那骷髅手里握着的一柄巨剑,它深深插入面前的泥土之中,同遗骨一样,这把巨剑上也爬满了青苔,只有剑脊一面靠近剑柄的地方,一颗幽蓝的明珠,在日光的照耀下散发着夺目的光亮。

"别碰。"甲卓航的话慢了一步,伍平已经伸手,那骷髅的手骨和他的手指甫一接触,竟纷纷碎裂,显然早已蜕成了薄薄的空壳,这碎裂从骷髅的指尖开始,迅速延伸到它的整个身体,除了锈蚀在背后岩石上深深的痕迹,不过片刻,这千年前的武士已经化作空气中的浮尘。

"见鬼了!"那剑柄上的皮绳木托也化作飞灰,伍平抿着嘴,从身上扯下一条粗布,牢牢缠住剑把,用力猛拔,布条散开,那巨剑却纹丝不动。

"有点意思。"伍平两手齐上,再次握住,凝神运气,又是猛地一挣,这次倒没有滑脱,他憋了一个满脸通红,这巨剑还是一动不动。

"让我来。"野熊兵卫官孙百里是个力士,他大踏步走上前去,也是双手握住剑柄,躬身拔背,大喝一声:"起!"

轰的一声,孙百里一屁股坐倒在尘埃之中,发现手头只握着一个剑柄,原来他力大无穷,生拉硬拽之下,竟把锈蚀的剑柄直接薅了下来。

尚山谷走上前去,斩断了血藤的根须,拨开厚厚的地衣和青苔,这才发现,这剑是插在一块巨石之中,天长日久,便和这巨剑锈蚀在了一起,如若想把这剑拔起,必得连着这千钧巨石一起,当然是个不可能的任务。

看到眼前的景象,众人尽皆骇然,这死去的武士不知是何方神圣,竟能插剑入石,这样的天生神力,闻所未闻,只是不知他又如何停留在此处,化为枯骨。

"这是不是夜明珠?"伍平拾起剑柄,目不转睛地看着上面镶嵌的珠子,好奇地问。

"没错,"甲卓航走过来握住那剑柄提了提,"好重。"

"我来看看。"伍扬掏出匕首,想把那夜明珠撬下。

唐笑语走上前来,手指在那明珠上抚摸了片刻,那明珠竟然变软,从那严密紧实的孔洞中脱落,在风中晃了晃,又重新变成坚硬爽脆的一颗。

伍扬张大了嘴,她把这颗夜明珠放在他的手中,转身继续向前走去。

越是前行,众人越是心惊,更多甲胄兵刃的残骸出现在众人面前,隐约穿起了一条看不见的路径,这些星散的物品有新有旧,年代不一,有的甲胄锈蚀掉了大半,还隐约能看出其上的铆孔和花纹,有的,则只剩下了巨石上留下的轮廓,而那轮廓又被流水冲刷,青苔覆盖,模糊不清。

在那武士残骸后，众人陆陆续续又发现了三五具相对完整的骨骼，从盔甲上来看，他们应该是一同进谷的战士，这些留存的骨骼都是依托山崖或巨石，或坐或卧，都被血藤和植物覆盖，所以能够保留至今，但这几具尸体的倒伏方向，却令人惊疑不定。

这些经验丰富的战士，都背向千忧解延伸而去的方向，正互为掩护，试图躲避着什么，只是也许伤重，也许力竭，也许受到突如其来的攻击，他们终究没能再向着离开的方向迈出一步。

不知从什么时候开始，每个人刀在掌中，或是箭在弦上，缓缓前进。

唐笑语想要说些什么，终于忍住，因为吴亭已经满弓，他们的正前方，水声激激，弥漫星星点点的绿色荧光、重重水雾中，有一个黑色的影子，隐隐是一个坐着的男人轮廓。

"不要射。"浮明光按下了吴亭的手，千百颗荧光中的一颗似乎发现了他们的存在，飘飘摇摇向他们飞来，到了目力所及的范围，大家才发现，原来是一只萤火虫。

"这比我们田间要亮得多啊。"这只小虫悄悄落在了伍平的马弓上，翅膀翕动，即使天色还没有完全暗下去，它尾部的光芒也清晰可辨。

浮明光带头拨开苇草，向水声而去，待到众人穿过巨石掩映的拐角，才发现这里被高达数十丈的巨木遮盖，粗大的藤蔓从巨木的枝桠下垂到地面，上面又爬满了更为细小的绿色叶片，在树叶的穹顶下，幽深宛如黑夜，只有漫天的萤火虫漫无边际地飞舞，在不远前方溪水中的一块平坦石头上，一个男人

指间错 279

正端坐在平滑如玉的黑色石上。

无数的萤火虫从前方一个小湖中奔涌而出，汇成磅礴的光流在夜空中飞舞，像一条在空中奔腾流淌的大河。

光芒下，那个男人暗红色的甲胄上爬满了青绿的苔痕，一张面孔埋在头盔下的阴影中，那个身影对于唐笑语来说十分熟悉，又足够陌生。他是唐笑语这次衔命重返鹧鸪谷的全部原因，十三年前的那个大雨的清晨，是他带来了那颗绝少有人知晓的南山珠。

泪水慢慢盈满了眼眶，模糊了双眼。七年前道家覆亡、海神寺毁灭，采珠人唐简就此失踪，唐笑语也不知道，只能姑且当他死掉了。被接进青华坊的这九年，她依然记得他说过的那句话："我们流着海兽之血的人，在哪里死亡，就会在哪里重生。"

原来南山珠织云唤雨、应人悲喜是真的，金叶池中的幻象也是真的，她早知道，鹧鸪谷是凡人的禁地，但她已经在幻想中把这里重温了无数次。这么多年来，她一直有一个隐约的期盼，如果那个清晨真实存在，如果南山珠温润的暖意不是一时的幻境，如果蕉鹿已经重生。

这么多年来，唐笑语都想再见他一面，请他亲口告诉自己，自己是不是也流着海兽的血脉！他们说过，这细细的血脉并非来自家族，它是一种机缘，海神会在世间寻找自己的余脉，所有的海兽之血，将汇聚成一条汹涌的赤色长河，将涤荡世间的一切，悲和喜、血与火。

四散人间的海兽之血，终将顺着命运的绳索，再次相逢。

没错，那个孤独的身影属于她的父亲，灵师中最低级的黑衣，落魄的武士，执着的采珠人，唐简。

幼年，唐简曾带她来过这重晶之地，告诉她，他一定会取得南山珠，来复活一个人。重晶中封印着从古至今的无数灵魂，其中一个，就是他的妻子，唐笑语的母亲。

这世上只有极少数人知道，鹧鸪谷的大门只会为海兽之血开启，海兽之血生在重晶之地，他们和这里没有被时间锈蚀的所有物件一样，身上带着被封印的诅咒和能量。千百年来，每个来到鹧鸪谷底的人，费尽心机都无法与海神血脉相通，然而他们根本不知道，很快，他们就会变成这永恒宁静的一部分。

十三年来，虽然唐笑语一直在小心翼翼地避开死亡，但她并不害怕，她等这一刻，已经等了太久。

她知道自己的能力，拿到陨星阁中本属于唐家的那一颗珠子，对她来讲，希望太过渺茫。此刻的她，早把使命抛到九霄云外。她宁愿赌上一赌，愿自己真的是海兽之血，能够获得新的生命和力量，如果等待她的是死亡，那就在这里，和父亲一起守卫着重晶，不是也很好吗？

唐笑语深深吸了一口气，飞身扑进了溪水里。

眼前奇异的景象，正令水边诸人惊疑不定，唐笑语这一扑，众人都措手不及。

还没等人们反应过来，又是咚的一声，豪麻也跃入了水中，甲卓航喊出的"小心"，又被这个男人抛到了身后。

他步履矫健，跃了三两下，已经来到了唐笑语的身后，伸手牢牢捉住了她的手臂。

唐笑语头也不回，用力一挣，豪麻的手臂滚烫火热，而自己的手臂却冰凉如丝，一握之下，两人都是一愣。

"你要做什么!"

"你放开。"唐笑语仍要挣扎,豪麻却用力一拉,将唐笑语扯回到了身边,他不由分说,拖住唐笑语向岸边游去,她劲力一卸,感到了一股沉默而真实的力量。

这力量如此的温热而坚定,让她浑身发烫,泪湿眼眶,却也和唐简越来越远。

这一刻,仿佛是一个告别,那石上的男人身上的铠甲发出荧荧绿光,他的眼眸是蓝色的,空空荡荡,他的目光转向唐笑语的一瞬间,露出了一个淡淡的笑容。

溪水稀释了唐笑语的眼泪,他的整个身子化为满天流萤,四散飞舞。

浮明光觉察到不对,横刀挡在扬觉动的马前,喝道:"谁!"他嗓音浑厚刚劲,声贯深林,震得无数鸟儿在这巨木搭成的殿堂中鸣叫飞翔。

然而一根马鞭搭到了他的肩上,浮明光回头,大惊失色,此刻扬觉动的眼睛混浊无光,嘴角留下一丝涎液,整个人从马上倒了下来。

五

"难道伤势恶化,是因为靠近了这个古怪的地方?"浮明光的脸黑了下来,喃喃自语。

豪麻松开手,唐笑语回身,流萤犹在飞舞,她脸色苍白,抓住豪麻的衣襟,问道:"刚才我们看到的,不是我的幻觉,是不是?"

"不是。"豪麻点头，他的赤心已经出鞘，不安地翕动着，它从来没有这么激动过。

衣带风声，唐笑语注视着荧光所出的那一片湖水。

这里的水颜色更深，与周围碧绿带有浮萍水草的湖水绝不相容，深蓝纯净，像一片波光粼粼的宝石。

"你们没事吧？"甲卓航不知道什么时候来到了两个人身边，"这就是重晶么？"

他也注意到了那异样的光华。

"嗯，这就是天下最昂贵的珍宝。"唐笑语俯身下水，游到那黑色石头上，弯下腰，用手掬起一捧深蓝，感受到了它沉甸甸的重量。在唐笑语的掌心，它们就像凝固的蜂蜡，她微微侧手，那水又化作长长细丝，缓缓注回湖中。

水极清澈，在幽蓝的深处，正伸出无数根须，有的壮硕，有的细微。

豪麻和甲卓航也涉水而来。

"那就是夜明珠了。"唐笑语看着那根须间星星点点的光芒，"重晶每年五至七月，都会凝珠，三月凝成，一朝离散，采珠人要在明珠将成之际沉入水中，把它摘下，愈向下，明珠越大。"

"这样看来，水性好些好办事。"甲卓航一边说着，一边探头看去。

"怎、怎么这么多兵刃？"一眼看下，他口中喃喃。

唐笑语面前的这一片深蓝中，漂浮着无数兵刃和甲胄的碎片，有的锋利簇新，有的形制古老，它们曾经沾染的鲜血化作了金属上红褐色的瘢痕，在夜明珠的映衬下散发着诡异的流光。

"传说中蕉鹿曾是上古先民猎杀的对象,因为它虽是神祇,但是性情温和善良,而且人们以为它的眼泪,会化作夜明珠。"

"弑神?"甲卓航满脸的不可思议。

"是的,谁说神就不会死呢?当神兽们赖以生存的血脉断绝,它们也会孤独地死去。"唐笑语抚摸着重晶上的细小波纹,感受它的棱角。

"传说中记录了三次蕉鹿之死,每次,都有一位顶天立地的英雄宣称是自己杀死了海神,这三个人有两位是神祇,还有一位是凡人。当蕉鹿的首级被砍下,它的躯体里,会流出无数移神散魄的夜明珠,其中最特别的一颗,就是南山珠。"

唐笑语叹了一口气,将脸上的水渍和泪痕一起擦掉,假装什么都没有发生过。

"只有采珠人知道,能杀死蕉鹿的,不是巫蛊、鲜血或者兵刃,而是哀伤。"

"哀伤?"

"是的,蕉鹿是海神之善。它和犬颌相向而生,它们一温顺,一凶暴;一善良,一冷酷;一个洒下平静与期望,一个散播鲜血与烈火。每次蕉鹿目睹人世间的黑暗和恶意,它的生命就会减损,每次蕉鹿疗救了世人的苦痛,它就承受了更多的苦痛。当世间的恶意、欺骗和血腥耗尽了蕉鹿的生命,它就会倒下死亡。"

"这些,就是弑神者的武器?"豪麻也为眼前无数的兵刃所震惊。

"是,蕉鹿会以自己的生命护佑疗愈身边的一切。刺伤蕉鹿的,不是这些兵器,而是兵器主人的贪婪和恶意。"

甲卓航两眼发直，忽道："哎，其实不用这么麻烦，一个人就足以杀死这个好心的神。"

豪麻皱眉，道："这下面的兵刃都够组织起一支军队，南山珠也不过现世那么几颗，一个人怎么可能？"

甲卓航道："你且听我说，这位英雄只需不断挥刀自残，蕉鹿为了救他，便要损耗生命，被救回后他再自残，如此循环往复，最终蕉鹿就会难过死了。"

"你在说什么！"豪麻被这古怪的理论弄得直瞪眼，一时之间却也无法反驳。

唐笑语道："这样的情况永远不会发生，因为千年前蕉鹿的那次死亡之后，八荒便开始有了护佑灵师。为了不再发生山海巨变、烈焰焚城、百兽食人的惨象，他们发誓在世人的贪婪和争斗中守护海神，并为之献身。如果护佑失败，他们就会转而除掉所有的海兽之血。"

"海兽之血？"

"蕉鹿死后，犬颉便会重生，重晶会挑选自己在人间的血脉，净化世间，这些人，就是海兽之血。虽然大家对海兽之血的理解各不相同，但通常来说，人们认为他们将秉承犬颉的意愿，毁灭八荒。"

"我在木莲的时候，从没有听灵师们谈起过这些事。"豪麻的声音有些疑惑。

"那是因为信仰历经千年，早已经破碎了，只有极少数人还相信神迹，而采珠人以此为生。"

"蕉鹿不会害人，然而世间的人却会为了一颗南山珠而大开杀戒。"豪麻的声音闷闷的，看着那重晶中缓缓流动的兵刃。

"也是一个传说，南山珠可测斗转星移，可见过去未来。"唐笑语又擦了擦眼角。

甲卓航也不再嬉皮笑脸："不知道那些化作枯骨的武士们因何而来，又被谁劫杀。"

"豪麻。"浮明光脸色铁青，召唤二人。

扬觉动躺在地上，脸色青紫，毫无神采，他臂上护腕已经解开，箭伤四周析出了白色的晶体，他的半只手臂变得隐约透明，血管像细细的红线，在皮肤下一点一点伸展。

浮明光拉过豪麻，面色如冰："我从未见过这样的箭伤。如果这次大公不能生出鹪鸪谷，你便要尽快回去，要娴公主千万不要动身履约，而我去毛民和柴城，拉住李精诚和浮明焰。"他又看了一眼扬觉动。"除了大公，没有人能控制吴宁边的局势。我们也只有随机应变了。"

"大公会没事的！"豪麻面目狰狞，一滴泪水滑过脸庞，他伸手去拂拭，手背擦过脸庞，忽地僵在那里，他脸上的那一道箭伤已经消失无踪！

"唐姑娘！"豪麻抱起扬觉动，向唐笑语奔去。

豪麻额头冒汗，喉结上下抖动，紧张地看着她，道："蕉鹿在哪里？它能不能救回大公！"这一瞬间，他不再是烽烟烈火中横刀立马的沙场悍将，而是变回了那个大安城中患得患失的青涩少年。

那双眼睛灼伤了唐笑语。

"对不起，蕉鹿，"唐笑语的声音低低的，"蕉鹿在十三年前，已经死了。而我，见过那颗南山珠。"

唐笑语的话音虽轻，但显然所有人都听到了。

看到豪麻嘴角僵硬的线条，唐笑语勉强笑了笑，道："还有机会。"

鹧鸪谷中，遍布重晶的游丝，鲜血之于重晶，便是筋肉骨骼，而人的魂魄，也将要面对凝聚千年的魂印召唤，扬觉动简单的伤口，由于无法尽快愈合，已受到了游丝的侵蚀。从浮明光深怀戒心，不允许唐笑语插手扬觉动伤势的那一刻，已注定了此时的结局。

"什么意思？"豪麻心下一片茫然。

"重晶在召唤海兽之血，要救大公，只有用鲜血唤醒犬颌，接受它的选择，或者死亡，或者重生。"

"你在说什么！神神怪怪老子听不懂！"伍平喘着粗气。

"要有人主动接受重晶魂印的灌注，如果能够承受得住，重晶就会放弃对大公的进一步侵蚀了，"唐笑语说得平静，"重晶的神兽变，需要生命来支撑。"

"承受不住又会怎样？"甲卓航发问，众人慢慢聚拢。

"你们看眼前的这些荧光，每一颗，都曾是一个无法承受魂印灌注的生灵。蕉鹿已死、星陨大地的那一刻也不远了，山海巨变即将来临，神兽复苏的时代会再次来到。唯有死亡，可以消解死亡。"

没有人回应，身边都是怀疑的目光。唐笑语苦笑，任何和你相识不过一天的人，听到这样奇怪的故事，大概都会做出这样的反应吧。

"你们看看我的脸。"

豪麻脸上嘴角到耳根的伤口已经愈合，只有一道浅色的细线，虽然并不醒目，但这道线割断了他脸上原有的肌肤纹理，多少显得有些怪异。

"我相信她。"

"唐姑娘,就算你说的都是真的,你这法子,是要我们中有人去死吗?"甲卓航终于没有了风度和笑容。

"我们在灞桥的时候,也听到海兽重现的传闻了。"豪麻按住甲卓航,望向唐笑语。

"我也不知道这法子能不能成,一旦鲜血融入重晶,重晶的精神力量就将开始灌注,海兽将以这鲜血作为骨骼筋脉,重生世间。即使成功,也可能当场发生神兽变,我们所有人,都死无葬身之地。可是如果想救扬大公,这就是唯一的法子。"

"这林中萤火何其多也!"甲卓航叹了口气,道,"说实话,你这法子,我着实不信。"

"事到如今,我只能赞成一试。"浮明光拔出了匕首,众人尽皆沉默,看向唐笑语。

唐笑语接过了浮明光的匕首,脸上现出两个浅浅的酒窝。

怀疑,是这世间最锋利的尖刀,唐笑语从来不知道这些传说究竟是不是真的,然而她只能相信。她是抱着必死的决心进入鹧鸪谷底的,海兽之血就像一个命运的诅咒,如果不试一次,可能她就永远失去了这个机会,她不甘心。

一双眼睛一双眼睛看过去,她知道,他们并不相信。

而豪麻,则没有抬起眼睛。

"也许传说都是假的,但我没有骗你们。"她挥刀向自己的手腕割去。

一只手在空中握住了她的匕首,锋利的钢铁割断血脉,人们惊讶地看着豪麻的血从指缝中滴滴滑落。

唐笑语一阵眩晕。

鲜血滴在岩石上，滑落青苔，触碰水面，然后变成涓涓细流，化作万道柔丝，纠缠着，枝蔓着，深入那无尽的深蓝之中。

豪麻闭着眼睛，轰然坐倒。

唐笑语怔怔地，看着那血线蜿蜒向下，渐渐凝聚。心中一阵绞痛。

豪麻伸出手来，握住她的手，那炽热手掌上的热力渐渐褪去。唐笑语也恍惚了起来，眼前晃过张张熟悉的面庞，人们的话语声仿似从遥远的云端传来，以至于模糊不清。

她是唐笑语，然而，在此刻，她可能也是那个叫扬一侬的女人。

六

"以后你带着。"这是豪麻说的最后一句话。

甲卓航牢牢攥住赤心，扭头就走。

豪麻流血的手腕垂在了重晶之中。

绿色的荧光之河仍在流淌，古老的尸骸和神秘的植物都隐藏在明明灭灭的光亮中。千百年来，这里留下过多少沉默的过客？甲卓航看着那匕首坠落重晶，渐渐下沉，他的肘弯一伸一缩，仿佛这一刀，是割在自己的手腕上。

整个森林突然寂静了下来，暑热和潮湿吸走了人们的气力，所有人都在不安地等待着。

浮明光守在扬觉动身边，一只萤火虫在他眼前盘旋，轻轻飞落在扬觉动身上，他一直目不转睛地看着这个须发花白的威严男子，看他灰色的脸颊和深凹的眼眶。

他没有伸手去驱赶那萤火虫。

天色渐暗，这小小虫儿腹部的萤光愈加明亮。它在扬觉动的小臂上悠然爬行，时不时停下来左顾右盼。在它路过之后，那些析出的白晶慢慢渗回皮肤，伤口渐渐出现血色，青紫的肿胀消退，密如蛛网的细碎血管也渐渐深埋……浮明光睁大了眼睛，他在目睹奇迹的发生。

唐笑语的手依然在豪麻的掌心，只是此时，他的手已经没有半点热力。他所剩不多的鲜血还在缓慢注入重晶之中，红色的血迹在深蓝的重晶中织出繁复的花纹，但那水面却没有发生任何变化。

"快救人！"看到扬觉动慢慢睁开眼睛，甲卓航和伍平一起大声喊起来，唐笑语却拦在了豪麻身前。

"不行。"她简短的两个字，居然凝固住了两个人的脚步。

"不能动，大公虽然睁眼，但眼神里还没有生气。"浮明光咬着牙根，挤出这句话来。

"他失血太多了，再晚，就救不回来了。"伍平喃喃自语。

唐笑语对浮明光点了点头，如果扬觉动没有康复，豪麻的牺牲就会变得毫无意义。在所有人心中，扬觉动才是那个必须好起来的人。

也许，除了唐笑语。

豪麻的身体渐渐冰冷。

"对我们这种老人来说，这并不容易。"浮明光背对着唐笑语，接着，把这句话又重复了一遍。

她知道浮明光在想什么，豪麻因她而死。无论扬觉动会不会康复，这个沉默的男人的用心，白费了，走出小莽山之后，他们不会再让自己活着。

甲卓航一直握着豪麻的另一只手，他的脸正和豪麻一起慢慢灰败下去。

"看来你们的海神寺里面真的有很多传说。"甲卓航的笑容有些勉强。

是啊，现在真的没有人会相信我了，唐笑语张了张嘴唇，最终还是什么都没有说。

扬觉动终于苏醒，树下的干燥地带升起了火焰，豪麻的躯壳坐在冰冷的岩石上，显得有些孤单。唐笑语忽然觉得他的姿势和唐简有些相像，由于觉得亲切，她再次露出了笑容。不知道明日一早，他们会变成这漫天流萤中的哪两只。

远离火焰，溪水旁潮湿阴冷，甲卓航和伍平坚持守在豪麻身旁，唐笑语则一个人抱膝，坐在巨木的阴影中，就像那个夜晚，她孤单地坐在阳宪驿站的黑暗中一样。这里远离火光，虽然整座树林都有萤火在飞舞，虽然她已经躲得不能再远，但心底的恐惧却甩也甩不脱，如果有一只新生的萤火虫向她飞来，可如何是好？

那是逝者的灵魂，唐简的声音仿佛还在耳边回响。

夜深了，又下了雨，雨水先噼里啪啦打在山谷巨木阔大的叶片上，再轻轻滑落地面。

水滴打在甲卓航的脸颊上，他这一夜时梦时醒，而伍平则依旧鼾声隆隆。

甲卓航为唐笑语升起的那小堆篝火,还在不紧不慢地燃烧,唐笑语终于觉得自己应该闭上眼睛了。摇摆的火光带来了红色的暗影,唐笑语把手伸进怀里,掏出一条夔纹手帕。手帕上的金丝银线,绣着一朵栩栩如生的月橘花。

大雨将临,那个扯烂她衣襟的男人,匆忙转过头去迎接飞来的利箭,却有一条手帕自他怀中飘落,落在青砖浮尘中,被她悄悄收起。

这手帕如此细密精美,拙于女红的她从未见过这么好的绣工。透过手帕,她看到了一个娉婷的身影走在盛开七里香的原野上,那是豪麻心中住着的那个姑娘。

她是大公的女儿,唐笑语遥遥地站着,失去了所有的勇气,只能远远看着那婷婷的背影。

那个叫扬一依的姑娘眉头微蹙,在四下里寻找着什么。唐笑语下意识地把那手帕藏在身后,却被那女子看见,她笑吟吟地走过来,好像看穿了她的所有心思,轻轻伸出手来。

她脸上发烧,正不知如何是好,忽地浮明光从一旁转了出来,劈手将她手中的手帕夺走,厉声道:"蕉鹿在哪里?你满口胡言!你害死了所有人!"

"我没有。"她很害怕,不住后退,一直退到了溪水中。她很想要回那条手帕,终于鼓起勇气向前一步,但遇到了浮明光冷冷的目光。

"这是二小姐的绣工!他们已经订婚,他们是珠联璧合的一对璧人,我们陪大公春猎,这手帕,是二小姐亲手系在他衣襟上的!"

"她是世上最美的女子。"豪麻的声音在她耳畔回响。

唐笑语感到了从未有过的沮丧，这要不回的手帕，好像那个人永远不会有的热情。豪麻从浮明光的手上接过手帕，脸上没有伤痕，神情中没疲惫，他只是欢欢喜喜从唐笑语身边大步迈过，走向那个明眸皓齿的姑娘。

她正在没来由地伤感，倏忽间萤火灿然，父亲从那黑色的巨石上坐起，他身上沾满了小小的萤火虫，以至于整个脸孔都散发着幽绿的光芒。

你死了，妈妈死了，老唐也死了，这世间只剩了我一个。她的眼泪涌出了眼眶。

"不要哭。"唐简用手轻抚她的头发，就像她还乖乖坐在木屋的桌旁。

深谷在这一瞬间变成了高大的海神寺，她变得很小，那高大的建筑就伫立在落月湾上，在这里，有太多的阴影可以轻而易举地吞没这个八岁的小女孩。

"记住，你有海兽之血，"父亲蹲下来，看着她的眼睛，他说，"你也是守护山海的人。"

"我知道，我知道，我记住了！"稚嫩的童音在海神寺寥落的长廊中回响。

"很好，"他和以前一样，满意地点着头，"要记得你是谁。"

他踏着大步离开，走进高大的拱门外那团明亮的光线，再也没有回来。

"你们都走了！"她只有八岁，她不断地哭，以至于自己都惊讶于自己的伤心。她只想有个温暖的地方躺着睡觉，不再醒来。

晨光穿透树叶撒下了点点光斑。

"唐姑娘,你走不走,不走我们可要走啦!"是油嘴滑舌的甲卓航的声音,咦,伍平又把这句话重复了一遍,真是睡过头了啊。

唐笑语睁开眼睛,鹧鸪鸟儿扑棱着翅膀远远飞过,她"啊"的一声惊叫起来,豪麻在马上回过头来,疑惑地看着她。浮明光和扬觉动正在聊着什么,吴亭在慵懒地活动肩膀。

她踉踉跄跄扑进溪水之中,来到了那块黑玉般的巨石之上,她眼前的重晶微微翕动,舒缓透明,那些回旋盘绕的甲胄武器都已不知所终。

"唐姑娘,你没事吧?"甲卓航喊起来,豪麻正在遥遥看着自己。

难道一切都是一场梦?唐笑语不敢相信自己的眼睛。

"唐姑娘,我看这万水之水也没什么稀罕,比普通的水沉重些就是了。"甲卓航最爱和唐笑语聊天,他笑嘻嘻拍了拍鞍侧的酒壶,小声说:"话虽这么说,我还是想要些夜明珠的。"

唐笑语无暇和甲卓航闲扯,她见豪麻就在前方,忍不住打马上前:"将军,介意我看一下你的右手么?"

豪麻感觉十分奇怪,但还是伸出了手掌,这是一只瘦长坚定的手,掌心横着一道早已愈合的长长伤口,唐笑语激动又惊讶,眼泪就涌了上来。

豪麻却有点不大自在,他从唐笑语温滑的手中抽回手掌,道:"十五岁那年留下的,已经不碍事了。"

"啧啧,唐姑娘还会看相,"甲卓航夹马跟上,"想不到过了一晚,唐姑娘对我们豪麻将军兴趣倍增。"

难道一切都是一场梦?唐笑语压根就没听到甲卓航在说些

什么。

"你看那把刀。"甲卓航指给唐笑语看，在豪麻腰侧的刀带上，悬着一把样式古朴的短刀，黑黝黝的刀鞘上没有任何装饰，沿着它优美的弧线，爬满了淡淡的绿色铜锈。

"豪麻昨天在重晶畔的巨石上发现了它，爱得不得了，"甲卓航又贴近小声说，"大公也同意，他那把赤心，转给我啦！"

泪水再次涌上了唐笑语的眼眶，那是唐简的佩刀，千年来海兽之血的护卫——流萤。

离开小湖，顺着溪流的方向，前方是一条溅出彩虹光影的瀑布。

伍扬正打马而回："穿过瀑布，下方的山腹温暖又干燥，可以歇息。"

"没错，我们再翻越双石峰，就会看到平明古道了。"

唐笑语从来没有走过这条路，但此刻，她身上仿佛负载了千年的记忆，而一千年里，这条路她已经走了无数遍。

巨木之下，重晶之上，那条流萤的长河，也在深夜流淌了一千年。

一声唳鸣，天空飞过一只鹰隼。

唐笑语闭起了眼睛，想象着是她正在飞过长空。

南渚的山水在她的翅下无声掠过。

她感受到另一颗心脏在缓缓跳动。

雨夜中，落月湾的灯塔下，暴雨落在她的脸上，酥酥的，有点麻痒，她睁开眼睛，这个乌沉的世界一片漆黑，如同万古长夜。

那个男人筋疲力竭地躺倒在地，正吃力地张开嘴唇，雨水落进口中，他贪婪地吮吸着。从他的身上，唐笑语看到了海兽光焰万丈的影子。

一道苍白的闪电划过夜空，她稳了稳心神，道：

"海兽之血是不死的。"

接着微笑着，向他伸出了温暖的手掌。

《山海变》名词索引

◐ 奇门幻术 ◐

【重（chóng）晶】

八荒神州的古老神祇，形象为猛兽犬颉或温顺的蕉鹿。作为海神，在过去的数千年，曾广受崇拜祭祀。另也特指尚无人了解的神秘水域，《八荒寰宇志》载，重晶，柔软、质实；水寒化冰，晶寒化玉。重晶寒玉，斩铁削金，价值连城。

【海兽之血】

传说为海神重晶留在人间的后裔，重晶会通过隐秘的方式在人间延续血脉，被海神选中的人，就是海兽之血。因为海神有善恶两种神兽变，海兽之血既是代表和平的蕉鹿的守护，也同样会秉承犬颉的意愿，毁灭八荒。

【墨羽】

八荒神州的古老神祇，形象为带火的巨大渡鸦，在崇拜重晶的晴州灵师体系中，被描绘为地狱之神、火神，同时也是云间、熊耳等蛮荒部落秘密崇拜的恶神。传说墨羽现世，会带来烈焰和死亡。

【灵师】

传说神兽蕉鹿死亡之后，海神会化身凶暴的海兽犬颉。为了不再发生山海巨变、烈焰焚城、百兽食人的惨象，千年前，能够感应星辰之力的人便在八荒极北的晴州聚集起来，自号灵师，共奉"白冠灵师"为宗主，发誓守护山海，并为之献身。

【灵术】

灵师掌握的神秘力量，通常认为来自灵师天赋与修行的结合，通过感应星辰之力而来的神秘巫术。在晴州灵师的传承中，灵术分为巫医、星辰、鬼神三大系统，由于鬼神技最为惊世骇俗，也最多传说，因此成为灵师的代表技能。

【星盘】

灵师星算训练中模拟天空星辰流转的大型机括。启动后，星盘中的试炼者可以在极短的时间内神游四海八荒，窥见过去未来。

【螭獣天】

星野名称，弥尘星掠过螭獣天，是杀伐将起、生灵涂炭的征兆。

【弥尘】

八荒神州五星七曜中的五星之一，又称犬颉之怒，是执掌八荒混乱杀伐的主星。在来自熊耳的更为古老的系统中，被称为鸦之眼。

【采珠人】

八荒古老职业，主要集中在温暖的鸿蒙海沿海地区，是善于海泳和捕捞白珠的渔人；另外也指世代和八荒的神祇打交道的重晶守护者，千年来代代传承，人数极少，他们的灵术被认为是晴州灵师的支脉。

【白珠】

又称珍珠，在四海深水内凝结成的宝物。其中莹白如玉、绝无瑕疵者，称白珠；幽蓝清透、暗夜流光者，称明珠；传说中可以织云唤雨、应人悲喜、为海神精魄凝结者，称南山珠。通常认为，白珠是自然产物，为深海蚌类心血结成。

【羽隼】

高修为的灵师通过鬼神技从虚空中召的鹰隼。

【陨星阁】

上古时期留下来的神秘建筑，内设星盘，在晴州灵师体系中，陨星阁是星辰之力汇聚之地，蕴含有巨大的神秘力量。

【解语花】

七瓣粉白花朵，记录在八荒灵师的典籍《黑曜七玄》中，又称千忧解。相传是蕉鹿的蹄印幻化而成，可以感应万物的气血精神、情绪元气。

【琉璃鱿骨】

　　鸿蒙海中琉璃鱼的骨架，红色透明，性燥热，可以祛风散寒、解表发汗，是珍贵罕见的食材及药材。

【阳山雪】

　　八荒之一"寒"地出产的剧毒，产自寒山脚下，无色无味。因为发作无药可解，有"春暖阳山雪、西风不语归"的说法。

【莹血玉】

　　来自熊耳的神秘玉石，大灵师在凝聚星辰之力后，可以在其中封印特定血脉，对血亲引发特殊感应。

【朱鳃醉】

　　南渚佳酿，极其稀有，传说由浮玉稻发酵三蒸三聚后，再加入济山黄米酒籼及深海虎鲸血酿造而成。

【和合棺】

　　源自晴州的入殓棺木形制，以千年柏木制成，并有灵师巫医秘术加持。和合棺上嵌四道金钿代表缚灵绳索。入了和合棺，灵魂便永世不能转生。

山川地理

【八荒神州】

广袤而神秘的海中大陆，幅员辽阔，拥有丰富的地形地貌，和大量人类尚未探索和发现的蛮荒地区。传说围绕着人类先祖聚居的中州地区，还有零、荒、晦、暗、鲸、寒、幽、墟八个人迹罕至、极尽蛮荒之地，同时，在大陆东南西北，分别有大言海、鸿蒙海、巨湖哈卡什海和冰封海四个巨大水系，这也是八荒神州"四海八荒"的缘起。

【大言海】

八荒四海之一，位于八荒神州海岸线东侧，浩瀚无涯。

【鸿蒙海】

八荒四海之一，八荒南部海域统称，气候变幻莫测，常常雾气弥漫。

【霰雪原】

八荒神州西北部雪山环抱下的高原草场，秋冬季为风雪严寒笼罩，春夏牧草丰饶，适于游牧，产有八荒最为强健的雪原骏马。

【坦提草原】

八荒西部的广袤草原，拥有众多河流，水草丰茂，盛产不同于中原地带的高大且速度极快的风马。

【安乐原】

八荒七大平原之一，位于八荒神州东部沿海的宁州境内，气候温润，四季分明，物产丰饶。

【离火原】

八荒七大平原之一，位于东部腹地，土地肥沃，一马平川。但由于衔接南北，贯通东西，地处要冲，因此刀兵不断。

【四马原】

八荒七大平原之一，位于八荒中部腹地，交通阡陌四通八达，素有八荒粮仓之称。

【扶木原】

八荒七大平原最小的一个，位于南部沿海金麦山和小莽山之间的狭长地带，潮湿多雨，时有江河泛滥。

【三泽水系】

八荒西南部青沼、浮玉、泥麟三个巨大湖泊及衍生支流、沼泽的统称，三大湖流域林木葱郁，瘴疠丛生，巫蛊盛行，却有丰富的自然资源。

【青水】

南渚水系，发源于三泽水系中的青沼湖，一路汇流多条河流，在灞桥穿城而过，经落月湾汇入鸿蒙海。

【龙牙口】

青水南下,穿过济山山脉入海途中的重要关口,山势险峻,水流磅礴带有龙怒之威。

【响箭森林】

青水龙牙口外人迹罕至的原始森林。

【圆镜湖】

来自青沼漫溢的青水激流在济山深谷中冲击出的天然湖泊,它在龙牙口东注入济山深谷,从济山峡谷另一侧狭窄出口流出后,以巨力冲积出肥沃的落月湾。

【淡流河】

南渚主要河流之一,由西北方从四马原进入南渚,自扶木原一路南下,在小莽山口转向西南,在济山脚下同北上的小杏河一起,汇入浩荡穿过济山深峡的青水,穿过灞桥,奔流入海。

【鲥鱿渡】

淡流河两个永久性渡口之一,位于金麦山南侧的赤石山下,毗邻箭炉城。

【小山渡】

奔流河两个永久性渡口之一,位于小莽山下。

【小杏河】

南渚主要河流之一，位于灞桥西侧群山之间由南向北注入青水。

【落月湾】

灞桥城外小杏河、青水、淡流河三水汇聚，进入鸿蒙海的入海口，它也是八荒南部海运的最大港口所在地。

【秋叶湖】

三泽水系中青沼枝蔓出的南部数百个湖泊中较大的一个，沿岸土地肥沃、水产丰富。

【风旅河】

八荒第一大河平明河主要支流，自西向东劈开平明丘陵，自百济进入宁州，在宁州境内改称白鹭江。

【百花溪】

澜青腹地重要河流，为平明河支流，由北而南穿过四马原汇入奔流河。

【安水】

吴宁边主要河流之一，为平明河支流，自北而南流经离火原，在南渚白安入海。

【金麴山】

扶木原东北部山脉，山势连绵。

【赤石山】

金麦山南端山脉，高峻险要。

【小荞山】

扶木原南侧滨海山脉，自古以来林木深幽、百鸟汇集。

【鹧鸪谷】

小荞山中的天堑峡谷，多天然裂隙，藏有绝地天坑，传闻有怪兽蛰居。

【白鹿深林】

位于鹧鸪谷底的天然裂隙中，林木茂密，传说有白鹿穿行其间。千百年来，冒险进入这里的人，大多有去无回。

【百鸟关】

鹧鸪谷悬空栈道通向离火原方向的山隘口，地势险峻。

【济山】

灞桥西侧山脉，盛产青橘、火棘。

【平明丘陵】

位于八荒中部，由南向北地势升高，是面积广阔、支离破碎的平缓坡地，到北部连接隆起高峻的箕尾山脉。

【箕尾山】

平明丘陵北部山脉，山势高峻、俯瞰风旅河，是八荒东西贯通的重要通道，诸多具有重要军事意义的隘口。

【西望山】

三泽水系北部山脉，是八荒神州自诩正统的中北十州和西部蛮夷之地的过渡地带。

【大北口】

西望山西侧隘口，中州诸国通往坦提草原的重要通道之一。

【东青山】

八荒神州东部临海山脉，位于李吴境内。

【晴空崖】

八荒极北临海的险峻高山，是晴州灵师的发源地，也常被人用来代称晴州灵师组织。

【朱雀大陆】

位于鸿蒙海、大言海一侧的神秘大陆,与八荒保持着有限的贸易往来和文化交流。

◐ 行政区划 ◑

【日光木莲】

名义上统治八荒神州的王朝,实际上真正完全掌握的只有八荒神州二十一个政权中的十个,称为中北十州。其他尊木莲威望的政权诸如南渚、吴宁边、澜青、浮玉、坦提、霰雪等多个大州都是割据势力演变而来,名义上是木莲一州,接受日光木莲册封,岁贡朝见,但实际上是独立王国。

【日光城】

日光木莲王朝王都。位于八荒神州西北的分水原上,是西北蛮族和中原隔周交汇地带上重要的交通枢纽和八荒神州最为繁华的都会。

【太平镇】

西风原上军镇,位于木莲境内通向肥州的交通要道上。

【阳处(chǔ)】

日光木莲实际控制的中北十州之一,是木莲王朝创建者朝氏家族发迹地，善治兵刃，位于八荒神州西侧，坦提草原的北部，自古是八荒中原各州门户。

【晴州】

日光木莲直接控制的中北十州之一，位于八荒极北之地，冰封海南岸，是八荒神州以海神信仰为基础的古老灵术的起源地。

【云间】

日光木莲直接控制的中北十州之一，位于八荒北部的崇山峻岭之中，曾为依托黄羊地高原以比斯克斯山为中心建立的蛮族政权统治，后被朝氏家族屠灭，收归版图。云间较早开采利用了东西苍梧山脉蕴藏的铁、铜矿石和上古时代坠落在黄羊地高原的陨铁资源，拥有优异的兵器打造技术。

【东川】

日光木莲直接控制的中北十州之一，天青王朝时期曾是与云间蛮族对抗的前沿，军镇林立，也是吴宁边扬氏家族最初兴起之地。

【肥州】

日光木莲直接控制的中北十州之一，面积不大，但处在八荒神州已知世界的地理中心位置，向来是沟通八荒的一把钥匙。

【白驹城】

肥州首府，木莲建国君主朝承露曾在此与八荒诸侯订立白驹之盟，创立日光木莲。

【白吴】

八荒神州割据势力之一，旧吴白氏政权被扬叶雨家族灭掉后分离出来的嫡姓势力，退居八荒东部沿海，对八荒的争霸战争持中立态度。

【霰雪】

八荒神州割据势力之一，位于八荒西北雪山环抱的霰雪原上，为蛮族固伦柯世居之地，曾多次兴兵东进，进入八荒腹地。

【宁州】

八荒神州割据势力之一，位于八荒神州东侧的安乐原地域，距离木莲统治核心较远，对木莲统治的态度暧昧不明，匠人聚居，商贸繁盛。

【熊耳】

八荒神州割据势力之一，位于八荒极西，风俗习惯和中州大相径庭，神秘诡异，以骏马烈火闻名于世。

【浮玉】

八荒神州割据势力之一，在八荒神州西南侧的三泽水系地带，巫风盛行，原始落后。

【长葛】

浮玉州首府,号称巫城。

【赤叶】

浮玉第二大城,因与南渚毗邻,曾与南渚连年征战。

【往流集】

浮玉与澜青交接地带军镇,由于疏于管理,已经成为邻近坦提、澜青和浮玉各种势力、商贾的往来交通之地。

【澜青】

八荒神州割据势力之一,占据八荒腹地,资源丰饶,是木莲王统治八荒的天青王朝发源地,南方接壤南渚,东侧接壤吴宁边,虽不是木莲直接控制的中北十州,具有一定独立性,但基本接受木莲的统治,并成为支持木莲统一八荒的重要力量。

【平明城】

位于平明河北岸的四马原北部,曾为八荒神州第一大城,是天青及其后续澜青王朝的王都,在青末大乱中几度毁于战火,渐渐衰败。现为澜青州的首府。

【永定】

澜青第二大城,在四马原西部,由于毗邻坦提草原、浮玉、南渚,一向屯有重兵，是澜青最重要坚固的堡垒。

【花渡】

位于平明城正南二百二十里的大型军镇，负责治理方圆数百里四马原腹地的农耕地带，四马原一向是澜青的粮仓，因此花渡具有极其重要的战略意义。

【秋口】

四马原重要军镇，位于百花溪西岸、花渡北方，是花渡粮道通向平明城的关口要道。

【上邦】

澜青重要军镇，位于平明丘陵南端、毗邻吴宁边，与秋口、花渡遥相呼应，是保障四马原安全的军事要地。

【皋兰】

四马原上军镇，坐落于四马原东南侧、商地和花渡之间，澜青将商城收归己有前，是澜青与吴宁边南线相对峙的前线。

【吴宁边】

八荒神州最具实力的割据势力，前身是长期统治离火原的吴政权，以民风彪悍、勇猛善战著称。在木莲建国后，被大将扬叶雨家族篡位割据，称霸一方。经过扬家两代人的连年征战、开疆拓土，其领土包括了早年吴国和宁国的一部分。扬家争霸八荒的野心不熄，与临近的大州澜青数十年来战火连绵。

【大安】

原吴国王都，吴宁边首府，地处离火原要冲，八荒最繁华富庶的城市之一。

【百济】

吴宁边东北第二大城，毗邻宁州和中北十州，水陆交通便利，屯有重兵。

【迎城】

吴宁边主城之一，毗邻宁州，商业贸易尤其发达，是南方诸州和宁州贸易最重要的中转地。

【商城】

原吴宁边主城之一，与澜青接壤，是八荒贸易要道平明古道的交通枢纽，吴宁边最重要的商业机构丰收商会也设在此处，后与澜青对战中，被澜青掠夺。

【南津】

吴宁边重要军镇，位于澜青、吴宁边交界处的箕尾山下、风旅河畔，扼住八荒东西沟通要道，具有重要战略意义，是澜青和吴宁边反复争夺的重要地点。

【毛民】

吴宁边军镇，位于吴宁边南部，与南渚接壤，是南渚与宁州的陆上贸易通道。

【柴城】

吴宁边西南重镇，关系到吴宁边与南渚、澜青争霸中后方的安危，屯有重兵。

【观平】

吴宁边军镇，位于离火原开阔的核心地带，是大安防御的门户。

【蓝仓】

吴宁边军镇，位于镇箕尾山北、毗邻肥州，是吴宁边最为富庶的地区之一，和肥州有着千丝万缕的联系。

【邯城】

吴宁边北部军镇，紧邻中北十州中的东川。

【南渚】

八荒神州割据势力之一，位于八荒神州大陆的东南一隅，是八荒面积最大的行政区域之一，东南接邻鸿蒙海，西临蛮荒，北部有山川险阻，有着自成一统、得天独厚的地理条件，数百年来多次试图北上中州，均无功而返。

【灞桥】

南渚首府、南渚四大主城之一，位于南渚核心位置的临海大城，是八荒神州最为繁华富庶的城市之一。

【箭炉】

南渚四大主城之一，位于扶木原北部屏障金麦山下，是将南渚与中州各势力隔绝的战略要塞。

【平武】

南渚四大主城之一，位于南渚西侧与浮玉州接壤的边境地区。

【青石】

南渚四大主城之一，位于南渚腹地，地方广袤、物产丰饶。

【白安】

南渚军镇，位于白吴、吴宁边、南渚三州交界处，南临鸿蒙海，北通毛民；西接白吴，东达鹧鸪谷北口的百鸟关。阳宪远东偏北，安水和小莽山余脉之间，周遭环境恶劣，但却是吴宁边、白吴和南渚三州交界之地的唯一城镇，因此曾经在诸王争霸时代具有重要战略意义。

【原乡】

南渚军镇，毗邻澜青，北上即是澜青腹地四马原。与澜青重镇花渡直线距离不到一百五十里。

【阳宪】

南渚军镇，在灞桥城外东北方向，奔流河下游的小山渡右近，左邻奔流河、右扼小莽山，是灞桥的门户。

【紫丘】

南渚重要军镇，在扶木原东侧，临近吴宁边。

【林口】

南渚重要军镇，与紫丘并称南渚粮仓。

【桃枝】

南渚军镇，南渚第二大港口，隶属青石城。

【红豆】

青石所辖南渚边镇，毗邻长州。